魔豆

城隍

賽米絲物語 3

蒼葵——著

城隍

賽米絲物語 3

目錄

楔子

水。

冰冷的、刺骨的、幽藍的，水。

有誰正在沉入水裡，緩緩地一直到底……

貝洛切爾睜開了眼睛，睡意像是從未在那雙金色眼瞳裡佇足。他撐坐起身，四周還是一片漆黑。

如今仍是深夜時分，而他在因帕德休島上的一處郊野。

貝洛切爾抬頭向上望，注意到今晚赫然是月蝕之夜。

銀色月亮被黑暗呑蝕得剩下邊緣細細一環，雖然周遭因此更加昏暗，但對貝洛切爾來說並不影響視野，他依舊可以看清眼下環境。

此處是什麼都沒有的郊野，再往前步行一段距離，就能到達一處被稱爲「十泊之鄉」的地方。

那裡接連著大大小小數十座湖泊，「十」只是一個簡單的概稱而已。

那裡，同時也是貝洛切爾明日預定抵達的目的地。

爲了尋找跟自身有關的記憶，貝洛切爾離開賽米絲學園，在島上各處旅行。偶爾，他會夢到一些有關水的畫面，但往往是片斷、不含任何意義的。

即使如此，貝洛切爾還是將之視作可能的線索，盡量前往相關之地。

因爲這些有關水的夢，是在他墜入眞實之湖後，才開始陸續出現。

眞實之湖，能讓人回復最原本的姿態，同時也有部分機率可使人回想起前世記憶，這被稱爲「承祖現象」。

在當時，貝洛切爾的確沒感受到任何異樣，直到他離開賽米絲學園，離開他的主人身邊。

他的主人，他的小姐，他的……艾草。

每當這名字浮上心頭，貝洛切爾便會覺得心裡的一部分變得柔軟無比。他慶幸沒有太多人見到那抹清麗纖秀的身影，可也記得拉格斐目睹艾草回復眞身的眼神。

那名金髮天使有了自覺，而有自覺的敵人向來討人厭，例如另一白髮紅眼的少年。

貝洛切爾不想離開他的小姐太遠，那容易讓對方身邊產生空隙。可是他也希望能以「完整的自己」這個身分，站在她的身側。

貝洛切爾站了起來，既然已清醒又毫無睡意，他也不想浪費時間，決定直接前往十泊之鄉。

或許是他眞實身分帶來威壓，即使是在妖獸活動高峰期的夜晚，也沒見到哪隻妖獸試圖攻擊這落單的身影。

貝洛切爾腳程很快，沒花上太久就已抵達目的地。

放眼望去，數十座湖泊隱於黑夜之中，唯有偶爾粼粼閃動的水光才能讓人知其存在。

雖說湖泊間都有路徑相連，但夜晚鮮少會有人來，除了容易失足溺水外，湖裡還潛藏著妖獸，會趁人大意拖人入水。

貝洛切爾也聽過這些傳聞，但他不以爲意，這些事並不能阻擋他追尋眞相的腳步。

憑靠著在黑夜中也能視物的雙眼，貝洛切爾緩步踏上湖泊間的路徑。那些從水裡生長出來的雜亂水草無法迷惑他，使他誤踩入看似硬實、實則虛軟的泥地。

夜幕上的月亮已經回復原本形狀，在月光照耀下，湖面閃爍蕩漾的銀光。

貝洛切爾環視四周一圈，忍不住想著，假使有朝一日帶他的小姐過來這裡，她會開心嗎？他不由自主地想起那張白瓷小臉上，如同在發光的黑眼睛，唇角不自覺勾起寵溺的笑。

然而就在下一秒，笑意隱沒，他聽見了聲音。

雖然幾乎細不可察，可他還是捕捉到了。

是水被撥動的聲音。

是湖中的魚類，抑或是……

電光石火間，有什麼迅速自水草底下冒出，纏住貝洛切爾的腳，猛地將他拖拽到水中。

貝洛切爾必須承認，自己沒有料到這一招。

他感覺身體墜入湖裡，冰冷的、刺骨的、幽藍的水，一口氣包圍他。

湖水灌進貝洛切爾口鼻裡，他猛然回神般睜開眼睛。

他原本想即刻施展結界，讓水無法靠近自己，可映入眼中的畫面讓他一時愣怔。

他看見一名黑髮黑眸的清麗少女與他同樣浮在水裡。

少女的臉蛋如白瓷潔白，一雙翦水眸子彷彿蘊藏了諸多話語想要傾訴。烏黑長髮沒有綁束，四散在水中，柔軟地纏上他的手腕。一身紅黑衣飾更宛如斑斕魚尾悠游伸展，晃閃著低調華麗的色彩……

貝洛切爾覺得自己要忘記怎麼呼吸了。

少女在冰冷的水裡凝望著他，然後嘴唇張啓。

明明是在水中，聲音卻幽幽地擴散開來。

她說：

「你會失去最重要的人……」

「終點即是起點……」

「現在必須死在這裡……」

毫無預警地，少女的黑眸成了一片幽藍，那全然不見其他色澤的詭異藍色，就像是兩顆石頭鑲在其中。

同一時間，少女的其餘髮絲化作黑蛇，張牙舞爪地就要咬上貝洛切爾。

但貝洛切爾的動作比對方還要快，人形軀體剎那間變異、脹大。

粗大的黑色前肢一下子掙斷髮絲的束縛，猙獰駭人的其中一顆頭顱迅雷不及掩耳地咬住那名少女的身子。

這一刻，湖泊裡所有生物的活動都停止了。

隱匿在深處的妖獸紛紛屏著氣，畏怕地望著那隻在湖水中的恐怖怪物。

不會有誰想貿然靠近那區一步。

那怪物有著三顆同樣可怕的頭顱，六隻金色的眼睛在水裡像會發光。黑色尾巴如長鞭，輕易就能破壞一切。

恢復原形的三頭地獄犬瞬間衝上水面。

隨著湖水高高濺起，佇立在湖面的是一身整潔衣飾的黑髮男人。他身上不帶水氣，一隻手抓握著一抹瘦小身影。他修長潔白的五指牢牢地鎖住對方的頸項，將之高高提離湖面。

此刻，被貝洛切爾一手掌控住的，不再是湖中見到的黑髮少女。

那「東西」有著灰白滑膩的皮膚，外貌像人頭，髮似水草糾結纏繞，臉孔扁平，雙眼是純粹的藍色，沒有眼白，也看不出瞳孔形狀。而在「她」的背部和胸腹之間烙著一圈巨大齒印，深可見骨，血液汩汩滲出，似乎只要再施加些許力道，就能將這具瘦小身軀咬成兩截。

而那，同時也是證明著站立在湖面上的黑髮金眼男人不是人類的證據。

灰白色的生物發出痛苦的呼吸聲，聽起來彷彿管子破了洞，正噗哧噗哧地漏出大量氣體。

貝洛切爾的臉上仍是溫和優雅的笑意，但一雙金黃眼瞳森冷得讓人害怕。

「能夠讓獵物看見幻象，吐出虛實交錯的預言，就我所知，只有一種妖獸辦得到。」貝洛切爾溫聲地說，五指力道卻是殘忍地加重，「這玩笑開得太過頭了，『魘影』。」

聽見掌心底下傳來某種硬物斷裂的聲音，貝洛切爾鬆開手，任憑那具灰白身軀筆直墜入湖中，他毫不猶豫地轉身返回岸上。

魘影是種少見的妖獸，棲於湖泊深處，會悄無聲息地接近旅人，將之拽拉至水中，並讓旅人看見渴望的幻象，趁對方被迷惑心神之際給予致命攻擊，再吞吃入腹。

除此之外，魘影還會向自己的獵物宣告預言，有的可能是真，有的只是胡言妄語。不管何種，主要目的都是要動搖獵物的意志。

貝洛切爾走上岸，耳邊似乎還迴盪著先前湖水中擴散的幽幽話語。

「你會失去最重要的人……」

「終點即是起點……」

不論這些話摻雜了多少虛妄，第一句話便讓貝洛切爾動了殺機。

他從來不是溫和性子的人，只是優雅的表象和有禮的話語讓人容易產生錯覺。尤其他現在不在艾草的身邊，藏起的獠牙利爪更是毫無顧忌地展露出來。

貝洛切爾轉頭凝望遠方，即使他離賽米絲學園已如此遙遠，還是能望見那矗立於學園、矗立於整座島中心的高聳巴別塔。

「我不會失去最重要的人，我會取回記憶，我會回到妳的身邊，我的小姐。」貝洛切爾舉起手，原本空無一物的食指上忽地浮現一圈金色花紋，乍看就像戴著一枚戒指。

那是貝洛切爾和艾草締結契約的誓約證明，憑靠著這個證明，他能感覺得到艾草如今並無大礙。

他沒有告訴艾草這件事，他想要獨自保存這個祕密。

「請再等我一段時間，我的小姐。」

貝洛切爾低頭親吻上那圈金色的花紋。

一 緊急事件

生與死，表與裡。

和人間如同對比的地府，事實上，有許多習慣仍與陽世一樣。

亡者依舊為了生活而努力，直到轉世投胎時刻到來；身為公家機關的閻王殿、城隍府，則是週休二日，假日時由部分人員輪流值班，以免地府事務因而停擺。

不過，即使今天是週日，即使今天是不須工作的休息日，閻王殿中樞辦公室桌前，仍有一名男子埋首批改公文。

那人身著筆挺的黑西裝，看起來只是一名斯文俊雅且無害的年輕人，但能夠坐在這個有如閻王殿大腦的位置，就已經證實了他身分不凡。

他是羅言，執掌這個亡者世界的主事者。

雖然平常面對如山高的公文，羅言總是苦著一張臉，巴不得拔腿就逃——但十次內，通常只有兩次成功，另外八次是被精明幹練的女祕書用鐵鍊加鐵球綁在椅子上——不過他也不會真的丟著工作不管，發現哪些公文的審批接近期限，還是會認真地在死線來臨前趕完。

而現在，面對空空蕩蕩、缺少人聲的辦公室，羅言忽然有些懷念女祕書的冷酷聲音。只是他可不敢貿然打電話找對方來，畢竟文判雖是工作狂，可同樣堅持放假就是放假，不准出現工作、不准出現公文，否則就算是頂頭上司，也照樣翻臉不誤。

「唉唉……」羅言批公文的手沒有停下，嘴裡發出了哀怨的嘆氣聲，「要是小城沒去西方留學，這時就能陪我一起工作了……」

羅言口中的「小城」，其實就是統率另一處公家機關的管理人，城隍．艾草。對方沉穩負責任的性格讓羅言忍不住甘拜下風，甚至文判也說過，若羅言有對方十分之一的責任感，她起碼可以少操一半的心。

然而，艾草此刻卻不在地府。她前陣子奉命受邀，成為了西方賽米絲學園的交換生，沒有個一年半載是不會回來的。

所以城隍府目前由剛從西方交接回來的兩位將軍代為管理，其中一人是日遊巡將軍．長照，另一人是夜遊巡將軍．梁炫，她同時也是羅言的胞姊。

正當羅言想念艾草之際——像哥哥對妹妹的想念，他一點也不想成為那八個護主狂將軍的眼中釘——原先安靜萬分的閻王殿內倏然響起一陣尖銳的鈴聲。

羅言頓時變了臉色，迅速站起。

裝在天花板角落的警示燈閃個不停，紅色燈光讓他心生不安，那代表著有某種非常狀況出現了。

怎麼回事？是罪犯逃出刑所？還是亡者想要私闖人間？

諸多猜測在羅言腦中飛快轉動，同時他也沒傻站著，一把抓起披掛在椅背上的長大衣。他身上的斯文氣質消隱得一乾二淨，取而代之的是眼中閃現凌厲，身周迸射出威嚴強大的氣勢。

羅言的步伐又大又快，大衣長襬捲起俐落的弧度，然而就在他要用意念打開大門的剎那間，辦公室那兩扇厚重結實的門板卻搶先一步轟然開啓了。

羅言不禁一愣。

門外的職員辦公室一片死寂，那些今日來值班的閻王殿員工們全都離開座位，站直了身子，手中還抓握著平時藏於桌下的槍械，顯然他們一聽見警鈴響便進入了備戰狀態。

但是，這些進入備戰狀態的員工們現在都和羅言一樣，愣怔地看著佇立在他面前的苗條人影。

那名女子穿著貼身套裝，髮絲在腦後梳綁成俐落的髮髻，因爲剛好出現在門口的羅言，正訝異地推扶臉上的眼鏡。

「小……小文!?」羅言大吃一驚，眼中冷厲退去，不敢相信自己會在假日的閻王殿裡看見文判，「妳怎麼……妳的原則不是放假絕對不來工作場所嗎？」

「原則有時候是可以改變的。」文判毫不拖泥帶水，「警示燈是我按下的，大人，我有要事稟告。」

「要事？」羅言一時反應不過來，但文判嚴肅的表情讓他不禁點了點頭。他向其他還站著的員工們一揮手，示意他們繼續工作，這才領著文判回到中樞辦公室。

文判一踏進門，立刻一彈指，大門迅速關上，確保接下來的交談不會被他人聽見。

「小文，究竟是發生什麼事了？」羅言一頭霧水地問。

「天界那裡緊急來了信和使者，大人，我在十分鐘前收到的。我猜會直接送達我的住所，是因為大人你素行不良，前科太多了，天界可能覺得與其找一個不知道會不會處理的混蛋，不如先找我。抱歉，『混蛋』是我自己加上去的，我總會忍不住說出真心話。」文判又推了推眼鏡，語氣冷靜，聽不出有感到抱歉的成分。

「天界來了信？」羅言早就習慣在文判眼中，自己的地位大概和水蚤差不多，他狐疑地皺起眉頭，可接著一雙眼猛然睜大，「等等，妳說……還來了使者!?」

「是的，使者。」文判嚴肅地點點頭，她張開手指，原本空無一物的潔白掌心上，登時浮現出一封烙著金色火漆章的信和一團金色光球。

羅言一瞧見那團光球馬上就感覺到了，那不是與他們同系的力量，是不屬於東方世界的存在。

彷彿回應羅言的想法，光球形狀逐漸產生變化。

「它」增大、伸展，隨著一雙潔白羽翼的張啓和成形，建構出了完整外形。

那是一名金髮碧眼的有翼人種，在一般大眾的認知中，擁有「天使」這個稱呼。

羅言的心裡無法控制地敲響警鐘。

一名來自西方世界的天使，天使不可能無緣無故拜訪地府。而地府唯一能與西方扯上關係的，就只有……

「初次拜見，閻王陛下。」年輕的金髮天使恭敬地行禮，「在下是賽米絲學園的信差。」

「呃……他會說中文？」羅言望向文判，吃驚地迸出這句話。

「我會說英文、法文、日文，就不會看你驚訝過，大人。」文判冷淡地橫了羅言一眼，「我猜你吃驚的重點完全錯誤了。」

羅言摸摸鼻子，不敢說在他的心裡，就算他的女祕書會說火星語也不奇怪。

畢竟那可是文判，不是嗎？

「閻王陛下，在下是奉學園長的命令，特地送信過來。」金髮天使說道。

羅言看了一眼浮在文判掌心上的信封，暗暗屏息，接過未拆封的信。

「做好心理準備，大人，恐怕不是好消息。」文判輕聲耳語，「天界的人說，那使者是從空間通道十萬火急地趕過來。」

羅言的確做好心理準備，可是他怎樣也沒想到，下一秒會看見超乎自己預想的可怕消息！

「小城中了詛咒!?該死的，小城爲什麼會中詛咒！」羅言咆哮，簡直不敢相信自己的眼睛。他立即轉頭，黑眸緊緊盯住那名信差，「這到底是怎麼回事？說！」

當羅言怒吼出最後一字，辦公室內的所有物品似乎都在震動，一種奇異鳴響迴盪在空氣裡。

來自西方的信差忍不住屏住呼吸。

羅言身後的影子像是在暴漲，一眨眼就變得巨大，幾乎覆蓋整個天花板。

明明羅言體型未變，可是信差卻覺得眼前年輕的黑髮男子如同巨人，散發出可怕的壓迫感。

「萬分抱歉，在下並不知曉……」金髮天使低下頭，極力維持聲音穩定，「但學園長保證會盡全力追查。如今城隍大人已在安全場所，受到嚴密的保護。」

羅言臉色鐵青，不發一語地瞪著那名天使。半晌後，他的影子回復正常大小，但辦公室內的空氣依然沉重得讓人難以呼吸。

「回去轉告你們的學園長。」羅言一字一字地說，語氣嚴厲，「要是小城有一絲差錯，我們東方地府鐵定和你們西方沒完沒了！」

瞬間炸開的轟然氣勢，讓金髮天使感覺自己的羽翼都傳來疼痛。

「還有一事，大人。」迅速看完信的文判神情凝重地對羅言說，「西方派遣使者來此的事，必須隱瞞好，萬萬不能讓日、夜遊巡兩位將軍知情。」

「啊……」羅言的臉色當下由鐵青轉成蒼白，他已經可以預想到那畫面了。

將艾草看得比任何人事物都重要的梁炫、長照，一旦得知此事絕對會理智線斷裂，立刻衝到賽米絲學園去爲艾草討公道。

「我不會說，小文妳也別透露。」羅言深吸一口氣，對金髮天使再問道：「西方的天使，你要如何回到賽米絲學園？是要再藉由我東方天界開啓通道嗎？如果是如此，就由我送你至天界，但你務必要隱匿行蹤。」

梁炫和長照不是遲鈍的人，假如讓他們察覺地府出現天使，第一時間必定會聯想到艾草是否出事了。

「不，在下有其他方法可以回去……」金髮天使有絲困惑，但仍老實坦承，「學園長替在下向學園的守門人商借了能夠開啓通道的備鑰，屆時再通知守門人一聲，就能順利打開兩方通道，返回學園。」

對此，羅言稍微鬆了一口氣。

城隍府眼下只剩兩位將軍，要是連他們都不在，就眞的要群龍無首了。

沒想到下一瞬間，之前出現過的尖銳警鈴再度響起，平息下來的警示燈又一次瘋狂閃爍。

金髮天使錯愕地抬起臉，全然不知道發生什麼事。

「小文，妳又按下了警示燈嗎？這可不有趣。」羅言望向文判，眉頭緊皺。

「不論有不有趣，我不會公器私用，大人。」文判瞇細了眼，也仰頭盯著警示燈，「恐怕是外面的人……」

無預警拔高的電話鈴聲打斷了文判的話，她大步一跨，毫不猶豫地接起內線電話。

「這裡是文判。」簡潔俐落的語句。

「文大人……事情……」話筒中傳來的聲音小得不可思議，簡直像怕被誰聽見，「他們來……正在……」

「什麼？聲音太小了，我聽不清楚。」文判蹙起眉，伸指按下免持聽筒的按鍵，讓其他人也能聽見。

「是……大人……殺氣騰騰……」話語依舊模糊難辨，沒人能理解對方想傳達什麼訊息。

大人？殺氣騰騰？誰殺氣騰騰了？

羅言越聽越糊塗，他也站到電話旁，沉聲喝了一句，「說話不要吞吞吐吐！有什麼話就大聲說——」

這次換羅言的聲音被蓋過去了，電話裡傳出劇烈的砰然聲響。

與此同時，那聲響也自辦公室門口傳來，頓時像雙聲道疊合在一起，分不出究竟來自哪一方。

辦公室內的三人反射性轉頭看向門口，他們馬上知道驚人聲響是怎麼來的。

應當好端端掛在原來位置的兩片厚重門板，此刻失去與門框的連結，可憐兮兮地躺在地上。

失去遮掩物的大門口正佇立著兩抹身影。

一是高眺女子，一是瘦弱少年，兩人各穿黑衣、白服，腳下、周身繚繞著黑氣。

黑氣躁動，有如活物張牙舞爪，隨時欲撲上敵人。襯著兩人身上迸發的冰冽氣勢，使得空氣溫度似乎下降了幾度。

女子和少年身後的職員辦公室靜得像連一根針掉落也聽得見。然而與先前一聽見警示就進入備戰狀態不同，今日值班的閻王殿員工們現在大氣不敢吭一聲，縮著肩膀，心驚膽跳地看著那兩人的背影。

就連打電話的那位職員也小心翼翼地放下話筒，裝作自己剛剛什麼事也沒做。

中樞辦公室內，金髮天使一臉怔愣，文判眼中閃過一瞬緊張。

而羅言則是極力吞下差點竄出的呻吟，他總算明白電話裡的「殺氣騰騰」是指什麼了。

——殺氣騰騰的梁炫和長照。

要命，爲什麼他的胞姊與長照會挑這時間上門……羅言忍住想抹臉的動作，腦中拚命想找出適當理由，好解釋閻王殿內怎會出現西方天使。

只不過還未等到辦公室中的任一人開口，總是給人文弱印象的黑髮少年已一個箭步衝向金髮天使，五指猛地拽扯住對方衣襟。

「我們家小姐怎麼了？」長照扭曲了俊秀的臉龐，眼裡是駭人的狂躁，「城隍大人爲何會受到詛咒？你們膽敢讓她遭受到這種對待！」

隨著暴吼砸下，空氣似乎跟著震動一下。

羅言心臟重重一跳，不敢相信自己聽見了什麼，「爲……爲什麼你會……日遊巡將軍，爲什麼你會知道？」

「因爲我在你的辦公室裝了竊聽器。」冷淡說出這話的人是梁炫。無視羅言的震驚，她幾個跨步逼近對方，纖白的手指也猛力抓住對方衣領，「羅言，你竟然還想隱瞞我等？」

隨著梁炫吐出清冷的聲音，那些纏繞在她周身的黑氣也聚集到她手臂上，向前蜿蜒爬行來到指尖處，幾乎要碰觸上羅言的臉。

「你竟然，想隱瞞城隍大人遭到詛咒的事？」

「冷靜一點，夜遊巡將軍……我知道事情一定會變這樣才不想告訴你們的，姊！」羅言大喊道。

「不管你說什麼都改變不了我等的決定，城隍大人陷入危難，我等絕不會毫無作爲地留在這裡。」梁炫冷冰冰地說道，下一秒她手指抽開，黑氣一併退離羅言眼前，「抱歉，文判，給妳添麻煩了。長照，我們走！」

「明白！」沒有任何遲疑，長照身邊的黑氣即刻化成實體的漆黑鎖鍊，迅雷不及掩耳地纏縛住金髮天使的身軀。

在誰也還沒來得及反應時——包括被纏上黑鍊的天使自己——梁炫已閃身至長照身旁，兩人突地挾帶走信差。

一晃眼，一黑一白的身形已消失在閻王殿內。

「不是吧……等等，姊！長照！」羅言不敢置信地追出幾步，可很快就頹然止步。他垮下肩膀，伸手抹了一把臉，「太棒了，居然把人家使者直接綁走……而且爲什麼是跟小文道歉？我才是那個苦主吧……」

「我想是我做人比你成功，人品也比你好，大人。」文判走上前，遞出了手機，那是屬於羅言的，「要派人阻止兩位將軍嗎？」

羅言放下手，看著那支遞至眼前的手機。他知道只要按下撥號鍵就能調動全地府的鬼差找出梁炫與長照，還有那名被人綁架的天使。

「……不。」可是他搖頭了，露出些許苦笑，「他們不會對那名天使做什麼事，他們只是要對方帶他們一起過去，到賽米絲學園。」

到艾草的身邊去。

「算了，他們到小城那去也好，說不定事情反而可以提早解決。」羅言抓耙頭髮，吐了一口氣，回頭望向又要重新安裝門板的辦公室門口，「小文，城隍府那邊暫時由妳坐鎮，現在只希望西方那邊別出什麼差錯。」

否則，別說是他們地府跟西方沒完，即將齊聚一堂的城隍府八大將軍，為了他們的主人，也將不客氣地挑起第一場兩界紛爭！

二 有些事情不對勁

賽米絲學園・白犀之塔

當棲息在架子上的火蜥蜴準時在早晨七點鐘噴吐出一聲挾帶著火星的咆哮，縮在被窩裡蜷成一團的身影反射性地踢開棉被，從床鋪上大力彈起。

那是一名臉頰、鼻尖有淡淡雀斑的女孩，紅髮翹得亂七八糟，太過英氣的臉龐總是令初次見面的人搞錯她的性別。

使勁地眨了幾下眼睛，逼退紫眸裡的酸澀，待視野恢復清明，沙羅・曼達立刻一骨碌地跳下床，衝去廁所刷牙洗臉。

沙羅每一天都過得相當規律，她準時起床，準時向自己養的寵物道早安，準時衝去隔壁寢室吵醒自己最要好的同班同學。

「溫蒂妮！溫蒂妮！起床了！」利用跟舍監借的備份鑰匙打開房門，沙羅站在門口，笑嘻嘻地拉高聲音大喊。

床鋪上的人影仍沒有動靜，白犀之塔的五樓已從各處傳來乒乒乓乓的騷動。

「該死的！沙羅妳一定要這麼準時嗎？」

「天哪，那麼快就七點了嗎？我覺得我還沒睡夠啊！」

「又是妳！一年級的沙羅．曼達！」

「我真恨我們白犀之塔有這麼一個活鬧鐘……」

有咒罵的、有驚呼的、有哀號的，這棟宿舍五樓的學生們都拿沙羅叫醒好友的聲音來判斷時間。

誰教對方實在太準時了，從來沒出過差錯。

無視背後那片聲響，沙羅看見床上人影終於有了動靜。

和男孩味十足的沙羅可說是呈對比完全相反的綠髮女孩揉揉眼睛，慢吞吞地坐了起來。即使依舊睡眼惺忪，也無損那張甜美臉蛋的魅力。更別說那頭垂散在肩後滑順的綠色髮絲，無形中更添一絲慵懶氣息。

「早安，沙羅……妳還是一樣準時……」逸出嘴唇的聲音悅耳又優美。

與沙羅同屬一年A班的溫蒂妮掩嘴打了個小小的呵欠，習慣性地張手環抱對方一下，就搖搖晃晃地走進廁所裡梳洗儀容。

沙羅不客氣地一屁股坐在床鋪上，盤算著待會要趕緊到宿舍餐廳。她先查過菜單了，今天有美味的烤小羊腿！

要是去晚了，肉類可就被男孩子掃光。

「喂，沙羅！我們要先到餐廳啦！」幾個男孩忽然從房門外探頭，他們都是一年A班的學生。

由於沙羅不拘小節，外表又容易令人忽略眞實性別，總是能和異性打成一片或稱兄道弟。

「放心好了，妳那份我們會替妳吃光光的！」其中一人興高采烈地說。

「啊！太過分了！你們敢吃光，我就跟你們沒完沒了！」沙羅霍地站起來，張口往門外吐出一小團火球。

她有火精靈的血統，製造火焰對她而言不是什麼難事。

不過男孩們早有防備，迅速一縮頭，嘻嘻哈哈地跑下樓。

「沙羅，妳又要爲了食物跟誰沒完沒了？」梳洗完畢的溫蒂妮走了出來，碧眸好笑地睇望自己的好友。

「還不是彼得那幾個豬頭。」沙羅握緊拳頭，作勢對空中假想的敵人揮舞，接著雙眼一亮，跑向溫蒂妮，抓住她的雙手，「溫蒂妮、溫蒂妮，妳待會直接帶我到一樓吧，這一定比走樓梯下去快多了！拜託妳了，今天有超美味的烤小羊腿呢！」

「哎呀哎呀……」溫蒂妮看著那雙閃閃發亮的紫色眸子，露出傷腦筋的笑，「但是被舍監看到的話，會被罵喔。沙羅，妳上次不是才被教訓了一頓？」

「我只是從五樓直接跳下去，也沒使用什麼魔法，結果舍監還是把我臭罵一頓，說什麼這樣很危險……」沙羅吐了吐舌頭，「這哪會危險？才五樓耶。不過她威脅我，再亂來一次就要把我丟到保健室，讓醫生好好虐待我……要是碰上薩拉心情不好，眞會虐待我的！」

似乎回想起什麼可怕回憶，沙羅縮下脖子，臉皺成一團。

溫蒂妮爲那生動的表情變化覺得好笑，不過也能理解沙羅的心情。

幾乎不曾在公開場合露過面的保健室校醫，在賽米絲學園裡可說是位神祕人物。沒去過保健室的學生大多不知道他；但只要去過，往往巴不得自己絕不再踏進那一步，只因校醫的暴力治療手段太令人難忘——伴隨著疼痛及慘叫。

溫蒂妮陪好動又容易受傷的沙羅去過幾次，至今仍對那些場景印象深刻。

「所以啦，溫蒂妮、小溫。」沙羅眨眨眼睛，努力擺出最無辜的神情，「有妳幫忙的話，就等於我身邊帶了最棒的安全設備對吧！哪，拜託？拜託？」

溫蒂妮被小狗般的眼神逗笑了，她似乎還能看見好友背後搖晃的尾巴。

「妳其實是犬妖與火精靈的混血吧？」她打趣道。

「哎？」沙羅困惑地歪頭，很確定自己屁股後可沒長出狗尾巴，「當然不是啦。溫蒂妮，妳不是早就知道我是什麼混血了嗎？」

「是是是，我只是開玩笑的嘛。」溫蒂妮噗哧一笑，臉上笑容越發甜美，「我知道了，沙羅，我會幫妳的，我總是沒辦法拒絕妳的要求。所以，妳可以不要再用小狗眼神刺激我的同情心了。」

「也就是說……」沙羅的臉龐像是被瞬間點亮。

「讓我先拿好今天要用到的課本吧。」溫蒂妮抽回手，笑望開心得在房裡轉圈歡呼的好友。

和沙羅在一起，向來能充分地讓她感到溫暖。

「妳是我最重要的朋友，我怎麼可能拒絕得了……」溫蒂妮喃喃地說，隨後嚥下句尾，唇邊帶著一如往常的溫柔微笑。

沙羅宛如一隻極力忍耐躁動的小動物，在原地扭來扭去。等溫蒂妮東西拿好，她馬上蹦跳起來，拉著對方的手臂快步往外跑。

走廊上相當熱鬧，整棟白犀之塔的學生差不多都起床了，不時有人急匆匆或慢條斯理地下樓。

交錯在多層樓間、最後匯聚中央的白色樓梯，這時與其說像蛛網，倒不如說像運輸帶。

「準備好了嗎，溫蒂妮？」沙羅期待地問著，眸裡散發出興奮的光芒。

「隨時為妳服務。」溫蒂妮輕巧地躍上走廊欄杆，彷彿不在意身後是五樓的高度，還俏皮地對沙羅眨眨眼，向她伸出了手。

沙羅握住那隻手，也俐落地踩上欄杆。

「喂！妳們兩個！好好的樓梯不走想幹嘛？」沒想到一聲嚴厲大吼這時猛地傳來。

沙羅與溫蒂妮嚇了一跳，舍監剛好在五樓可不是她們預料中的事。

「哇！溫蒂妮，她追來了！追過來了！」沙羅慌慌張張地喊。要是被惱火的舍監抓到，鐵定少不了一頓罵，她的小羊腿也要跟著泡湯了。

「沙羅，跳了！」溫蒂妮當機立斷地喊了一聲，隨即攬住沙羅的腰，帶她縱身往下躍。

剎那間，溫蒂妮身旁平空出現淡綠色的氣流。它們如柔軟的布，溫柔地滑過她的手，將兩人一起圈圍住。

她們往下墜的速度很快，卻又與失速截然不同，一下子就穿過了四樓、三樓……

樓梯和走廊都有人被這突來的一幕嚇一跳，下意識探頭俯望。也有人吹了聲佩服的口哨，或是起鬨地鼓掌大笑。

沙羅還有餘力對他人拋出飛吻，不過隨即就聽見四周傳來哀叫。

「噢！沙羅的，才不要啊！」

「換溫蒂妮，溫蒂妮比較好啦！」

「去死啦，你們這群混蛋！」沙羅衝著上方比出中指。

不像沙羅精力十足地對著上方笑罵，溫蒂妮壓按著飄揚的髮絲，在地面離她們越來越近的時候，心念又是一動。

綠色氣流旋轉，同時也減緩了降落的速度，讓被它們包圍住的紅髮女孩及綠髮女孩能不受衝擊，穩穩地站在光可鑑人的大理石地板上。

溫蒂妮手指輕拂，氣流頓時全然消隱。

那是溫蒂妮的風。

溫蒂妮．西芙是白犀之塔內眾所皆知的風精靈。

「好了，溫蒂妮，我們快去餐廳吧！」沙羅迫不及待地拉著好友跑，內心想的都是美味豐盛的早餐。還沒到達餐廳，都能聞到烤小羊腿的香氣了。

她嘴饞地嚥嚥口水，覺得今天一如之前的每一天，既平常又美好。

雖然她可能再度因貪吃早餐遲到，被班導黑荊棘不客氣地訓斥，但她會記得幫溫蒂妮解釋，表明這全是自己的錯。

一直到眞的踏進教室前，沙羅的心裡都想著，這將是和往常無異的一天。

然而當她衝進教室，瞬間感受到一種古怪氣氛，這使得她硬生生煞住腳步。

沙羅不知道這是怎麼回事，於是她飛快看了教室一圈，找到了造成古怪氛圍的源頭。

就在教室後方，那裡簡直盤旋著低氣壓，或是可用其他負面字詞來形容的氣息。

容姿華艷的粉紅長髮少女就像在極力忍耐怒氣，但一雙寶石綠的眸子還是透出森寒。

個子矮小的金髮小男孩陰沉著一張精緻的臉，渾身散發出的冰冽氣勢宛如會割傷貿然接近的人。

栗子色鬈髮女孩則眉宇緊蹙，似乎正爲了某件事憂心忡忡。

相較之下，同樣是古怪氣氛源頭之一的白髮少年看起來正常許多。他面無表情，一雙血紅眼瞳裡沒有波瀾，讀不出任何情緒。

可是，光是這樣，對沙羅及一年A班的其他同學來說，就已經夠不可思議了。

那可是白蛇，走到哪睡到哪的伊甸之蛇後裔居然清醒著，沒有自顧自地陷入沉睡？

沙羅忍不住呑了下口水。

無論是莉莉絲、拉格斐、野薔薇，甚至是白蛇，他們今天都太反常了。

然後，沙羅注意到，在那塊區域中有個座位是空的。

艾草沒有來。

賽米絲學園首位來自東方的交換學生，今天並沒有來上課。

今天一點也不平常。

沙羅很喜歡艾草。

對方身形嬌小，一張白瓷般的小臉上雖然鮮少有表情變化，可那墨黑眸子卻生動得像會說話，有時候光是仰頭凝望人，就讓人覺得像小動物般惹人憐愛。

沙羅知道班上大部分人也對艾草有好感，尤其是莉莉絲、拉格斐、白蛇，他們都表現得太明顯了。

而通常只要有他們幾人在，女孩子還可以靠過去，但男孩子就得承受無形的恐怖壓力。因為只要白蛇睜開他的紅眼睛，視線就足以逼得他人不敢踏進艾草身邊一公尺的範圍內。

今天沒了艾草，那三人又重回之前一般難以親近。

從艾草認眞又一板一眼的個性來看，沙羅不認為她會無端曠課。

難不成……是生病了嗎？可是莉莉絲他們沒有蹺課留在艾草身邊，又顯得有點奇怪。況且他們的神情也表現出艾草不在，讓他們情緒大受影響。

這究竟是怎麼回事？

沙羅想得腦袋都痛了，她本就不擅長思考複雜的事。要不是顧忌現在還是黑荊棘的導師時間，她一定會壓不住內心的擔憂和困惑，衝去找莉莉絲或拉格斐，還是野薔薇問個清楚。

——白蛇不行。即使個性大剌剌的沙羅，也覺得對方缺乏溫度的紅眼睛相當嚇人。

有好幾次，沙羅差點忍不住想暗中丟紙條問個究竟，但都被溫蒂妮阻止了。綠髮女孩用眼神明明白白地告訴她，自己是絕對不會用風術幫忙傳紙條的。

好不容易忍到下課鐘響，戴著貓咪頭套的女教師前腳剛踏出教室大門，沙羅馬上迫不及待地站起，可卻又忽然被人按住肩膀。

「等一下，沙羅。」喊住沙羅的人是溫蒂妮，她輕搖下頭。

「溫蒂妮？」沙羅滿心困惑，不懂好友為什麼不讓她去找人問個清楚。

「我不是要妳別問。」溫蒂妮一眼就看出對方心思，輕聲說，「我知道妳擔心艾草，但是我建議妳先找野薔薇。我猜其他幾人……現在不會給妳任何回應。」

沙羅望了莉莉絲和拉格斐的方向一眼，不得不同意溫蒂妮是對的。

經過一堂課的時間，地獄君主之女和金髮天使的情緒別說好轉，根本變得更糟了，此刻上前詢問的話，恐怕連一句回應都不會得到。

想到這裡，沙羅立即將目標轉向野薔薇。

那名擁有栗子色鬈髮和深棕眼眸的女孩正要離開座位，似乎打算去教室外。

「溫蒂妮，我們快點過去！」見機不可失，沙羅拉著溫蒂妮的手，三步併作兩步地穿過人聲鼎沸的教室，搶在野薔薇要走出門口之前，喊住了她，「野薔薇！」

野薔薇流露一絲吃驚，眸子微微睜大，彷彿不解面前的兩名同學怎會找上自己。

「妳們不是風風火火二人組嗎？找野薔薇要做什麼？」野薔薇尚未開口，她手上的南瓜手偶倒是喋喋不休地吐出連串追問，「吃飯嗎？喝下午茶嗎？如果是，倒不如邀本大爺吧！本大爺最近剛好有空接受女孩子的熱情邀約，雖然有一個長得跟男孩子差不多，但相信胸部一定還是比野薔薇這個飛機……」

「抱歉，請不要……理會細細的胡言亂語。」野薔薇露出了含帶歉意的微笑，細聲對著沙羅她們說道。與她文靜的語氣相反，她那隻戴著南瓜手偶的手，則是迅速猛烈地砸向牆壁，瞬間就讓手偶徹底沒了聲音，也沒了意識，「細細最近腦袋有點錯亂，這個方法……是最適合治療它的，請別介意。」

「啊？啊……」沙羅吶吶地點頭，覺得野薔薇和她印象中似乎有些不同。在她的認知裡，野薔薇感覺更文靜、怕生一些。

「沙羅、溫蒂妮，妳們找我有什麼事嗎？」野薔薇主動提問，心裡也有點好奇。

除了艾草他們，她與班上的同學算是交情一般．而她對眼前紅髮女孩和綠髮女孩的最大印象，就是她們與艾草感情不錯，尤其是沙羅。扣除掉自己這些人，沙羅可說是班上最熱衷和艾草互動的人了。

思及此，野薔薇的眸裡閃過一瞬光芒，她大概猜得出沙羅二人的來意。

——和艾草有關。

「哪哪，野薔薇，妳知道艾草今天怎麼了嗎？」

果不其然，沙羅的問題正如野薔薇所想。

「艾草沒來上課，她是生病了嗎？」溫蒂妮也跟著問。

不，艾草她不是生病。野薔薇在內心回答，然而那是不能對他人說出的眞相。

——就在前幾天的年級會考中，艾草受了詛咒。代表地獄詛咒之誓的圖紋化成黑色的薔薇花苞與荊棘，烙印在她的胸口上。

野薔薇暗中朝莉莉絲、拉格斐、白蛇的方向瞥去一眼。只要回想起那圖紋格外怵目地烙在那具單薄的身軀上，她就覺得難過；將艾草視爲重要存在的他們，不知又是多麼痛苦？

「野薔薇？」

溫蒂妮的聲音拉回野薔薇的思緒。

「不好意思，我有些分心。」野薔薇快速地眨下眼，又露出與往常無異的文靜微笑，不讓人看出不對勁。

艾草遭到詛咒一事，越少人知道越好。

「艾草她這幾天，似乎有點不舒服……沒想到昨晚眞的病倒了。不過還好情況不是太嚴重，休養一陣子就好了。」

「病倒了!?」沙羅瞪大眼睛，緊張地拉高聲音，渾然沒意識到自己的音量引起了注意。

金髮藍眼的矮個子男孩往她們的方向投來視線。

「是的……但只要好好休養。」野薔薇注意到拉格斐的目光，她不著痕跡地回對方一記眼神，表示她會給出一個不讓人懷疑的完美理由，接著再對沙羅和溫蒂妮豎起食指，置於唇邊，唇角有著溫柔笑意。

「還有安靜的環境，也能幫助情況好轉。沙羅，我知道妳們擔心艾草……可這時候過去的話，艾草的部下們一定不會讓任何人進入房裡。所以再過幾天吧，再過幾天，肯定就能……」

野薔薇的嗓音變得更輕，彷彿在自言自語，但那聲音還是飄進了拉格斐耳中。

拉格斐只聽到這裡，就沒有再繼續聽下去，他的腦海迴盪著那一句話。

「再過幾天，肯定就能……」

三 消失的那抹身影

對於拉格斐．帝來說，那是他無論如何都不願再回想，可又不得不回想的可怕回憶。

原本該是再平常不過的年級會考，由三年級出題，一年級的他們破解關卡。他與艾草、野薔薇，以及一年C班的珠夏同組，面對的敵人是愛慕著莉莉絲的夢魔姊妹花。

可誰也沒想到，那對姊妹竟遭人暗中植入了黑暗元素的結晶，使得她們身軀產生異變。最後在以爲打敗她們時，其中一人猝不及防地出手攻擊艾草。

——紫髮的夢魔睜著一雙全然闃黑的眸子，手裡持槍，對著毫無防備的黑髮小女孩扣下了扳機。子彈射出得如此突然，誰都來不及阻止，只能眼睜睜看著那具單薄瘦小的身子就像凋零的紅蝶，緩緩向後倒下。

在他們眼前……艾草臉色蒼白得如同要被自己一身紅黑衣飾吞沒……

拉格斐痛苦地喘口氣，無意識捏緊手指。那一幕仍是歷歷在目，每次回想都令他喉頭像哽著一團鋼絲，呼吸就覺得痛。

他明明發誓會保護她的，會保護艾草，然而竟只能任憑對方被烙下詛咒之誓，自己卻無能爲力。

就連現在，想守在艾草身邊也做不到。

不管是他或莉莉絲、白蛇，甚至是珠夏，都沒人知道艾草此刻身處何方。

一發現艾草遭到詛咒，黑荊棘立刻將艾草與她的部下們一併帶走，完全沒有透露任何消息，保密做到了極致。

即使他們找上黑荊棘追問，那名摘下貓咪頭套的荊棘魔女也只是冷酷地將所有人逐出她的實驗室，拒絕讓人得知艾草的情況。

現在，艾草位於白犀之塔裡的房間空無一人，她的四名部下也沒待在那。

她彷彿徹底消失在賽米絲學園裡……

不，拉格斐知道艾草一定還在學園裡，只是正待在一個他們無從得知的地方受到保護。

拉格斐雖然脾氣暴烈，但不代表他不會冷靜思考。

艾草中的是地獄的詛咒之誓，那是連身為天使的他都聽聞過的凶惡詛咒。假使沒在一定時間內找到下咒者、解除詛咒，烙印在艾草心口的黑色薔薇將會盛開，薔薇四周的荊棘則會刺入她的心臟。

因此，艾草的部下們不可能冒此危險，將她送回東方，那對事件沒有任何幫助。

而拉格斐能肯定艾草還留在學園裡的原因，還有一個。

根據鈴蘭和百合透露出的唯一線索——

「不不不！不要啊啊啊啊啊！」

「老師——」

對她們植入黑暗元素結晶、暗地操縱她們的不是別人，正是賽米絲學園中的其中一位教師。又唯有三個年級的班導師能夠插手年級會考的事務。

爲了能最快解除詛咒，讓艾草待在學園裡是無可避免的選擇。

無論如何，如果可以調查出誰擁有地獄住民的血統，或許……中斷拉格斐思考的，是一陣忽地自額頭傳來的疼痛。

金髮藍眼的小男孩霍然回過神，一發現疼痛來源是一根滾落到桌面的白色粉筆，他頓時抬頭瞪向講台，眸裡燃動著焰火。

「你發呆發得夠久了，矮子。要我提醒你，現在是我的上課時間嗎？」講台上，戴著貓咪頭套的黑荊棘雙手環胸，頭套下逸出低啞的聲音，「第一堂課是導師時間我不計較，反正我也沒多浪費力氣講課。但這堂可是藥理學，我在講課時就該豎起耳朵，乖乖地聽我說。」

班上同學都以爲拉格斐勢必會因爲這番話語惱火地站起回嗆，他的脾氣和冷漠的外表相反，可是暴烈得很，又時常看不慣黑荊棘的一些言行。

事實上，拉格斐也確實是雙手按著桌面站起了，藍眸幾乎要迸射出冰冷的火焰。

可是，出乎眾人意料，他緊緊抿著唇，沒有迸出任何一個字，只惡狠狠地瞪視黑荊棘一會兒，又重重坐回位子上，如同什麼事也不曾發生。就連那素來能惹得他暴跳如雷的「矮子」兩字，也像是沒有聽見。

這一幕對一A的學生來說太過反常，有人不禁驚疑地竊竊私語，揣測拉格斐．帝是何時轉了性子？

不過在黑荊棘手持荊棘教鞭，向著空氣一揮甩後，這些細碎聲響瞬間歸爲死寂。

黑荊棘沒有多看行爲反常的拉格斐一眼，轉身繼續講解黑板上的課程內容——她知道拉格斐並沒有轉性。

在這間教室裡，除了黑荊棘外，莉莉絲、白蛇和野薔薇也都知道。

而剛好就坐在拉格斐隔壁位子的沙羅，雖然不清楚其中內情，可是她完全不認爲對方的性子有改變，仍舊暴烈。

她想，要是其他同學像她一樣看見眼下場景，一定也會這麼覺得。

——拉格斐方才按住的桌面已被一層寒冰覆蓋，那冰不只凍住桌面，還一路向下延伸，包括桌腳及地面，都折閃出冷徹的光芒。

不擅長複雜思考的沙羅忽然意識到，也許、也許……事情沒有野薔薇說的那麼簡單，否則拉格斐的行爲不會如此反常。

這些日子以來，一A的學生已經明白一件事。

只有艾草能讓拉格斐變得不再像自己。

莉莉絲將拉格斐的行爲盡收眼裡，也沒忽視身邊白蛇並未進入熟睡，而是以一雙缺乏溫度的紅眼睛看著講台上授課的黑荊棘。

她清楚他們是爲什麼，都是爲了艾草。

可是、可是，莉莉絲覺得自己才該是最憤怒的人。她甚至還沒親眼見到受詛咒的艾草一面，對方就已被黑荊棘帶走，安置在他們無從知曉的地方。

當她知道年級會考究竟發生什麼事後——那對夢魔會因此付出代價的，她保證——她就找不到艾草了。

無意識地握緊筆，莉莉絲不知道自己的碧眸如同淬上火焰，尖銳的視線巴不得刺穿講台上穿著白袍的背影。

艾草連續幾日毫無音訊，讓莉莉絲累積的憤怒幾乎要噴吐而出。

黑荊棘怎麼能瞞著我們？那是艾草，那是我最重要的朋友！

彷彿在呼應這名粉紅長髮少女的情緒，她的指尖冒出黑氣，旋即又化成黑焰。

就在那簇地獄火將手中的筆燃盡的瞬間，台上的黑荊棘也停止教課了。

下課鐘聲迴盪在教室內外。

「今天的課程就到此爲止。」黑荊棘轉身面對學生，即使戴著貓咪頭套，但所有人都能感受到她的目光落在自己身上。

「下次上課會進行實際操作測驗，回去記得將我這幾堂課教的東西好好塞進你們那依舊貧乏得可憐的腦袋瓜裡。還有記好一件事，別認爲自己可以做些大膽的嘗試，製造出創新的藥劑，你們還沒那個本事。我再說一次，不要想做些多餘的事。」

冷淡地扔下這段話，黑荊棘便大步離開，白袍在她身後翻掀，留下一票學生在教室裡。

「那個……老師是不是意有所指？」有人忍不住狐疑地開口，「她平常不是討厭說這麼一大串的話嗎？」

這邊幾名學生討論著黑荊棘的行爲；另一邊，莉莉絲再也忍耐不住惱火地拍桌站起。

「那個可恨的魔女！」莉莉絲一點也不怕洩露黑荊棘的眞實身分，其他人只會以爲她是在針對對方古怪的性格。她的掌心下竄出縷縷黑焰，當她移開手，一枚焦黑的掌印已在桌面形成，看起來格外怵目驚心，「那些話分明是針對我們！」

「明知道是針對我們，卻還因此發怒，不覺得愚蠢嗎？」寂冷的聲音自旁傳來，白蛇的表情冷漠得與莉莉絲的反應呈現對比。

「閉嘴，冷血的，你現在最好別惹火本小姐。」莉莉絲瞇細寶石般的碧眸，語氣和前一刻的憤怒不同，變得又輕又低，然而蘊藏其中的危險卻濃烈得嚇人。

證據就是她張開的掌心內正燃躍出漆黑的地獄之火，氣勢不只高傲，而且冰冷。

莉莉絲和白蛇本就不是和睦相處的關係，他們時常一同組隊主要是圖個便利。此刻缺少中和劑般的艾草，氣氛頓時變得比先前還針鋒相對。

嗅到不對勁，兩人周圍的同學們立即退得遠遠的，畢竟誰也不想捲入地獄君主之女與伊甸之蛇後裔的紛爭裡。

還待在莉莉絲與白蛇身邊的人，只剩下拉格斐和野薔薇。

「愚蠢的是你們兩個，你們他媽的還想浪費時間，就儘管留在這裡被其他人當焦點看待吧。」拉格斐冷著小臉，不客氣地拋出這段話後，也大步離去。

莉莉絲和白蛇自然聽得出拉格斐的言下之意。前者咂了下舌，後者不發一語，但兩人確實停下了唇槍舌戰，毫不遲疑地跟上拉格斐的腳步。

在得不到任何關於艾草線索的情況下，假使他們還起內鬨，那的確愚蠢到無話可說。

但是，野薔薇並沒有跟上。

「野薔薇？」注意到她尚停留在原地——事實上，「她」不是女孩，而是還未分化出性別的水妖，不過這事也僅有莉莉絲他們少數人知情——莉莉絲頓了下步伐，目光裡帶著詢問。

「不，我……我有事要先去找黑荊棘。」野薔薇先是搖搖頭，接著再向他們一彎腰，隨後小跑步地從另一扇門離開教室。

莉莉絲沒有再喊住對方，她想，也許野薔薇能從黑荊棘那問出什麼情報，不管多微小都好，畢竟那兩人關係親密。

「噢，該死的、該死的……只是一場年級會考，為什麼忽然間全變了樣？」莉莉絲咬著指甲咒罵，至今仍有一絲詭異的恍惚感。在心底角落，似乎有個聲音在喃喃低語。

這怎麼會是現實？艾草被地獄之人下了詛咒的事……艾草消失在他們生活中的事……

但很快地，她就果斷地將這些思緒拋甩在腦後。想這些於事無補，現在最重要的是找到艾草。

然後、然後，自己要大聲地責罵小米粒——她果然要跟自己在一起才會安全——再用盡力抱緊她……

白蛇素來厭惡成群結黨，他總是獨來獨往，碰上得要兩名成員的學園任務才找莉莉絲同組。

可這些，都因爲那名黑髮黑眸、來自東方的小女孩改變了。

他開始與艾草及其他人待在一起。在別人眼中，白蛇、艾草、莉莉絲、拉格斐、野薔薇，這樣的組合似乎已經變得理所當然。

但只有白蛇知道，他並不將他們當作同伴，而是和艾草待在一起讓他覺得很舒服，但艾草總與那些人在一起。

只是現在，那些人還在，艾草卻消失了。

白蛇不是遲鈍到什麼都不懂的人，當他察覺艾草對自己而言不同於其他人時，他就不會容許那名擁有一雙翦水黑眸、對他的注視完全不害怕的黑髮小女孩，退出他的生活。

他會找到她的。

這也是爲什麼，白蛇願意跟著拉格斐離開教室。他明白在毫無線索之下，憑他一人之力難有作爲，必須有人協助才行。

白蛇非常肯定，這同時也是拉格斐和莉莉絲的心思。

沒有理會身後兩人是否跟上，金髮的矮個子天使直到走出一年級大樓、來到一處無人的學園角落時，才終於停下腳步。

「小不點一定還在學園裡。」拉格斐轉過頭，硬邦邦地吐出聲音。

「廢話，你當我們就沒有想到這些嗎？」莉莉絲煩躁地撥撩下華麗的長鬈髮，「下咒的傢伙是這裡的老師，也只有對方才能解開詛咒，黑荊棘他們當然不會讓小米粒離開。」

「問題是，艾草被安置在哪裡？」白蛇鮮少主動開口說話，可現在事關艾草，也沒人覺得他行爲突兀，「已經知道的事，就不須多此一舉地再提起，那毫無意義。我來這裡，並不是想聽這些無意義的話。」

「該死的，你以爲我們就不想知道嗎？」莉莉絲惱怒地低吼道：「但我們就是不知道，才聚在這裡！黑荊棘不透露，我們沒人曉得要去哪才能找到小米粒，賽米絲能藏人的地方太多了。除非你們有辦法逼問學園長那禿子，我賭那傢伙絕對知道。」

「那麼這個選項的問題就是，去哪才能找得到學園長？」白蛇冷冷地說，「需要我幫妳回想起來，學園長怕被學生蓋布袋，早就換了學園長室的位置，而且不讓學生知道了嗎？」

莉莉絲感到自己岌岌可危的理智線在這瞬間斷裂。

「冷血的！」碩大華麗的黑翼霍然從莉莉絲背後張啓，威嚇似地展至最大，「你是存心要跟我槓上嗎？你那德性跟個愚蠢、遷怒的三歲小鬼差不多！小米粒不見我比誰都更擔心，而你，還有拉格斐，你們那天甚至還有見到小米粒……我什麼都不知道的時候，她就消失了！」

「那麼妳以爲……妳以爲親眼目睹她被開槍擊中的我，心情會好到哪裡去嗎？」拉格斐捏緊拳頭，嘶聲說，「看著那該死的夢魇偷襲，我卻什麼都……」

拉格斐的聲音忽然哽住，他瞳孔收縮，直到這時才反應到自己居然忽略了重要的關鍵。

莉莉絲張大碧眸，她也想到了。

最快說出來的則是白蛇。

「夢魘現在在哪裡？艾草不在幾天，她們也不在幾天。」白髮紅眼的少年說，「她們製造了這次事件，她們被操縱，學園會調查她們。」

「可是在那之前……」拉格斐先是喃喃地吐出句子，隨即語速轉成飛快，「她們更須要休養，同時檢查體內是否還殘留著黑暗元素的結晶。她們會在一個適合休養的地方，而找到那裡，或許就能進一步找到小不點，因爲中了詛咒的她同樣也須要休養。」

「而且……」莉莉絲輕聲地說，「學園會派一位專業人員看顧她們、治療她們。黑荊棘雖然擅長藥理，但治癒不是她的擅長。既然不會是她，還有誰適合？」

三人不約而同地沉默下來，只不過他們的大腦正在飛快運轉。

不是三個年級的老師——學園長不可能在調查出幕後黑手之前，就派嫌疑人接近鈴蘭、百合，還有艾草——要相當擅長治癒術，那還得是光明種族……

當莉莉絲和拉格斐猶在苦思的時候，白蛇倏地睜開眼，紅瞳赤紅如染血。

臉頰覆著幾枚蛇鱗的蒼白少年猝然向某個方向揮出手，白色繃帶自他死氣沉沉的皮膚下竄冒射出，眨眼化成細長的蛇類，奇快無比地撲咬向空中。

「冷血的？」莉莉絲起初還不明白白蛇這舉動，可在她看見原本空無一物的空氣中，竟隨著那隻小蛇的噬咬顯現出淡綠色的氣流，碧眸登時閃動森寒的光芒。

有他們以外的人在偷聽！

「好大的膽子！」莉莉絲五指剎那間燃起闃黑火焰，只是在甩擲出地獄火之前，拉格斐比她更快一步行動了。

他眸中厲芒一閃，腳下迅速凝結出寒冰，一路向前，轉眼間就凍住暴露行蹤的兩抹身影。沒了淡綠氣流掩護，兩名偷聽者顯露出了眞面目。

「妳們最好有理由解釋。」拉格斐稚氣的聲音挾帶著足以凍徹心扉的森冷，「沙羅．曼達，溫蒂妮．西芙！」

被寒冰凍住雙腳、無法自由行動的，是一名紅髮紫眸的女孩和一名綠髮碧眸的女孩。前者表情寫滿慌亂，後者看起來較爲鎭定，但眼中也隱隱閃過一絲不安。

「呃，我們……」沙羅緊張地吞吞口水，瞄瞄盛怒中的拉格斐，又看看愕然的莉莉絲，就是不敢望向另一端的白蛇。

對方光是存在，就帶給人可怕的壓迫感。

「這是怎麼回事？沙羅、溫蒂妮，妳們爲什麼會在這裡？」發現是班上同學，加上她們兩人又與艾草交好，莉莉絲眼中的森寒褪去一些，五指上的黑焰也跟著消逝。

「誰？」白蛇召回自己的小蛇，他漠然地睇望兩名女孩。纏繞在他手臂上的小蛇，眼神就和他同樣陰冷且不帶感情。

「我們的同班同學。冷血的，你連這種事都沒記嗎？」莉莉絲嘴上沒好氣地抱怨，心中也清楚白蛇根本就不會費心去記這種瑣事，「沙羅、溫蒂妮，妳們還用風術藏起自己……妳們在偷聽我們談話？」

說到「偷聽」兩字時，莉莉絲那張嬌艷的容顏掠過一絲冰冷。

「現在，讓妳們說。」拉格斐冷哼一聲，一揮手，寒冰碎裂，重新還給沙羅二人自由。

「使用風之術……是我的主意。」溫蒂妮挺直背脊，盡力不在莉莉絲的威壓前顯露出畏縮。

「等一下、等一下！」見到三雙眼睛全盯住溫蒂妮，沙羅馬上伸手擋在她身前，慌張地大聲說道：「不是溫蒂妮的錯！是我拉她跟著你們到這來的，就連偷聽也是我的主意！可是、可是……我們不是故意要偷聽的，我們只是想知道艾草的情況……她不是因爲生病才請假，對不對？我聽見『詛咒』……艾草她難道是被詛咒了嗎？」

隨即而來的死寂，無異是最直接的答案。

沙羅張大嘴，傻愣愣地看著莉莉絲他們。她原本還以爲是自己聽錯了，可現在……

「這……這不是在開玩笑，對嗎？」沙羅囁嚅，語氣虛弱。

「妳覺得我們會拿這種事開玩笑嗎？」拉格斐冷徹的藍眸瞪向沙羅，「這事跟妳們無關，現在立刻離開。再敢有下次，就別怪我不客氣了！」

「我猜妳們嘴巴夠緊，我不希望從他人口中聽見這事。」白蛇淡淡地說。

不論是沙羅或溫蒂妮，都感到背後有股寒意舔舐而上。

「我……」沙羅緊緊地握住溫蒂妮的手，努力不使自己膽怯，「我想幫忙……知道艾草中了詛咒，我不可能什麼也不做，裝作沒這件事存在！」

「妳沒聽到那矮子說的嗎？」莉莉絲皺緊眉頭，「這事和妳們無……」

「我們現在就可以幫上你們的忙。」溫蒂妮打斷了莉莉絲的話，她深吸一口氣，臉上閃過勝券在握的光芒。

三雙眼睛再次回到溫蒂妮身上，就連拉格斐也將莉莉絲說的「矮子」二字拋到腦後。

「我們知道……我們知道你們該找誰。」溫蒂妮慢慢地說，「你們的目標是能看顧人、治療人的……這答案再明顯不過了，沙羅也一定知道。」

「咦？我嗎？」沙羅愣了下，沒想到話題兜轉到自己身上，不過她的手指還是緊緊握著溫蒂妮，沒有放開。

「是的，沙羅妳也知道，而且妳還跟『他』很熟。」感受到從好友指尖傳遞過來的溫暖，溫蒂妮終於完全地穩定心緒，露出甜美的笑容，「要能看顧人、治療人，必須相當擅長治癒術，還得是光明種族。這些條件，沙羅妳不覺得耳熟嗎？如果是妳，妳會想到我們學園裡的誰呢？」

沙羅幾乎是想也不想，就開口說道：

「那還用說嗎？當然是保健室校醫，薩拉，他可是光之精靈耶！」

四 薩拉的規則

保健室。

這個應該對賽米絲學園全體師生都再普通不過的名詞，對於白蛇、莉莉絲、拉格斐而言卻異常陌生。

不是說他們不知道「保健室」代表什麼，而是他們壓根就沒想過原來賽米絲學園裡也有保健室。

這幾名一年級菁英鮮少讓自己陷入受傷的局面，即使偶有幾次，他們也都任其隨時間自然痊癒。

因此他們聽見沙羅說出「保健室」這三字，首先想到的是——那是在哪裡？

莉莉絲幾人的反應也嚇了沙羅和溫蒂妮一跳。雖然校醫是眞的很少在公眾場合露面，但知道保健室位置在哪，不是所有學生都該有的常識嗎？

不過吃驚歸吃驚，沙羅也不會白白浪費溫蒂妮爲她們爭取到的機會，她立刻和溫蒂妮帶著莉莉絲他們前往保健室。

賽米絲學園的保健室位於三年級大樓頂樓，一整層都是保健室的範圍——據說這是學園長安排的，以免學生的慘叫太淒厲而嚇到其他人。

爲了節省時間，所有人乘著溫蒂妮的風術前往。

只是剛從窗戶進入走廊，還沒接近保健室大門時，一陣淒厲的慘叫和咒罵就率先迴盪在這條走廊上。

「好痛痛痛痛痛——你是鬼！惡魔！虐待狂！咿啊——眞的好痛痛痛痛！」

拉格斐臉色一變，立刻向沙羅甩出了凌厲的眼刀，「鬼？惡魔？妳們不是說他是光之精靈嗎？」

「薩拉他是啊！只是他……」沙羅望向拉格斐三人的眼神中，似乎帶著一些羨慕，「眞好，你們果然都沒來過保健室……」

「那跟這又有什麼關係？」莉莉絲蹙起姣好的眉，在發現有人影自前方保健室大門內衝出來時，頓時吞下剩餘的不耐煩語句。

那是一名他們不認識的學生，手上繫著的通訊手環顏色顯示出他是三年級的。背上有著一對翅膀，但不是天使也不是惡魔，翅膀上的羽毛不知道怎麼搞的，像經歷過一場災難，有些地方甚至脫落得幾乎光禿。

而那名學生似乎不在意翅膀可憐的模樣，只是跌跌撞撞地衝向樓梯。待他跑至樓梯口，又轉身用盡力氣地對保健室方向悲憤吼道：

「薩拉！你這個可恨的、可惡的——」

似乎一時找不出適當的形容詞，那名學生最後怒吼了一聲。

「以後就算殺了我，我也不來這該死的保健室了！」

「他是白痴嗎？被殺也用不著來了吧？」莉莉絲嘲弄地說，紅唇彎起冷酷的弧度。或許是她心情本就不好的緣故，才遷怒到那名學生頭上。

那人聽見了絲毫沒有壓低音量的諷刺，憤怒地朝著聲音源頭掃視過去，然後他的臉色乍然變得青白交錯。

無論是一、二、三年級，沒有誰不知道地獄君主之女的威名，更別說她旁邊還站著伊甸之蛇的後裔。

「所以那名校醫是爲什麼被人稱爲『鬼』、『惡魔』、『虐待狂』？」拉格斐從頭到尾都沒理會那名學生，即使對方用最快速度狂奔下去他也不在乎。他陰沉著精緻小臉，目光鎖定沙羅和溫蒂妮，要她們給出合理解釋，「身爲一名光之精靈，他的評價眞是差到令人無法相信。」

「薩拉的治癒術眞的非常好，這我可以保證，我也有經驗的。」沙羅連忙舉手。

「這我也可以替沙羅保證。」溫蒂妮柔聲說。

「啊，不過……」沙羅就像是怕被誰聽見，聲音忽然壓低，「他的方式有點……呃，粗暴。他在施展治癒術的時候，一般不會替人麻醉，反而……會加倍地讓人感受到傷口的疼痛。照薩拉的說法，不覺得痛，就永遠不會記下教訓。」

「別開玩笑了！妳是說小不點可能讓那種不像樣的傢伙照顧嗎？」拉格斐當即鐵青了

臉，可是下一秒又注意到白蛇已不聲不響地往保健室走去。

「冷血的？」莉莉絲詫異地喊道。

「你們正在做的事，叫浪費時間。」白蛇頭也不回地說。

「平常就沒見他動作那麼快過……」莉莉絲嘖了聲，也邁步向前。見三人都走向保健室大門，沙羅和溫蒂妮也趕緊跟上。

越接近保健室，就越能聽見各種說話聲響起，顯示仍有不少人待在裡面，不過倒是沒再聽見先前那般淒厲的慘叫。

一踏進保健室，映入白蛇紅眼的第一畫面是一堆人。

有許多學生正擠在陳列無數瓶罐的大櫃子前。那些透明的玻璃瓶罐內擺放著各種色彩的膠囊或是圓碇、方碇；若不知道這裡是保健室，或許會有人以爲這些是花花綠綠的糖果。

此刻，這些學生們不是正忙著從玻璃瓶罐內拿出想要的東西，就是努力端詳著貼在上方的標籤，像是在尋找什麼。

「偏頭痛、咳嗽、喉嚨痛……」莉莉絲瞇起碧眸，她的眼力相當好，一下子就看清瓶罐上的標籤寫了些什麼，「這些該不會都是藥吧？」

「那是讓有些小毛病或小傷口的學生自行拿取的藥品櫃。」沙羅從後踮高腳尖，看著前方場景說：「雖然治癒術可以直接治好傷口或疾病，但是……嗯，就是那樣嘛。」

在聽過剛才那陣慘叫後，莉莉絲和拉格斐自然知道沙羅支支吾吾的原因。

想必那些人寧願自行找藥，也不想接受暴力式治療。

白蛇毫不在意沙羅說了什麼，他再上前一步，吐出寂冷的嗓音。

「全都出去。」

明明只是一般音量，卻清晰無比地傳入每個人耳中。

剎那間，藥櫃前的學生們都停下動作。他們半是覺得莫名其妙、半是惱火地轉過頭，想弄清楚說出這句無禮話的人是誰。

然而他們可沒料到會看見渾身死氣沉沉的白髮少年。

覆在頰上的幾枚蛇鱗、蒼白的膚色、宛如紅玉般的血色眼瞳……他們屏住氣，這些特徵都再清楚不過地標示出對方的身分。

伊甸之蛇的後裔，一年A班的白蛇！

同一時間，白蛇眼瞳中好似閃過闇影，緊接而來的是一股無形迫人的壓力自他體內迸散出來。

那些正面對著他的學生們，頓時都看見他身後彷彿有條銀白巨蛇，對他們露出恐怖的森白獠牙，嘶聲咆哮。

本能的恐懼由腳底衝至腦門，這些學生慘白著臉，立刻爭先恐後地奪門而出，誰也不想在此多待一秒。

短短時間裡，偌大的保健室變得空空蕩蕩，沒有任何學生。

不對，還有一人。

那名少年一開始就坐在另一端，和藥櫃隔了些距離，從頭到尾安安靜靜的，因此白蛇他們到現在才留意到對方的存在。

不像其他人被白蛇的恐怖威壓嚇得落荒而逃，那名身穿黑袍的少年坐在舒適的椅子上，橘色鬈髮絲和蔚藍的眼睛，剛好與他的暗色衣飾成了鮮明對比。

他雙手捧著茶杯，椅子扶手上還擱著一盤小點心，清秀帶著青稚氣息的臉龐淡漠得看不出表情，彷彿他只是來保健室喝茶吃點心，周邊的騷動與他無關。

「那個叫薩拉的校醫在哪裡？」拉格斐一個箭步逼近那名橘髮少年，厲聲質問。

「哇！等一下，拉格斐……」少年還沒開口，沙羅反倒先變了臉色，緊張得連聲音都變尖了，「他不是……」

「他是問我，不是問妳。」橘髮少年終於收回如同在遙望遠方的視線，他的聲音也平平淡淡的，但與白蛇的寂冷截然不同，「妳，安靜。」

沙羅瞪大眼，忽然發現自己說不出話了。她不禁淚眼汪汪地轉望向溫蒂妮，表明自己的委屈。後者安慰地拍了拍她的手，同時明智地保持安靜，以免第二個被封住聲音的變成自己。

「你是一年級的學生？校醫人在哪裡？」莉莉絲冷冷俯望著還坐在椅子上的橘髮少年。

「你們找他有什麼事？」橘髮少年慢慢地喝了口茶，才平靜回話。

「那跟你沒關係，我們要找的是那個叫薩拉的校醫！」拉格斐周遭氣溫霍地下降，空氣變得冰冷。

「所以我才問你們有什麼事?」橘髮少年放下茶杯，站了起來。他的身高雖然比白蛇、莉莉絲略矮一些，可氣勢卻沒有因此減弱，仍是一派淡然，「你們覺得保健室醫生不在保健室裡，他會在哪裡?黑荊棘說你們不會把注意力移到保健室，因爲你們的腦袋裡面恐怕沒有這個詞的存在，顯然她低估了你們，又或者說，她沒有。」

橘髮少年——薩拉，轉頭望了下沙羅及溫蒂妮，眉梢意有所指地挑高，眼神不言而喻。

莉莉絲和拉格斐並沒有留意到橘髮少年的後半段話，他們臉上閃過錯愕、吃驚，不可能沒聽出對方再明白不過的答案。

「你就是那個校醫!?」莉莉絲伸手指著那抹身穿黑袍的身影，震驚地喊。

「胡扯!校醫怎麼會是你這個看起來根本沒成年的毛頭小子?」拉格斐小臉鐵青。

「米迦勒得意的徒弟都可以是你這種矮不隆咚的矮子了，我爲何不能當校醫?」即使吐出刻薄的句子，薩拉的語氣還是平淡得沒有變化，恍若只是在陳述「今天天氣很好」這種平凡的事，「我的年紀比你們想像的大得多，否則我也不會待在這裡。既然你們現在見到我，完成你們此行的目的，那想必你們也可以滾了。保健室不歡迎沒有受傷也沒有生病的生物，那很無趣。」

「無趣?你這種傢伙怎麼可能會是光之精靈!」比起自己被人說「矮不隆咚」，拉格斐大為光火的是對方的態度。出於怒氣，他潔白的羽翼猛地自背後張開。

薩拉卻沒有被那冰冽如刀的氣勢震懾住，他出人意表地彎下腰，臉孔湊近拉格斐，藍色眸子像是玻璃珠，瞬也不瞬地凝望對方。

反倒是拉格斐被他莫名的舉動嚇了一跳，眼裡閃動警戒。

一秒、兩秒、三秒，薩拉重新挺起身子。

「相思病也算是一種病，你可以暫時待在這裡，不用那麼快滾出去。」他平靜地說，又朝莉莉絲和白蛇的方向輕點下頭，「你們兩個也是同一種病，可以留下。」

拉格斐呆愣數秒，才醒悟薩拉究竟說了什麼。他猛地漲紅小臉，想再憤怒地擲出什麼話，卻又找不到理由可以反駁，最後只能閉上嘴巴，頭頂像要冒出白煙。

「相……」沙羅一開口，就發現聲音回來了，但她震驚的是從薩拉口中聽見的名詞。

她以為這三個字這輩子應該都跟白蛇沒有關係的，不過再轉念一想……好像也沒有什麼不對嘛。

現在有艾草在了，不是嗎？

薩拉倏地瞥向想得自得其樂的沙羅，後者瞬間危機感湧上。

「等、等一下，薩拉，我可沒有受傷……」沙羅宛如受驚的小動物，連忙後退一步。

「手腕輕微扭傷。溫蒂妮，感冒徵兆出現。」薩拉神情平淡，對兩名女孩輕抬下巴，「自己到櫃子拿藥。沙羅是第五層第六十格，溫蒂妮是第二層第三十七格。如果在醫生面前還無視指示，表示妳們很想由我親自治療。至於相思病的，抱歉，無藥可醫。」

莉莉絲和拉格斐目瞪口呆地看著薩拉絲毫沒有停頓就下了診斷——他甚至只看了一眼——一時忘記自己被對方貼上「相思病患者」這個標籤。

「所以你們三個顯然不是來找我拿藥的。」薩拉的目光又轉向白蛇、莉莉絲、拉格斐，眼裡看不出情緒起伏，他的凝視令人想到人偶的雙眼在盯著自己，「我這暫時也還沒準備開放和戀愛有關的心理諮詢。」

「戀……我們來這才不是爲了那種事！」莉莉絲回神，拔高了語調，暗暗惱火自己被對方古怪的應對打亂步調。

「艾草在哪裡？」白蛇的一句話阻止了莉莉絲欲說的話語。

白蛇走上前，或許他是唯一不受薩拉言辭影響的人。

「你提到了黑荊棘的名字，你知道發生什麼事。既然如此，你不可能不知道艾草人在哪。」

「我知道，但我不會告訴你們。」薩拉出乎意料地爽快承認，似乎沒有糊弄他們的意思。

「你！」這態度卻更加激怒拉格斐。

「我爲什麼要告訴你們？」薩拉像是沒看見尖銳的視線與隨時會引發燎原之火的怒氣，他的嗓音仍如最初般不帶波瀾。

「這事已經輪不到學生插手。你們以爲受害的是誰？那是東方地府城隍，首位成爲賽米絲學園交換生的東方神祇，她的安危事關東西兩方是否會爆發紛爭。而你們，覺得你們能做到什麼？解救她？幫助她？連她的安身位置都不知道，就別做這些無謂的幻想了。下次想再進來保健室，先弄斷一隻胳膊再進來，否則這裡不歡迎無痛無病的傢伙，看了令人乏味。」

那是薩拉對這群學生說出的最後宣告，旋即他一彈指，陳列在牆邊的多具人體骨骼模型竟應聲而動。它們瞬間逼近那些愣怔住的學生，將他們掃地出門。

當最後一人也被趕出去，保健室的大門頓時關上，把五人徹底拒於門外。

門板上還浮現優美的黑色字體。

——此處不歡迎無病無痛者。

「這、這……」沙羅張口結舌，半晌才反應過來發生什麼事。她常來保健室報到，也知道薩拉脾氣古怪，但這還是她初次見到對方如此不留情面，對待白蛇幾人的態度可說苛刻。

「這真的有點反常，我是說薩拉……」連溫蒂妮都這麼覺得。

「天啊，薩拉今天是吃了炸藥嗎？以往他可不會……」沙羅話說到一半就打住，她緊張地飛快轉頭，擔心拉格斐或是莉莉絲怒氣爆發，引發一場災難。

可是，沒有。

出人意表地，就算是脾氣最火爆的拉格斐，也沒有咒罵出「那是什麼保健室校醫」這類的語句。相反地，他瞇眼望著保健室方向，一副思索的表情。

「那個……拉格斐、莉莉絲……」沙羅小心翼翼地喊，就怕自己的聲音成了導火線，進一步引燃他們還沒爆發的怒火，「你們……還好嗎？」

「那個校醫……」莉莉絲像是沒聽見，她呢喃著，「他的話聽起來簡直像另一個意思……」

「『解救她？幫助她？連她的安身位置都不知道，就別做這些無謂的幻想了』……這聽起來就像考驗。」拉格斐眼底燃起了光芒，「一個他媽的測試我們能耐的考驗！」

「哈！也就是說假如我們成功找到小米粒，他們也管不了我們之後要做的事了？」莉莉絲嬌艷的臉龐也像被點亮光芒。

「很高興你們聽出那個精靈說的是反話，但需要我再提醒嗎？」白蛇漠然的口吻罕見地滲入一絲不耐，「我們就是不知道艾草在哪。」

「噢，雪特！」莉莉絲咒罵。

「該死的！」拉格斐握拳搥上牆壁。

耗了那麼多時間，到頭來他們依舊被困在死胡同裡。

找不到艾草，他們又怎麼有辦法幫助她？

「如果你們想找的人不在保健室，那麼你們認爲……治療室有可能嗎？」一道甜美的嗓音傳來。

莉莉絲等人馬上看向說話的綠髮女孩。

「薩拉向來會將嚴重的傷患或病患移到治療室。」溫蒂妮慢慢地說，她眨下眼，探詢的目光投向沙羅，「是這樣的，對吧，沙羅？」

「咦？啊，的確是……我之前曾躺過一次。」沙羅下意識地回答，而等到她發覺眾人的視線全盯住自己，她才醒悟其中的意思，「等、等一下！我雖然躺過，可是我不記得是怎麼去的，我醒來就發現自己躺在那個奇怪的……被治好後也是咻一下就被送出去了，根本不知道路線。這太困難了，不知道的事我怎樣也不可能想起來，除非你們想跟蹤，我只記得薩拉每天一定會到治療室……呃，你們是認真的嗎？」

沙羅吞吞口水，那三雙盯著她不放的眼睛讓她忍不住想再往後退。尤其是那雙猩紅的眼睛，讓她有種自己是被蛇盯住的青蛙的錯覺。

「好吧，你們是認真的……」沙羅乾巴巴地擠出聲音，「我是還記得薩拉當時出現在治療室都是五點後，也就是學園最後一堂課結束的時間……我猜，也許他都是固定時間前往治療室？」

「這倒是相當有力的情報……謝了，沙羅。」莉莉絲對著沙羅點點頭。

沙羅不禁有些受寵若驚，沒想到會從高傲的地獄君主之女口中聽見道謝。

「就五點。」白蛇像在對著莉莉絲和拉格斐說，又像是僅僅說給自己聽，接著他抬頭望向走廊天花板角落的監視器。

在那架監視器轉動鏡頭的剎那間，一截白影奇快無比地接近它，避開了鏡頭，潛伏在它的上方。

那是白蛇的寵物，一條細小、不易被察覺的白色小蛇。

確定監視措施完善後，白蛇頭也不回地往樓梯口走。

莉莉絲和拉格斐同樣不打算逗留。

「沙羅，我們也回去吧，妳已經告訴他們治療室的情報了。」溫蒂妮拉拉好友的手，「我們用我的風術下樓吧。」

「不對，這樣不算幫上什麼忙……」沙羅喃喃地說，然後用力搖頭，「我想要眞正地幫上艾草，而不是之後就什麼都不做，艾草也是我重要的朋友啊！」

「比我……」溫蒂妮瞬間欲言又止，但隨即眨眨眼，露出溫柔甜美的笑靨，「那我們就一起幫忙吧。放妳單獨一人的話，我又要擔心妳惹出什麼麻煩了。」

「溫蒂妮，謝謝妳……我最喜歡妳了！」沙羅感動地一把環抱住好友，隨後三步併作兩步地衝向就要消失在另一頭的莉莉絲等人。

「莉莉絲，等一下！五點……五點的時候，我和溫蒂妮也想幫忙。我很了解薩拉的一些習慣，而且如果之後被逮到，有我在，薩拉應該會手下留情一點……這是我自己猜的啦。」

「那是什麼意思？」莉莉絲瞇眼打量，沙羅的話無異是在透露她與薩拉不是一般關係。

沙羅刮刮臉頰，吐吐舌頭，「這事只有溫蒂妮才知道，你們別告訴別人，我給你們看一個東西。」

說著，沙羅從衣下拉出了一條項鍊。

鍊子掛的相片吊墜打開，裡頭赫然是張多人合照，紅髮紫眸的女孩也在其中。除此之外，還有五官與她有絲相像的年輕女子與男子，看起來似乎是她的兄姊。

而紅髮女子身邊還站著一名男人，橘髮、藍眼，眉眼令莉莉絲他們不約而同地想到一人。

薩拉。

「這是我姊夫。」沙羅指著那名橘髮男人說道：「薩拉是我姊夫的叔叔。」

所以在名義上，薩拉也成了沙羅的叔叔。

五 為了某個人

下午五點鐘。

白蛇收到了自己寵物傳來的情報——薩拉已經鎖上保健室的大門，顯然準備要離開。

這時候的白蛇等人待在圖書館的小會議室裡靜待時間流逝。

由於枯等太過乏味，因此不知不覺間，莉莉絲等人皆打起了盹。反倒是平時走到哪睡到哪的白蛇，成了唯一清醒的人。

這段時間他只是雙手抱胸，倚靠牆面，任憑思緒遊走，姿勢沒有變過，如同一座歲月凝固在身上的雕像。

當感受到訊息刺入腦海，這名白髮少年的紅眼立即出現一瞬波動。

薩拉有所動作了，這表示他們也要跟著展開行動。

白蛇瞥了眼尚未回復意識的人們。

他不喜成群結黨，也不將誰當成同伴，可是……為了那名無論何時都筆直凝視自己的黑髮小女孩，他想他可以忍受。

「薩拉離開保健室了。」白蛇只是平淡地吐出這句話，卻頓時在室內造成莫大效果。

所有人反射性震了一下，火速抬起頭，哪還看得出前一秒正在打瞌睡。

「冷血的，你說真的？」莉莉絲眼裡不見睡意殘留，而在白蛇輕輕頷首後，那雙碧眸更是激閃出興奮的光彩。她二話不說，長臂一伸，就拖著白蛇往外直奔。

圖書館內的學生們被無預警從會議室裡衝出的小隊嚇了一跳。

莉莉絲可不在意他人目光，眼下最重要的只有一件事——跟蹤薩拉，找到艾草！

「冷血的，怕你動作太慢，本小姐難得好心帶你一程，否則這可是專屬小米粒的特等席。」拋下這句話，也不管身後人有沒有回應，一衝出圖書館，莉莉絲背後黑翼霍然一張，隨著那對碩大華麗的羽翼大力拍振，她立即提拉著白蛇飛上天。

拉格斐僅落後一步，他同樣毫不猶豫地張開雪白翅膀。

眼見三人一下子就與自己拉開距離，沙羅不禁心急，背後竟也有一小團黑影欲展開來。

「沙羅，妳的翅膀沒辦法飛得快，我帶妳一起去吧。」溫蒂妮甜美話聲剛落，淡綠氣流當即聽她命令湧現，包圍在兩人身邊，托起她們的身子，迅疾地也飛躍向高空。

這時候，假使他們有任何一人回頭，就會發現有人影隱匿在圖書館大門附近，彷彿在窺探他們的動向；而莉莉絲定能更進一步察覺，徘徊在那個位置的是與她相似的氣息。

代表地獄的黑暗之氣！

只可惜，此刻莉莉絲一顆心都繫在艾草身上，就怕自己動作不夠快，會失去薩拉接下來的行蹤動向。

「冷血的，薩拉現在往哪個方向行動了？」高速飛行中，莉莉絲高聲喊道。

「……上樓。」白蛇寂冷的聲音過好一會兒才出現，聽起來像是能不開口就不開口。

莉莉絲沒在意同伴的說話聲哪裡不對，在她聽來，白蛇永遠都是那副死氣沉沉的調子。

她專心搜尋能最快抵達三年級大樓的路線，腦裡被「上樓」兩字佔滿。

保健室已經是頂樓了，薩拉還要上樓去哪？再上去根本沒有樓層……不對，還有天台！

他要去天台做什麼？治療室怎麼想也不可能在那種鬼地方吧？

她思緒千迴百轉，不過飛行的速度可是一點也沒有慢下。

這一幕落在後方的拉格斐眼中，他破天荒地生起對白蛇的短暫同情。並不是他認爲被女性抓著飛會失去男子氣概，而是莉莉絲的飛行方式除了凶猛，還是只能用凶猛、凶猛來形容。

幸好自己原本就有翅膀……拉格斐一邊在後面飛，一邊暗自慶幸。

莉莉絲自然不知道其他人內心的想法，她瞇細碧眸，看著越來越接近的三年級大樓，在內心盤算一下，最後並沒有直接降落在天台。

雖然那裡可以最快找到薩拉，但誰也不能保證他們會不會這麼剛好就落到對象眼前，那跟蹤的計畫便等於前功盡棄了。

都被人發現了，還談什麼跟蹤？

收攏起翅膀後，用完美的姿勢衝滑進三年級大樓頂樓的窗戶裡，莉莉絲黑靴蹬地，提著白蛇挺起身子。

「……妳的飛行依舊糟糕透頂，那對艾草來說顯然不是特等席，只會是災難席。」白蛇的臉色本就蒼白，難以看出這趟飛行對他的影響。可他的聲音變得更加冷徹跟苛刻，倒是無庸置疑的。

「啊啊？你說什麼？有膽你就再說一次！」這話惹火了莉莉絲，她雙手扠腰，艷容滿是怒焰，「小米粒可從來沒有抱怨過本小姐的……」

「那是她嚇傻了，完全沒辦法抱怨吧。你們兩個一定要像白痴一樣，在這種時候吵這種無聊事嗎？」拉格斐俐落地落在走廊上。

後方是一同到來的沙羅和溫蒂妮。

「白蛇，那個校醫到哪去了？」拉格斐直接問出最想知道的事。

白蛇只是伸出手指，比向天花板。

「天台？他到那去幹什麼？」拉格斐一愣，緊接著採取行動。

「嘖，冷血的，你的話我記下了，之後再找你算帳。」莉莉絲厲瞪白蛇一眼，暫時壓下這場未完的紛爭。

這次換拉格斐打前鋒，一行人快速又無聲地奔上樓梯。

很快地，通往天台的門就出現在前方。

「請讓我先來吧。」溫蒂妮這時輕聲開口，「我的風可以找到薩拉的位置，並且不會被發現。」

拉格斐等人無異議，畢竟沒有誰能比風精靈更適合偵查工作了。

溫蒂妮來到最前方，小心翼翼地將門打開一條縫隙，接著對著掌心輕吹出一口氣。淡綠色的小型氣旋瞬間生成，然後一個迴轉，迅速自門縫中穿過去。

對風精靈來說，她們製造的風等同是自己的耳目，從遠距離就能傳遞消息。

「薩拉還在……」溫蒂妮彷彿在側耳傾聽，「等等，他好像要做什麼，我的風無法理解意義……」

「也就是說，他要有所行動了？」拉格斐眼神一凜，當機立斷地邁步上前，推開天台大門，照著溫蒂妮提供的情報往門外探頭一看。

一抹穿著黑袍的人影果然佇立在那。

那頭橘髮襯著黑色布料顯得特別醒目，是薩拉。

「他在做什麼？」莉莉絲蹙起姣好的眉。

從他們這方向，只能看見薩拉的背影，沒辦法看見他的舉動。他們看見薩拉抬起手，然後那手似乎抓握著某個體積龐大的東西。

還沒等莉莉絲他們看清那是什麼，那東西又消失了，取而代之的是薩拉正前方忽地出現一個黑色的洞穴。

「什……」莉莉絲愕然，不明白那個洞穴是怎麼產生的。

明明前一秒空中還空無一物，可下一秒它就存在了。

薩拉等到那洞穴擴展得比他整個人還要高時，便毫不猶豫地走進裡面，他的身影一晃眼就被吞噬，消失在天台上。

「那……那是什麼？那看起來簡直像是某種通道……該不會！」拉格斐猛地想通了，

「治療室！」

「等等，那個通道好像逐漸變小……它真的在變小！」沙羅大吃一驚，整個人站了起來。

確實如同沙羅所說，周邊呈現不規則收縮的洞穴，或者說通道，正開始往中央擠壓，顯然只要再過一會兒就會徹底消失在眾人眼前。

白蛇立即奔出，他手臂一揮，數條白繃帶迅速竄向縮減面積的通道，居然強硬地將它往外掰扯，試圖阻礙通道關閉。

見機不可失，所有人馬上跟著衝入了通道。

轉眼間，湧動不休的黑暗吞噬了他們的身影。

天台上變得空空蕩蕩，只存一條不規則形狀的黑色通道。

僵持了一會兒後，白色繃帶全數應聲斷裂，再也無法阻止通道向內閉攏。

這時候，天台的門又被推開，有人影走了出來……

出乎意料地，雖然從外看通道內一片漆黑，可當拉格斐等人踏入後，發現裡頭不時透出銀光，就像流星閃滅。

前方已不見薩拉的身影，不過這條通道只通往一個方向，因此眾人也不擔心會追丟對方。

「這個……該不會薩拉當初就是用這個把我帶到治療室的吧？」沙羅半帶著驚歎地說，手指忍不住想碰觸一旁再次閃滅的銀光。

「沙羅，還是別亂碰比較好。」溫蒂妮及時抓住那隻好奇的手，「沒人知道會不會因此發生什麼事。」

「啊，好……」沙羅連忙乖乖收回手，不敢隨意亂碰。她可不希望自己的一時好奇，危害到眾人安全。

「冷血的，你覺得這是什麼？」莉莉絲聽著後方的談話，將問題丟給前方的白蛇。

「某種空間通道，我猜。」白蛇寂冷的聲音從前方飄出，他的白髮和蒼白不帶生氣的膚色，反而成為通道裡最明顯的存在。

「空間通道？光之精靈什麼時候擅長這種法術了？」莉莉絲難以相信地說，「拉格斐，你也是光明種族，你知道這事嗎？」

「見鬼的，我怎麼可能知道？」拉格斐不耐煩地回話，「天使和精靈本質完全不同。不管如何，我從來沒聽過有哪一系的精靈擅長這種事，光之精靈著名的是他們的治癒術。」

莉莉絲輕彈下舌頭，卻也沒有再詢問和薩拉是姻親的沙羅。

從那名女孩方才說的話來判斷，就可以知道她同樣毫不知情。

「慢。」走在最前方的白蛇忽然停下腳步，舉起手，攔阻後方所有人，「他在下面。」

白蛇的聲音極輕，就像蛇類在黑暗中斷氣。

他？拉格斐等人馬上聯想到薩拉，他們隨著白蛇的指示往前邊下方一看，頓時發現通道似乎到此為止，前面接連一處更寬廣的空間。

一座蜿蜒綿長的樓梯在空間裡迴繞延伸，屬於薩拉的身影正走在前方一段樓梯上。他的步伐不快不慢，彷彿知道自己最終會到達目的地。

五名學生安靜地沿著這座樓梯往下走，四周同樣有奇異的銀光閃滅，使這裡不至於伸手不見五指。

莉莉絲在心中鬆了口氣。她雖然來自地獄，卻無法忍受全然的黑暗，更不希望這一面被他人知道。

跟蹤的過程極度安靜，但也令人有種時間變得格外漫長的錯覺。

正當沙羅覺得自己的神經要跟著這份安靜繃到極限時，前方突地傳來低低的斷氣聲。

「不見了。」

包括莉莉絲、拉格斐在內，所有人意識到那是白蛇在說話的下一瞬間，他們就驚慄地反應過來話中含意。

不見了？誰不見了？他們的目標是誰？

——薩拉！

「跑！」白蛇素來寂冷低緩的聲音罕見地拔高一個音階，在銀光閃滅如流星的空曠空間內顯得格外突兀。

可眼下誰也顧不得這與死寂相較之下高亢得驚人的聲音，會不會引來誰的注意。

跟蹤目標都不見了，還在意那種事做什麼？

沒人質疑白蛇的命令，他們毫不猶豫地加大腳步，在蜿蜒狹長的樓梯上一路狂奔，響亮的腳步聲如同呼應他們如擂鼓的心跳。

每人心中都想著同一件事。

薩拉在哪裡？

白蛇領在前，手臂上浮現繃帶，隨即繃帶又化成張牙舞爪的小蛇。只要前方一有阻礙，就會徹底施予破壞！

下一剎那，昏暗的詭異空間乍然出現一團白光。

就算無人知曉闖入白光後等待自己的會是什麼，此時此刻，他們也無從選擇。

迎著潔白的光輝，一行五人義無反顧地直奔進去。

閃滅的銀光與樓梯瞬間消失，這五名學生發現自己身處在明亮的空間裡。後方不見來時路，四周圍繞高聳的牆壁，正前方則矗立著一扇烙印繁複花紋的緊閉門板。

白蛇等人的注意力卻沒放在那扇不知通往何方的門板上，也不在意爲什麼來時路徑消隱，他們每個人的眼睛都顯得吃驚或錯愕地盯著佇立在門前的身影——白蛇也不例外。

佇立在門扇前的不是別人，正是他們尋找的目標，薩拉。

那名身穿黑袍的橘髮少年單手揹後，猶帶青稚的臉孔上依舊一派平靜、淡然，彷彿一點也不意外五人的出現。又或者說，他早就知道他們會出現，才在此處特地等著。

「你們的動作比我想像的還要慢一些。」薩拉淡淡地開口，他的聲音率先打破了凝結在空間裡的死寂。

「什……」莉莉絲一時說不出話，對方的言行只表示了一件事。

他早就知道他們的跟蹤行爲。

「你、你知道……薩拉，你一開始就就、都知道了!?」沙羅結結巴巴地嚷，語氣帶著再明顯不過的無措，宛如做壞事被人當面抓個正著的孩子。

「妳是說你們跟蹤我的事？還是妳告訴他們有關治療室的事？」薩拉每說一句，沙羅臉上「不會吧」的表情就更加明顯。

「看樣子，根本從最開始就被人預料到了……」溫蒂妮輕聲呢喃。

「所以，你現在是要阻止我們嗎？」白蛇伸出手，紅眸漠然。攀附在他手臂上的小蛇則紛紛昂起頭，朝薩拉的方向嘶嘶吐出蛇信。

「如果你這樣做，就算你是學校的老師，我也不會客氣的。」拉格斐手中平空出現一把鋒利軍刀，沒有任何遲疑，軍刀一揮甩，刀尖直指薩拉。

「小米粒究竟在哪裡！」莉莉絲的嗓音宛若燃上焰火，身旁也「唬」地一聲，躍出多簇地獄之火。

面對三名學生明顯的威脅，薩拉完全不爲所動。

「薩拉，拜託你了……拜託你告訴我們艾草在哪裡，我們都很擔心她啊！」沙羅緊握拳頭，雙眼因爲激動而微微染紅。

「你們以爲，」薩拉說，「我是爲了什麼站在這裡？阻止你們？那我一開始就不會讓你們走進我開的空間通道裡。要分兩次解釋很麻煩，保留你們的問題，現在拿出你們都不知道該怎麼寫的『耐心』，等人全部到齊再說。」

等人全部到齊？新的疑問落進在場眾人心中。

薩拉的意思，擺明就是還有人會來到這裡。

除了他們，還會有誰？

雖然滿腹疑問，不過白蛇、莉莉絲、拉格斐都收斂起攻擊姿態。他們聽得出來，薩拉同意讓他們見到艾草。

而這，已經比一切都重要了。

等候並沒有花上太久時間，約莫數分鐘過去，沙羅就因爲目睹空間的異變忍不住驚呼出聲。

「牆、牆壁……你們看見了嗎？那面牆壁！」

沙羅指的是原本他們來的那個方向。

前一刻還空無一物的白色牆壁上，這瞬間驀然自四面八方湧竄出黑色荊棘。它們很快佔滿整面牆壁，接著從中無預警地裂開洞口。

洞口越擴越大，乍看下宛如是那些黑色荊棘撕扯開的。

等洞口足以容納一個人通過時，眞的有一抹人影走出來了。

鮮紅的高跟鞋、菱紋網襪、將凹凸有致身材包裹在底下的白袍……只不過與這身性感打扮相反，人影脖頸以上看不見臉孔，只看得見一個可愛的貓咪頭套。

那已經是最清楚不過的身分宣告。

「黑……黑荊棘？爲什麼妳這女人也會在這裡！」拉格斐的軍刀立刻換指向班導師。

「叫我老師。」黑荊棘的手指往空中輕劃出一道弧，拉格斐身下迅速竄伸出一根荊棘，纏捲上他的手腕，迫使他刀尖只能向下，「別拿著刀指著你的老師，否則下次我就會折斷它。沙羅，把妳的嘴巴合起來，有蟲要飛進去了。」

「咦？唔！」沙羅趕緊閉起因爲吃驚而張大的嘴巴，瞪大的雙眼還緊張地東張西望，像是怕自己眞的吞了不該吞的東西。

這一幕逗笑了溫蒂妮，她拍拍沙羅肩膀，要對方大可以放心，然後她斂起笑意，向黑荊棘禮貌地喊了一聲。

「妳好，老師。」

「妳好，溫蒂妮。」黑荊棘點下頭，接著貓咪頭套轉向薩拉，彷彿在和他無聲地確認什麼事。

「別忽視我的問題，爲什麼妳也會出現在這裡！」拉格斐甩開手腕上的荊棘，惱怒喝道。

「這句話該是我反問你們的，小鬼們。」黑荊棘抬高了頭，自頭套下傳出的嗓音低啞中透著嚴厲，「我記得我說過，不要做多餘的事。你們是沒聽進去還是根本沒帶耳朵在身上？甚至連自己被人跟蹤了也沒發覺是嗎？一群蠢蛋，別跟人說你們是我教的。」

此話一出，頓時像是扔出一枚炸彈。

白蛇眼中飛快掠過陰影，莉莉絲和拉格斐同時變了臉色，沙羅與溫蒂妮則當場呆愣。

誰都沒有察覺到這件事的發生。

「你們，進來。」黑荊棘冷淡地說了這句話，就往旁一站。

那個由荊棘撕扯開的洞口內，又再度步出身影。一、二、三，竟然總共有三個人。

爲首的是一名褐膚青年，衣飾華貴，擁有與生俱來的貴族式優雅。一頭紅中帶金的長髮尤爲罕見，遠看簡直像火焰在燃燒。

跟在這名青年之後的，則是五官外貌有絲相似的少年、少女。他們的髮絲漆黑如暗夜森林，眸子像紫水晶般剔透。

一見到這三人，拉格斐他們不禁流露一絲吃驚，沒想到跟蹤自己的會是他們。

「溫、溫蒂妮，那該不會是……」沙羅吞了吞口水，不自覺地握緊好友的手。

「我想……正是他們沒錯……」溫蒂妮細聲回應。

即使她和沙羅並不認識對方，可舉凡是一年級的學生們都知道，這座學園唯有一人擁有像鮮明火焰的紅金長髮。

原罪・憤怒的繼承人，一年C班的珠夏。

而在珠夏身邊，總是跟著一對侍從，暗夜眷族的伊梵和菈菈。

六 治療室的祕密

不若沙羅、溫蒂妮對珠夏等人的陌生，莉莉絲、拉格斐和白蛇可說對他們相當熟悉。他們在加分任務中結識伊梵和菈菈這對堂兄妹。

珠夏則是年級會考中與艾草同組的其中一人，而且也比自己更早得知小米粒受到詛咒……

莉莉絲無來由地感到心頭火起，她張開背後漆黑羽翼，碧眸森冷地瞪向那名紅髮青年。

「珠夏，你到這來做什麼？你竟敢跟蹤我們？」

「我很訝異，你們會大意得完全沒發覺我等的存在。」和自己繼承的「原罪．憤怒」名號相反，珠夏的聲音沉穩冷肅，「我們會來這的原因，自然跟你們相同。」

「啊啊？小米粒才用不著你擔心。」莉莉絲雙手抱胸，擺出了拒絕的態度。

「我找不出理由不去關心我在意的人。」珠夏的語氣仍然沉穩，但氣勢比誰都強硬，赤紅的眼瞳裡清清楚楚地宣告他不退縮。

拉格斐瞬間大力握住劍柄。早在那次年級會考，他就發覺珠夏的目光不自覺地停佇在艾草身上，但實際上聽見又是另一回事……

別開玩笑了！小不點才不會讓給——

「你要是敢打小米粒的主意，本小姐絕對對你不客氣！」比拉格斐快一步的，是莉莉絲火大的喝斥。

但對此做出回應的人不是珠夏，而是站在他後方的菈菈。

「誰都不許對珠夏大人不客氣！」黑髮紫眸的女孩一個箭步擋在珠夏前方，示威性地露出獠牙，嬌美的臉蛋上籠罩著陰狠，「莉莉絲，就算是妳也一樣。我們只是擔心艾草的安危，艾草也是我們的朋友，憑什麼我們就不能找她？」

「我的意見和菈菈一樣。」伊梵也上前一步，語氣冷冰冰的，「我無法理解你們阻止我們的理由。珠夏大人同樣是年級會考的知情人士，他甚至是艾草的隊友。」

「你！」莉莉絲的心中有個角落知道對方說的沒錯，可她就是越發感到暴躁。

沙羅惶恐地看著氣氛險惡到幾乎一觸即發的幾人，同時她也覺得自己聽見不得了的祕密。

就連珠夏……那個珠夏也對艾草……

阻止這場可能爆發的紛爭的人是薩拉。

「要吵的留在這裡繼續吵，等有人弄到胳膊或腿都斷了再進來治療室找我吧。我會替你們轉告那孩子，你們正爲無聊的事打成一團，反正你們看起來對這比較感興趣。」

剎那間，原本的險惡氣氛硬生生收了回去。

「抬起你們的腳，滾進治療室裡，別再給一Ａ丟臉了，小鬼們。」黑荊棘冷酷地警告。

這次沒人對她刻薄嚴厲的話語提出抗議。

朝黑荊棘輕點一下頭，薩拉轉身面對著那扇花紋繁複的高聳大門。他伸出手，掌心貼上門板的瞬間，整扇大門浮現淡金色光芒。

「治療室有治療室的規矩，誰要是觸犯了，我會直接將人趕出去。還有保持你們的安靜，大呼小叫只會增加病人的壓力。最重要的是，我討厭那些噪音。」隨著薩拉無波的嗓音流瀉至空氣中，門板上的光芒也匯聚成奇異的金色圖騰。

當最後一條線勾勒完成，門也無聲開啓了。

「進來吧。」薩拉說。

如今人數增加到八人的學生群，毫不猶豫地走進那扇大門。

首先映入眼中的是一條尋常的走廊，這讓以爲會再度瞧見驚奇景物的眾人不免有些愣怔。

不過在薩拉推開走廊盡頭的一扇門、他們踏進去的剎那間，頓時都呆在原地了。

那是一個充斥大量黑色的房間，黑色窗簾、黑色拉簾，就連覆蓋在桌椅上的布料也是黑的，四周牆壁林立著多扇漆黑門板，不知是通往哪裡。光線彷彿要被這些黑暗吸收，和一般人認知的潔白病房完全不同。

不只如此，在看起來像薩拉辦公桌的桌子上，竟陳列著大中小三個頭骨——它們還戴著聖誕帽，這到底是什麼樣的品味——牆邊擺置的人體骨骼模型數量，則比保健室的還要多。

「這……這是什麼……」菈菈錯愕地開口。她知道他們的目的地是治療室，問題是這裡看起來別說治療室了，說是墓室還差不多！

「你讓小不點……你讓小不點待在這種地方？」拉格斐當場小臉鐵青，不敢置信地低吼道：「你他媽的是在觸誰的霉——」

「哇，不行！拉格斐，薩拉是真的會把你丟出去的，小聲一點。雖然我上回來也被嚇了一次……」沙羅眼明手快地伸手捂住拉格斐嘴巴，卻接收到對方冷厲如刀的目光，趕緊收回手。

「薩拉，這到底有哪裡像是治療室？」莉莉絲箭步逼近薩拉，居高臨下地怒視對方，「光之精靈的品味未免也差勁得太過分了！」

薩拉瞇起藍眸，在他要實行自己的宣言之前，將這房間隔成兩半的黑色拉簾無預警地被人拉開了。

那「唰」的一聲，登時吸引全部人的注意力。

緊接響起的稚氣童聲，更是讓莉莉絲等人遺忘了對治療室的追究。

「莉莉絲？白蛇？拉格斐？沙羅？溫蒂妮？珠夏？菈菈和伊梵？」

伴隨著喃唸出的人名越來越多，從黑色病床上坐起的小女孩，一雙墨黑的眸子也不禁越睜越大。雖然那張白瓷般的臉蛋上還是看不出明顯的表情變化，可睜大的眸子已洩露出主人心裡的吃驚。

艾草沒想到會看見她的朋友們。

「小米粒！」狂喜浮上莉莉絲的臉，碧眸更是像被火焰點亮。

「小不點！」拉格斐努力想壓制激動，可他向來不擅長掩飾自己的情緒。

「艾草，妳還好嗎？妳不來上課，我們都擔心死了！」沙羅一見到對方就笑咧了嘴。她一向是行動派，身體總是比大腦快一步，想也不想，當下抓著溫蒂妮的手，迫不及待地衝向病床。

「嘿，小姐們。」

「此路不通喔。」

幾乎令人分不出差異的兩道男聲突地出現。

沙羅只覺眼前好似有什麼一閃而逝，還來不及弄清是怎麼回事，溫蒂妮就急忙拉住她的手，連帶也止住她的步伐。

不只沙羅和溫蒂妮停下，被攔住的還有莉莉絲等人。

在艾草病床前，左右兩邊不知何時各站著一名高大的俊朗青年。

他們相貌如出一轍，一看就知道必定有血緣關係，因爲他們實在相像得太不可思議。唯一能辨認出差異的，恐怕就只有他們腰間纏著的外衣，一人黑衣、一人白服。

這兩名青年的臉上都掛著漫不經心的和善笑容，然而任誰都看得出他們的雙眼內全無笑意，顯然並不是非常歡迎莉莉絲等人的到來。

證據就是他們手中正握著一柄長柄鋼戟，不偏不倚地交疊成拒絕他人靠近的「×」形。

「啊，你們！」沙羅猛然回想起來，她指著兩名青年大叫道：「年級會考那天綁走艾草的變態！」

「變……」其中一名青年不敢置信地扭曲了臉，「那種形容怎麼可能套在我身上？那一定是在說你，兄弟。」

「我聽你胡扯，兄弟，一定是在說你，我可是比你素行良好太多了。」另一名青年大皺眉頭，不客氣地反駁。

可就算他們言語交鋒，持握的鋼戟還是穩穩地堅守不動，直到他們聽見後方竟傳來聲音。

「我是來探望妳。我聽說，探病要準備禮物才有禮貌。」

什……！兩名青年臉色大變，震驚地轉身，映入眼中的是紅金長髮青年正將一個包裝精美的小盒子遞向床上小女孩的畫面。

除了紅髮青年外，病床旁還站著一名白髮少年。

他們是何時穿過自己的防護？他們居然大意得沒有發覺到！

兩雙漆黑的眼瞳不約而同地閃過戾芒。

「離我家小姐遠一點！」

說時遲、那時快，兩柄鋼戟凌厲地襲向病床旁的兩名男性。

「羅剎、阿防，住手，不得對吾之朋友無禮。」稚氣穩重的聲音不容置喙地響起。

鋼戟硬生生收住攻勢，羅剎、阿防眼中的狠戾光芒消退。他們收起武器，恭恭敬敬地對著他們的上司說出唯一的答案。

「遵命。」

在場學生，除了珠夏、白蛇與拉格斐外，其餘人都還不清楚羅剎、阿防的身分。

「所以，這兩個傢伙又是小米粒的誰？」莉莉絲咂下舌，手中握住的黑刺化成黑焰，再平空散逸爲虛無。剛一聽見沙羅喊出「變態」時，若不是理智告訴自己，那兩人身上穿的衣飾與艾草的部下們風格相同，她可能早就按捺不住地出手攻擊。

「他們是小不點的部下。」拉格斐冷著臉說，對自己居然落後白蛇、珠夏，甚至連探病禮物都忘記帶感到很不滿意。

太沒用了，果然要加強磨練才可以！拉格斐暗中怒斥自己。

「艾草的部下？可是、可是……他們之前不是叫利特、安特嗎？」菈菈指著長得一模一樣的兩名青年，不可思議地嚷道。

她會這麼質問是有原因的。

前些日子，珠夏結束休養，重新回歸賽米絲學園，他還帶著兩名在路上新收的保鏢——正是面前被艾草稱爲「羅剎」、「阿防」的青年們。

可是年級會考一結束，這兩人也失去了蹤影。珠夏只輕描淡寫地說他倆有事離開，沒有多解釋。

怎麼如今……

伊梵反應較快，他隨即想到那兩人跟珠夏一塊回來的時候，可是對自身來歷都弄不清楚的狀態。

「也就是說，你們恢復記憶，眞實身分是艾草的部下？」伊梵迅速推敲出合理的猜測。

「我們兄弟倆可是艾草……艾草小姐的看門犬。」羅刹咧開爽朗的笑容，不假思索地說道，不過說到一半，他像是猛地察覺到自己的稱呼不對，連忙加了尊稱。

「笨蛋，你怎麼直呼艾草……艾草小姐名諱，是找死嗎？」阿防惡狠狠地給了自家兄弟一記肘擊。

「白痴，你不也是？」羅刹不甘示弱地反擊，「誰教我們失憶的那段時間都是這樣喊小姐。」

「羅刹、阿防，你們大可以直稱吾之名沒關係。」抱著珠夏送的探病禮物，艾草抬起頭認真地說，眼底似乎還有一絲期待的光芒，「不用每次都喊吾『小姐』或『大人』。」

看著那雙宛如泛著星光的翦水黑眸，羅刹差點就要點頭答應了——那麼可愛的小姐，誰又能忍心拒絕——直到另一邊的阿防暗中重踩他一腳。

「給我清醒一點。」搶在自家兄弟怒目相視之前，阿防飛快地說，「你想被『她們』眞的扭下脖子嗎？」

羅刹瞬間打了個冷顫，像是猛然想到什麼，他屏著氣，小心翼翼地扭過頭。隨著他的動作，其他人此時才留意到，原來在黑色拉簾後的單人沙發上，還躺著兩抹巴掌大的身影。

一人是黑髮白衣的長鬈髮女子，一人是黑髮黑服的野性少女。由於後者膚色黧黑，乍看下，還眞不容易察覺到她的存在，幾乎和背景的黑沙發融爲一體了。

確認兩名女性還在閉眼沉睡，羅剎和阿防露骨地鬆了口氣。他們摸摸脖子，慶幸自己的腦袋不會被迫和脖子分家。

如果讓她們聽見自己如此親暱地喊小姐的名字，她們絕對會笑容滿面地發飆。

而那兩名女性，在場眾人也認得——她們正是和之前返回東方的梁炫、長照交接的謝必安與范無救。

「她們還好嗎？是太累了嗎？」沙羅踮起腳尖，往裡面探視。怕驚擾到對方，她的聲音還特地壓得小小聲。而她會這麼問，也是有原因的。

與艾草同班，甚至同棟宿舍的人都知道，她的部下們對她的照顧可說是無微不至。可如今艾草受到詛咒，她們卻陷入沉睡，自然顯得反常。

「啊，妳說謝必安和范無救嗎？她們的確是太累了。」阿防爽快地解釋，「畢竟這裡是西方嘛，我們來自東方，力量體系不同。消耗得差不多就得回去休養，才有辦法再補充力量，所以小姐現在主要是我和羅剎在顧。」

「所以，阿防你們不直稱吾的名字嗎？」艾草語氣失落，眸中光芒也微微黯淡。

羅剎和阿防瞬間都有種自己犯下十惡不赦大罪的錯覺。

「咳，那是因爲……因爲我們還是習慣喊『小姐』或『大人』嘛。」羅剎趕緊笨拙地找藉口。

「沒錯、沒錯，就是這樣！」阿防大力點頭附和，順帶轉移了話題，「小姐，妳的朋友們來，妳不是也想跟他們多聊聊嗎？」

語畢，羅剎和阿防一塊退到旁邊去。他們兩人不著痕跡地交換一記眼神，決定等這裡的人清空後，就向黑荊棘與薩拉提出強烈的質疑。

──明知道他們家小姐安危仍有疑慮，爲何還讓那麼多人進來？

「我讓他們來這，自然有我的理由。」沒想到薩拉就像是犀利地看穿羅剎、阿防的想法，忽地淡然開口，「他們有幫得上這孩子的地方，而且我也需要人手。」

「但你們一開始卻拒絕向我們透露艾草的位置。」白蛇的皮膚下浮冒一截繃帶，轉眼又成了一條小蛇。

小蛇不善地對薩拉和黑荊棘張嘴吐信，發出嘶嘶的聲響，彷彿在替主人表達不滿。

「我確實是說了『我不會告訴你們』。」薩拉說。

「而我相信，我說的是『不要做多餘的事。』」黑荊棘抱著雙臂，貓咪頭套隱藏了她的表情，「因爲等適當的時間一到，我就會帶你們過來，但你們這群小鬼偏偏沉不住氣。」

這話一出，除了白蛇和珠夏原本就鮮少流露表情，莉莉絲等人登時是張口結舌，一邊惱怒自己被戲耍了，一邊卻沒辦法反駁黑荊棘的說法。

「好了，把你們想咒罵我的力氣省下來，反正你們也變不出新詞彙。這點你們眞該向謝必安和范無救學學，她們可是有創意多了。」黑荊棘沒有點名誰，可她貓咪頭套的方向，分明就是對著拉格斐的位置。

「妳這……」拉格斐自覺受到挑釁，也難以忍受竟然有教師鼓勵學生向人學髒話，然而思及一脫口就會如對方所說的浪費時間，他冷哼一聲，直接將不悅全吞下去。

「噢，她們當然有創意，尤其謝必安要是毒舌起來……」羅刹忍不住嘀咕。他與他的兄弟向來是最大的受害者，謝必安每次非得對他們刻薄幾句才甘心。

但他的嘀咕立即引來黑荊棘的注意力。

「你。」她向著羅刹及阿防一抬下巴，「或你，去泡些茶過來。這裡一口氣塞十多人已經夠多了，特別你們倆還是最佔空間的。」

「從另一個門出去右轉，就能看到飲水機。茶葉在我桌上的大型頭骨裡，打開聖誕帽就可以看到。」薩拉將話接下去，對差使人做事完全沒有猶豫。

羅刹和阿防不客氣地拉扯出獰笑。他們平時對人友善親切，可誰也別想在這時候讓他們離開他們的小姐一步。

驀地，有個輕微的力道拉了拉他們的衣角。

「吾，想喝羅刹或阿防泡的茶，可以嗎？」艾草細聲細氣地說。

兩兄弟身邊的險惡氛圍即刻消失得無影無蹤。

「沒問題，交給我吧，小姐。」

「不對，是交給我，小姐剛可是先喊我的名字。」

「那是因爲我比較重要才放在後面說。」

這對兄弟爭得不可開交，最後是羅剎勝出——他不客氣地給了自家兄弟一記肘擊，再加踩腳趾——搶得行動的先機。

阿防對著那抹與自己相似的背影比出一記中指。

「現在開始，我要說正事。」無視那對兄弟的小動作，薩拉開口。他一彈手指，黑色拉簾自動退開，使治療室的空間看起來更寬廣，接著他的指尖湧冒出淡金色光點。

那些光點飛散至所有人身旁，很快建構出可讓人坐下的座位，只不過卻是骷髏頭造型。

面對那金色頭骨外形的椅子，饒是來自地獄的莉莉絲等人，嘴角肌肉也不禁扭曲了一瞬。

以一名光之精靈來說，薩拉的品味恐怕連地獄之人也不敢恭維。

「真是……有創意。」菈菈對伊梵小聲地說。從她話語間的停頓可以看出她是花了一番工夫，才找出這麼委婉的形容詞。

伊梵輕點下頭，表示贊同。

拉格斐乾脆雙手環胸，表明自己就是不坐那古怪的椅子。

「隨便你們要坐要站。」薩拉一勾手指，辦公桌前的椅子迅速滑過來，他直挺地坐下，面無表情地說，「我說話的時候不能插嘴，有問題等我說可以問時再問。這裡是我的地盤，我的話就是規則。相信你們已經知道艾草身上發生什麼事，她中了來自地獄的詛咒之誓。」

即使事前已得知艾草身中詛咒，可是沙羅和溫蒂妮到現在才明白，艾草竟是中了凶狠的詛咒之誓。她們互望一眼，將差點逸出的抽氣聲和震驚壓下去。

「詛咒之誓並非無法可解。」薩拉突然拋出宛如重磅炸彈的一句話。即使是最冷靜理智的白蛇和珠夏頓時也不免一震，瞳孔收縮。

「但是，那辦法相當複雜，等到能實施時，受詛咒者早已先失去性命。」黑荊棘吐出低啞的嗓音，「這也是爲什麼我們需要你們這幾個小鬼，你們當中的一些人，確實可以幫上忙。」

「眾所皆知，詛咒之誓必須藉由施咒者之手才能解除。可這個前提是，施咒者眞的願意解除。」薩拉繼續平淡地說道，語氣沒有變化。

「想當然，要是對方願意，那他一開始也用不著大費周章下詛咒。雖然也不排除對方打算利用詛咒之誓作爲威脅手段，但這機率向來不高。因此我們和學園長決定，就朝兩方進行，尋找施咒者是誰，同時著手第二個辦法。現在，你們可以問三個問題。」

「爲什麼會知道有第二個辦法？」珠夏沉聲地說，緋紅色的眼瞳毫不隱藏他的懷疑。他是原罪的繼承人，但從未聽說過這件事。

「我們年紀比你們這些小鬼都大上許多，知道的事自然比你們多。」說話的人是黑荊棘，「不過我還是要誇獎你，珠夏，適當的多疑很好。」

「第二個問題，爲什麼是『你們』決定？」白蛇猩紅的眼睛冰冷地直視薩拉和黑荊棘，那無溫的色澤幾乎令人以爲看見一片渲染開的血海，「『你們』，又是指誰？」

「我們指的是我、黑荊棘，和學園長。」薩拉沉靜地說，「決策只有我們三個人，沒有其他人涉入。即使學園長頭禿，看起來痴呆又發福，但賽米絲學園確實由他一手創立，時間慈悲地沒有奪走他唯一値得讚許的智慧。而我和黑荊棘，則是最早成爲這裡教職員的人。我等，是這學園最初的三人。」

同一時間，灰髮、身形挺拔的中年男人在學園長室裡，莫名地打了個大大的噴嚏。

七 計畫、行動、空間通道

黑荊棘、薩拉和學園長是這學園的「最初三人」，這讓人驚訝的事實令一票學生們不禁呆愣住了。

「妳這貓控教師的年紀到底是多大？」拉格斐想也不想地脫口而出，換來一聲冷笑。

「足夠比你有智慧太多了，矮子。」就算黑荊棘戴著貓咪頭套，也能充分讓人感受到她正鄙夷地看著人。

拉格斐猛地向前一步。

「閉嘴，站好，除非你不想繼續聽下去。」黑荊棘一句話就堵住性格暴烈的金髮天使。除此之外，她還留意到一件事。

——在這些人當中，唯有白蛇的情緒沒有絲毫變動，彷彿他對這事漠不關心，又像是……他早已對誰是「最初三人」心裡有了底？

但這不合理。就算是伊甸之蛇的後裔，他還是學生，沒有任何一位學生會知道她和薩拉在學園裡的實際身分。

在沒人看得見的頭套下，黑荊棘若有所思地瞇細眼，不過她隨後就先壓下這份心思，因爲她注意到坐在黑色病床上的黑髮小女孩試圖滑下床。

「別離開妳的床，小不點，妳必須多休息，詛咒之誓可是會逐漸吸取妳的體力。」黑荊棘握住平空生成的荊棘教鞭，末端直指艾草方向，而她的聲音也讓眾人迅速轉過頭。

艾草停住動作，小巧的腳尖懸在繡花鞋上方，一動也不動。

「吾，」僵停了一會兒後，艾草慢慢地縮回腳，乖乖地再把棉被拉至腰間，但白瓷般的小臉似乎閃過一瞬落寞，「吾只是想和大家拉近距離，聽得更清楚一些而已，絕非是吾覺得受到排擠。」

似是要證明自己所言不假，艾草挺起小胸膛，嚴肅萬分地說，「吾是說眞的，因爲吾是成熟的大人。」

黑荊棘在頭套裡挑了挑眉，肯定自己瞬間聽到許多人遭到會心一擊的聲音。有幾個悶騷的或許還裝作不爲所動，不過握在手中的手機和細微的咔嚓聲，都逃不過她的注意。

「我倒沒想到，這裡聚集了那麼多的相思病患者。」薩拉若有所思地說。

「年輕小鬼容易陷入思春期。」黑荊棘收起教鞭，雙手斜插口袋，輕聳一下肩膀，「起碼不是發情期就好。」

雖然大部分人都將注意力放在艾草身上，但還是有人耳尖聽到這番對話。

臉皮薄的沙羅、溫蒂妮和菈菈忍不住紅了臉，這幾名女孩互望一眼，吐吐舌頭，覺得黑荊棘的說話方式眞大膽。

可緊接著，她們又聽見阿防熱情地說：

「小姐，我自願當妳的椅子，請直接坐到我身上吧！」

於是女孩們的表情瞬間變爲鄙視。

「哇，變態！」沙羅瞪大眼，不假思索地喊出腦袋浮出的第一個想法。

「怎麼又一個戀童癖？」菈菈彈下舌頭。

「總之，就是變態戀童癖。」溫蒂妮蹙起細眉，認眞地說。

「嘿，我家小姐可不是小孩子了。」阿防雙手抱胸，俊眉揚高，「她只是個子小小，又是蘿莉體型，妳們哪裡懂得這種分不出前面或後面的體型的美好……」

「哎呀哎呀，那你是不是能告訴我呢？」一道柔和悅耳的嗓音落在羅剎與阿防耳後。

這名高大的青年表情僵住，原先的游刃有餘消散。

「靠，不是吧……」即使阿防不回頭，也能知道身後出現何人。

——細框眼鏡、一頭長鬈髮，渾身散發著古典美的高眺女子。

「謝必安，妳不是睡死了嗎？」阿防擠出呻吟，有種性命不保的危機感。

「有隻吵死人的蠢狗在那汪汪亂叫，還敢大言不慚地意淫小姐，你以爲我還睡得下去嗎？」謝必安笑得越發優雅慵懶，手中持握的白羽毛扇則是更加冷酷地抵上阿防的脖子。

「什麼意淫……我明明只是在讚美小姐的蘿莉體型，那是純潔又正直的愛意表……」

「抱歉，小姐，我等稍微離開一下再回來。」謝必安一掌捂上阿防的嘴巴，笑吟吟對艾草說完後，就用與她文弱外表相反的強橫力道，猛地將自己的同事拽出房門。

沙發上的范無救還在呼呼大睡，渾然不知正上演著什麼。

「呃，那個人……好像要被拖到外面揍耶，不要緊嗎？」沙羅遲疑地問。

「毋須擔心。必安有說過，那是他們幾人之間增進情誼的方式。」艾草沉著地說，接著平淡的語氣裡滲入悵然若失，「阿防說那是對吾的讚美，然，為何吾卻絲毫欣喜不起來？」

說著，艾草還忍不住低頭望著自己的身體，小手按上胸前。

「也不是真的分不出前後……吾是如此想。」

若不是黑荊棘不耐地以鞋尖敲敲地面的音響拉回了眾人心思，想必多數人——特別是男性——雙眼便會下意識盯著那雙潔白小手所按的位置。

「眼睛再亂瞄的傢伙，當心被我挖了雙眼。」黑荊棘冷冷地說，「現在提出你們的第三個問題，否則我就當你們沒問題。」

「吾。」艾草規規矩矩地舉起手，稚氣的聲音滿是堅定，「吾的問題，假使莉莉絲他們要幫忙，是否會有危險？吾不要他們因吾身陷險境。」

「妳是笨蛋嗎？這種時候妳根本不用在意這種微不足道的小事。」莉莉絲大步來到艾草身前，食指用力彈了她的額頭，碧眸強勢地盯著她，「果然是小米粒，才會在意這種小事……可惡，笨蛋、笨蛋，妳以為我們就願意見妳陷入危險嗎？」

莉莉絲說到最後，兩隻手臂一把將那具嬌小身子緊緊環抱住。

「風險是有，但沒有致命的危險。」薩拉唇角揚起一抹柔軟的弧度，「妳的擔心可以儘管收起，艾草。要是讓學生陷入危難，那我們這群老師就真的是混帳了。」

下一瞬，薩拉罕見地隱沒笑意。他站了起來，雙手揹後，藍眸嚴厲。

「提問時間結束，接下來聽我一口氣說完。要抑制詛咒，需要獨特的法陣，但同時也必須弄清楚那個詛咒之誓來自哪個家族，方能組構出正確的法陣陣式。顯然你們年輕一輩的不知道，可實際上，地獄中存在著記錄詛咒之誓圖案的圖譜，它們大部分存於貴族手中，而每人持有的圖譜又不盡相同。所以首要之事，就是設法收集能收集到的圖譜，帶回來逐一比對。」

聽到這裡，莉莉絲放開了環抱著艾草的手，她比誰都還明白這件事誰最適合執行。

她傲氣地一撩髮絲，毫不遲疑地走至薩拉面前，背脊挺直。

「這事，我做。」她說。

「很好。」薩拉毫不意外地點點頭，「除此之外，還有件事也需要妳協助，莉莉絲，盡可能收集到妳父親和其他大公的黑暗元素結晶。」

黑暗元素結晶？

這個名詞頓時勾起在場多數人的記憶。

年級會考中，鈴蘭和百合這對夢魔姊妹花便是被人埋入了黑暗元素的結晶體，才會引發連串事件，最後甚至造成艾草身中詛咒之誓。

「那對姊妹也在休養，在別的地方。她們中間曾醒過一次。」薩拉彷彿一眼看穿眾人心思，他淡淡地說，「她們完全不記得發生什麼事，也無法明白自己怎麼會待在我的治療室。」

「難道她們不是在說謊嗎？」拉格斐迸出冷徹嗓音，眸底有著冰冷的火焰，「她們做了那些事……她們憑什麼忘記！」

透明的寒冰瞬間在拉格斐身後牆壁凍出張牙舞爪的冰痕，宛如呼應他憤怒的情緒。

「要是我連她們有沒有說謊都看不出來，那我還眞是被你們小看了。」薩拉不爲所動地說，對拉格斐的怒火視若無睹，「我們必須確認那些黑暗元素結晶究竟來自於誰。」

「目前僅知的，就只有它們來自相同源頭，我實驗室守衛身上的也是。」黑荊棘開口，「莉莉絲，這事也要交付予妳。」

「我家老頭和其他五位不是什麼大問題。」莉莉絲蹙起姣好的眉，一雙寶石般的碧綠眸子直視珠夏，「只有薩麥爾的，我無法保證。」

「我可以保證。」珠夏也離開座位，紅瞳冷肅回視，「我亦會回地獄一趟，同時查清是誰假冒我名字，將黑暗元素的結晶送給莅莅。」

「大人，也請讓我們跟隨。」暗夜眷族的少年和少女低下頭，異口同聲地說。

「不行。」吐出拒絕的人不是珠夏，而是黑荊棘，「珠夏不行回去，你以爲你和莉莉絲是不會被人注意到的路人嗎？你們兩人同時消失，只會引來更多無謂的話題，更可能打草驚蛇。」

「這樣的話……珠夏大人，就請交給我和伊梵負責吧。」莅莅熱切地說，「我們兩人去的話，不會有誰注意到的。而且我們也想知道……到底是誰送那東西給我。」

說到最後一句，菈菈紫水晶般的眸子掠過一瞬血紅，她彎起唇角，綻露出甜美又陰狠的笑容。

這對堂兄妹至今仍耿耿於懷有人膽敢冒用珠夏的名字，發誓要揪出那人的狐狸尾巴！

至此，返回地獄行動的人選已經確定，分別是莉莉絲、伊梵和菈菈，他們將分頭收集圖譜與七原罪的黑暗元素結晶。

「既然沒有意見，那現在就開始行動。」薩拉對莉莉絲等人一頷首，「現在，就到地獄去。」

「現在？你在說什麼蠢話，莉莉絲他們還得先離島吧？」拉格斐並沒有因為對方是學園教職員就用詞客氣，「除非有特殊情況，否則不管是誰都必須從港口離……」

拉格斐的話驀地打住。

他在瞬間串連起一些事——因帕德休島獨立於三界之外，無論是到來或離去，都必須從島上的四個港口擇一當作出入口。除非遇上特殊狀況，方可選擇空中或空間通道作為途徑。

空間通道……拉格斐微睜大眼睛，驚愕地瞪向薩拉。

那名言行上許多部分都令人難以想到是光之精靈的橘髮少年，他在三年級大樓的頂樓確實是打開了……

「顯然你的腦袋不僅是裝飾品，拉格斐。」黑荊棘的語氣聽起來依舊像是冷嘲熱諷，後者像沒聽到般，緊緊地盯著薩拉。

「難道說……」莉莉絲也是聰明人，不一會兒就想通了，臉上是壓抑不住的錯愕。

「只有特殊情況，才能藉由空間通道往返因帕德休島，但通道並非說開啓就開啓。」薩拉從衣襟裡拉出一條項鍊。

與一般銀飾或寶石裝飾不同，那條項鍊上唯一繫著的物品就只有一把小巧的金色鑰匙。雖然只有幾個指節大，但設計繁複華麗，令人一見難以忘懷。

薩拉將這把精巧的鑰匙從項鍊解下，下一秒，鑰匙體積倏然變大，足有一個成人手臂那般巨大。

薩拉提握著鑰匙，蔚藍眸子瞥視治療室內的所有人一眼。

他說：「我想，你們現在應該知道負責在這開通道的人是誰了。」

接下來發生的事，可說是大大超出沙羅的想像。

——她一直以爲今天令她吃驚的事已經多到極限了，包括艾草身中詛咒之誓、珠夏對艾草似乎有意思、自己的叔叔居然是賽米絲學園最初的三人之一……

現在還得再加上一條，原來他還是島上空間通道的守門人，隨身攜帶的鑰匙就是用來開啓通道的工具。

下意識握緊溫蒂妮的手，沙羅努力不讓自己驚呼出聲，但嘴巴還是忍不住隨著眼前景象越張越大。

當薩拉高舉鑰匙往半空做了個轉動的動作後，不可思議的事發生了。

前一刻還空無一物的位置，此刻竟平空出現金色紋線。那些紋線就像擁有意志，快速地生長，不到眨眼間就勾勒出一扇華麗的金色大門。

薩拉的鑰匙則是嵌在門扇中央的鎖孔中。

只見薩拉再次轉動鑰匙。

喀啦。

清晰無比的聲音傳入眾人耳中。

閉闔的大門無聲無息地開啓了，與門扇的華麗不同，門後是大片湧動的黑暗，不時還有各式光芒像流星似閃滅、飛墜。

沙羅吞吞口水，覺得那黑暗比起他們在三年級大樓頂樓所看到的，更像某種未知的活物。

「我也是……這麼覺得。」溫蒂妮小小聲地與沙羅咬耳朵，後者不知不覺說出了自己的心聲。

聽見好友和自己有相同想法，沙羅忽然安心下來。

「座標已經設定好，從此通道去，就能夠到達地獄。」薩拉退至一旁，讓莉莉絲、伊梵、菈菈面對這扇大門，「不要浪費太多時間，十分鐘後它就會自動關上。」

望著那扇看不見盡頭的空間之門，最先行動的是莉莉絲。

她做好決定，撥撩了下髮絲，接著大步往回走，張開雙臂緊緊擁抱病床上的艾草。

「我要先離開一會兒了，小米粒，好好照顧自己，我沒待在妳身邊時，別把自己弄得更迷你了。如果有人敢吃妳豆腐，就讓妳的部下宰了他們。」不等艾草回話，莉莉絲就鬆開雙手，不再回頭看一眼，高傲地走進空間之門。

湧動的黑暗一晃眼就吞噬她的身影。

「大人。」伊梵和菈菈異口同聲地開口，他們同時向珠夏行禮，「我等會不負所望完成任務，這段時間還請多保重。」

「你們也小心。」珠夏點點頭。

跟隨著莉莉絲的腳步，伊梵和菈菈立即也消失在那扇華麗的金色大門內。

不過極短時間，治療室內少了三人身影。

艾草怔怔地看著那扇空間之門，半晌，她細聲開口，「吾很確定，吾的身高不會再縮水，爲何莉莉絲還要吾別把自己弄得更迷你？」

「如果妳以爲妳在休養時可以不吃不喝，那麼妳的確有可能變得更迷你。」白蛇不知何時站在離艾草極近的位置，紅瞳居高臨下地俯視那雙從最開始就不曾閃避自己的黑眸，「還有，把妳收到的那個盒子……」

白蛇本來是想用自己可以幫忙放到旁邊收好的理由，趁機銷毀珠夏送的禮物，不過有什麼阻止了他把話說完。

不是珠夏察覺他的意圖，也不是艾草忽然直覺到自己的禮物會有去無回，而是薩拉忽地一揮手，強硬地施加外力關起空間之門。

「學園長派出的信使從東方回來了。」薩拉瞇起眼，凝望虛空中某一點，「我去外面打開通道，這間治療室已經夠多人知道了。」

語畢，薩拉大步流星地走出其中一扇房門，翻掀的黑袍衣襬一下子消失在眾人視野內。

「沙羅、溫蒂妮。」黑荊棘的無預警點名，嚇了紅髮女孩與綠髮女孩一跳。

由於被訓斥的經驗太多了，沙羅甚至下意識地交叉雙手，擺出防禦姿態。

「去外面看看那個負責泡茶的是泡到哪去了。」黑荊棘對沙羅的姿勢視若無睹，只是發出類似嗤笑的哼聲。

沙羅摸摸鼻子。黑荊棘想教訓她只須動一根手指，任憑她擺出什麼姿勢都沒用。

「老師，羅剎就由吾……」艾草的自告奮勇才說了一半，立刻換來三方否定。

「不行。」

「不能。」

「不可以。」

艾草依舊面無表情，但從她眼中的光芒轉成失落來看，明顯能看出她受到打擊。

「哇喔！我從來沒想過那三人會有意見一致的一天耶，溫蒂妮……」沙羅半是震驚、半是讚歎地嚷，她口中的「三人」指的是白蛇、拉格斐和珠夏。

「我也沒想過。不過沙羅妳的聲音再大下去的話，他們就要瞪妳了，我們還是快點去找人吧。」溫蒂妮拉住沙羅的手，另一手的指尖生成淡綠氣流。

就在屬於溫蒂妮的風術要往前探出、打開房間的瞬間，「砰」的一聲，閉掩的房門反倒先一步由外向內打開了。

不對，不只有一聲。被打開的房門總共有三扇，其中兩扇是被踹開的，兩道聲音剛好疊在一起，就像是一聲；第三扇門則是安安靜靜地被人推開，動靜也最小。

「受不了，怎麼沒人先告訴我飲水機的位置會變？它昨天可沒那麼該死地遠，我差點以為我在走迷宮！」

「小姐，謝必安又睡過去了！我一定要申明，這跟我沒半點關係，我才是那個受害者！」

兩道大嗓門幾乎分毫不差地響起，與此同時，兩抹如同鏡像存在的高大身影也從一左一右的門出現。

分別是捧著茶壺的羅刹，和捧著迷你謝必安的阿防。

聽見彼此聲音的兄弟倆也愣了愣，兩雙眼睛對視半晌，隨後有志一同地再轉向他們的正前方，也就是艾草等人後方。

「小姐，怎麼……」羅刹提出他們共同的疑問，「我們才離開一會兒，這好像少了人，又多了人？」

少了人這點，大夥還可以理解，畢竟莉莉絲、伊梵和菈菈剛回去地獄，就連薩拉也暫時離開了。

可是多了人……是怎麼回事？這裡又出現誰了？

腦海一浮現這疑問，艾草等人反射性轉過頭。

艾草眼中滑過恍然大悟，可其他人卻結結實實地大吃一驚，甚至連白蛇也倏地瞇起紅玉色澤的眼瞳。

安靜地從另一扇大門踏入治療室的，不是先前離開的薩拉，而是一名有著海藍色髮絲和海藍色眸子的文靜少女。她一隻手上還套著古怪的南瓜手偶，只是那手偶的嘴巴現在被膠帶貼上了一個大大的「×」，如同禁止它說話一樣。

「野……野薔薇!?」沙羅的眼睛和嘴巴都張得大大的。

面前少女的五官、氣質，包括那個南瓜手偶，都是她與溫蒂妮熟悉的，然而那深如大海的髮色和眼色，她們卻極其陌生。

「她的耳朵……」溫蒂妮喃喃地吐出聲音。

這時沙羅才注意到，對方的雙耳如魚鰭般尖長。

沙羅、溫蒂妮與班上大多數人一樣，以為野薔薇的種族是花精，但現在……

花精會有那樣的一對耳朵嗎？

「為什麼妳也會在這裡？野薔薇！」拉格斐的聲音驟然拔成森寒，「妳知道治療室……妳知道小不點的位置，卻還是故意瞞著我們嗎？」

「艾草對於妳的出現不驚訝，妳不是第一次到這來。」白蛇輕緩地說，但那聲音令人感受到潛伏的危險。

野薔薇隱起看見眾人的詫異——尤其是對沙羅和溫蒂妮的在場——她的視線投向黑荊棘。

「野薔薇會在這裡，是我要她來的，也是我命令她不准告訴你們。」黑荊棘雙手抱胸，一字一字地說，語氣低啞嚴厲，「她是水妖，她的歌聲和種族本質可以讓艾草的情況更加穩定，對她的心情也有放鬆效果。你們有辦法做到這點嗎？一個矮子、一個面癱、一個悶騷，你們要是不先為莫名其妙的小事內鬨，學園長的頭髮就掉得一根也不剩。」

遠在學園長室的灰髮中年人再度打了個噴嚏，這次還無來由地感覺頭頂一陣寒意。

沙羅捂嘴咳了咳，在她身旁的溫蒂妮則是暗中捏了她一記，要她千萬別在這種場合笑出來，一定得忍住，否則事後絕對會被記恨。

「更重要的是，我家小姐身邊也不准有男人隨便靠近。」阿防輕手輕腳地把謝必安放回沙發上，接著抬頭咧出一口白牙，「只有我和羅剎，還有長照那個看起來最沒用的。差點忘了，金的也算在內。」

「否則一律——」羅剎笑咪咪地作勢往脖子一抹，再將拇指比向下方，威脅、恐嚇的意味不言而喻。

如果換作平時，艾草一定會出聲要羅剎、阿防不得對她的朋友們太過失禮。可是這時候，她卻是霍然轉頭，盯住薩拉稍早走出的那扇門。

下一剎那，艾草無預警地跳下床，連鞋子也顧不得穿，三步併作兩步地迅速奔向前。她的動作太過突然，快得就算是離她最近的白蛇也來不及拉住她。

「小姐！」

「艾草！」

「小不點！」

就在黑荊棘要召出荊棘、一把攔阻下那不聽吩咐的嬌小身子之際，對方先停住腳步了。

薩拉踏出的那扇門，同一時間又被打開。

薩拉返回治療室，見艾草就光著腳站在他前方，那張淡然的臉孔上也不禁閃過一絲訝異。他似乎想開口問這是什麼情況，可他隨即就像意會到什麼，了然地往旁移動，讓跟在他後方的人影能上前。

不是由東方返回賽米絲學園的信使——薩拉之前也說過了，他不打算讓更多人知道此處。

跟著薩拉步入治療室的，是一黑一白的兩道身影。

黑的那位，是留著一頭筆直長髮的高䠷女子，俐落的褲裝打扮更顯她的英氣；白的那位，則是個子相較之下稍微矮小的文弱少年，眉宇間盤踞著與斯文外表不符的狂躁之氣。

乍見女子和少年，別說是拉格斐等人愣住了，就連羅剎和阿防也張口結舌，一時說不了話。

毫不在意那些投注在自己身上的驚愕目光，黑衣女子和白服少年的眼中只有前方那人。

黑髮黑眸，身軀嬌小，卻擁有無比強大意志的小女孩。

他們的上司，他們的主人，他們的唯一——「城隍」艾草。

「在小姐完全平安無事之前，我等絕不歸返地府。」

「夜遊巡。」

「日遊巡。」

「即使抗命，我等也在所不惜！」

沒有絲毫猶豫，梁炫和長照單腳屈膝下跪，低伏下他們的頭顱。

八 不為人知的密謀

梁炫和長照的出現，可說是讓人始料未及。

但思及他們對艾草的保護心切，又加上得知艾草身中詛咒的事，那麼綁架來自賽米絲學園的信使，脅迫對方帶他們來此，似乎又不令人太過吃驚了。

確認過艾草眼下依舊安全無事，也沒有在他們離開期間掉了體重，梁炫不由分說地將她一把打橫抱起，將她送回床上，不讓她再光著腳丫踩在冰冷的地板上。

而對於治療室迥異於一般病房的色調、布置，梁炫倒是沒有表示意見——他們在地府便與黑暗終年爲伍，黑暗反而令他們能夠安心。

「啊啊，公主抱啊……眞好，我一直想對小姐做一次……」阿防語帶羨慕地說。

「你以爲我不想嗎？」羅刹哀聲嘆氣，「但是，兄弟，我們要做了一次，就得面臨手臂可能不見的危險……」

「我倒覺得你們兩個的腦袋乾脆現在就可以不見了。」陰惻惻的少年嗓音驟然響起，長照不知何時來到這對孿生兄弟身後，雙臂上竄出的黑氣轉瞬間化成實體黑鍊，迅雷不及掩耳地飛纏上他們兩人的頸項。

同事這麼多年，阿防和羅刹的反應也不慢，即刻召出長柄鋼戟，搶先勾纏住黑鍊，阻止對方接下來的攻擊。

「喂喂，長照，突然偷襲人可是不道德的。」

「你這傢伙的心機還是一樣重。」

長相如出一轍的兩名高大青年咂了下舌。

「總好過你們這兩個沒用的。」長照擠出陰寒的聲音，沒有鬆開黑鍊，眼瞳裡的躁怒色彩越發濃烈，彷彿即將爆發，「羅刹、阿防，你們到底在做什麼？你們四人都在，爲什麼還讓……」

「長照。」阻止少年情緒爆發的，是梁炫冷靜如昔的聲音，「安靜，小姐想睡了。」

於是所有人的視線趕緊轉向艾草。

正如梁炫所說，艾草揉了揉眼，原先還精神奕奕的眸子裡不知不覺已染上睏意。

「吾……」艾草努力抵抗忽然湧上的疲倦，她挺直背脊，「吾沒關係，吾並不……」

另一抹上前來的身影讓艾草吞下了話。

「躺下。」薩拉的語氣不是請求也不是命令，有著醫者的威嚴。他伸手按上艾草的額頭，掌心泛出柔和金光。

艾草的眼皮一點一點地往下掉，不到一會兒，那雙原本還固執睜著的黑眸，便無法抵抗地閉合上。

「無端覺得想睡，這是詛咒之誓侵蝕身體的第一個徵兆。」薩拉收回手，轉身面向眾人，「果然再怎麼設法拖延，它仍是開始運作了。接下來她的睡眠時間會漸漸加長，體力也會跟著流失。」

「我們能做些什麼？」粱炫直接切入重點，對薩拉方才的碰觸也沒有表示出絲毫質疑——所有將軍的獨佔欲雖強，卻也不是不分場合的。

「不要讓這孩子離開此處，這裡可以防止施加詛咒者察覺到詛咒的狀況。」薩拉說，「然後借我人手，和另外幾個小鬼一起幫我尋找抑制詛咒所需的法陣材料。不過，不是現在。」

「那到底要什麼時候？」拉格斐繃著聲音，低吼道。

「及早行動想必只會有利無害。」珠夏聲調平穩，但紅瞳就像是帶著責難，「我想不出有什麼理由可以放棄這個做法。」

「材料還沒長出來，或是有材料的場所不到一定時刻不會開啓。這樣的理由，足夠讓你們愚蠢的大腦冷靜了嗎？」

即使是解釋，黑荊棘也有辦法說得像冷嘲熱諷。

「最快是大後天，大後天就可以行動。你們必須上完課後才可以進行你們能做的事，曠課或是請假，都只會讓其他教師注意到不對勁。野薔薇不會加入你們的行動，她是安定艾草情況的重要人物。」

「黑荊棘……老師。」知道對方不喜自己在公眾場合直呼她的名字，野薔薇改了稱呼，

「可以讓溫蒂妮也留下嗎？我感覺得到……她身上也有水的氣息，雖然不是相當明顯，她可以一起輔助我。」

水的氣息？

「溫蒂妮．西芙不是風精靈嗎？」拉格斐緊皺眉頭，這在白犀之塔內是眾所皆知的事。

「不是吧？野薔薇妳是怎麼發現的？」沒想到沙羅卻驚呼出聲，她的吃驚等於承認了野薔薇的說法。

這下子，連黑荊棘也忍不住揚起眉毛。

「嗯，我是水妖……這對我來說不難。」野薔薇慢悠悠地說，「不過我也只能確定是不是有水的氣息，無法判定種族。」

「我有一部分水精靈的血統，我的曾祖母是名純粹的水精靈。」溫蒂妮張開手指，指尖末端浮現寶石似的水珠，水珠一下子又破裂，「雖然我不擅長水之術，但如果能幫得上忙，我很願意。」

「既然如此，明天下課和野薔薇一起找我報到。」黑荊棘說，「我帶妳們過來這。至於其他人，你們的首要工作就是收集到『金屬』。這跟你們腦袋現在所想的金銀銅鐵完全不一樣，它是一種植物的名字，不是草木，而是純粹的鋼鐵之花。它只生長在一個地方，巴別塔裡。」

此話一出，愕然的色彩掠過多人臉上。

凡是因帕德休島的人，沒有誰不知道巴別塔。那是整座島、整座學園的中心，是讓所有人在眾語言下仍能順利溝通的重要設施。同時，也是學生不得靠近的禁地。

「不只學生，大部分教師也無法進入。」

黑荊棘的手指往空中描繪，從地底下平空冒出黑色荊棘，堆建出一座高塔的模樣。

「不只是學園的規定，而是根本進不去。巴別塔絕大多數時間都是危險且封閉大門的，塔裡的主人只有在特定時段才會開放大門，凝止守衛的自動攻擊機制。別傻了，難道你們眞以爲如此重要的地方無人看守、無人管理嗎？大後天，聽從我們的指示再行動，除非你們——」

「想要搞砸整件事和賠上自己的小命。」

巴別塔，全名是巴別語言轉換編碼塔。

它矗立於賽米絲學園正中心，同時也是因帕德休島的中心。其存在能將來自不同屬地的語言統合爲一，使交流不出現障礙。

即使是來自東方地府的梁炫等人，初來此地時也深深感受到巴別塔的神奇之處。

巴別塔內生長著名爲「金屬」的鋼鐵之花，這種花能成爲抑制詛咒之誓的法陣材料，可想獲得此物，必須等待正確時機。

根據黑荊棘所言，大後天正是可以安全進入巴別塔的時刻，不只封閉的大門會開啓，塔內的自動攻擊機制也會暫時停止。

同時，塔的主人也不會將進入之人視作入侵者，強行排除。

但是，這都要等到大後天。

大後天……在大後天來臨之前，詛咒之誓的症狀會不會再惡化？

梁炫單手支著頰，不發一言地靜靜想著，冷艷的臉孔上難以讀出情緒。

在薩拉送走所有人後，治療室又恢復一片寂靜，黑色拉簾重新拉起，隔成兩個空間。

簾外是薩拉休息的地方，他這幾天都在此處徹夜留守，以防突發狀況發生；簾內是梁炫等人顧守艾草。

彷彿不知時間流逝，艾草自傍晚熟睡後便未睜開眼，如今都已是晚間近半夜了。

羅剎、阿防，還有長照三人各踞病床旁一方，誰也沒有出聲打擾梁炫思考。

事實上，就在薩拉將一票學生送走（或是說趕走）之前，其中的白髮少年特意與他們擦身而過。對方聲音極輕，令人聯想到蛇類在嘶嘶吐舌，若不細聞就會錯過。

那名白髮紅眼的少年說：「不用等到大後天，今晚我就有辦法。有意願，十二點半，白犀之塔外。」

現在距離十二點半大約還有四十分鐘的時間。

黑荊棘曾嚴厲警告，如果不想搞砸這件事及賠上性命，就耐心等候大後天的到來；可白蛇卻表示，他今晚就有辦法進入巴別塔。

梁炫是最先陪同艾草前來賽米絲學園的將軍之一，她不認爲那名總像對一切袖手旁觀的少年會特意說謊。

不，以他的性子來看不可能。他向來獨來獨往，沒必要就不成群結黨，但他卻對他們透露了這件事，而不是默不作聲地獨自執行。這表示……這件事無法憑他一己之力嗎？

梁炫放下支頰的手，睜開了清冷美眸。

另外三名將軍頓時知道，她已做出決定。

「長照，我們走。」梁炫站起身，伸手抓起披掛在椅背上的大衣穿上，凜冽氣勢更盛，「大後天太久了，既然眼前有機會，何不試一試？」

「是。」長照毫不遲疑地起身，同樣抓過大衣披上。

「炫姊，我們也……」羅刹趕緊站起，也想替他們兄弟倆爭取參與的名額，然而梁炫卻搖搖頭。

「不行，你們必須留在小姐身邊。況且，我和長照已在地府休養完畢。」

「但我們身強體壯，在這裡也還沒流失太多力量。」阿防不死心地繼續爭取，「炫姊，所以讓我們也……」

「所以，我說不行。」梁炫清冷的聲音透出不容反駁的威嚴，「羅刹、阿防，你們必須留下。不只要看顧好小姐，還有……不能讓『他們』出現。」

羅刹和阿防瞬間安靜下來，目光不約而同地落在黑色沙發上沉睡的謝必安和范無救。

——她們耗損太多力量，睡眠可以讓她們的身體獲得暫時休養。

「無論如何，都不可以讓小姐有喚醒『他們』的機會。」梁炫明明是在注視著謝必安和范無救，可是她話中指稱的，卻像是異於她們存在的人。

擁有相同長相的兩名青年嚴肅地點點頭，不再提出抗辯，他們都知道事情的嚴重性。

「照顧好小姐，掉了一根頭髮，我就扭掉你們的脖子。」梁炫這話不是警告，而是陳述事實。

「放心好了，炫姊，我們兄弟倆寧願沒了腦袋，也不會讓小姐受一點傷。」羅刹咧開笑容。

「還有，敢亂摸小姐，下場同樣。」梁炫又說。

這下子，羅刹和阿防都忍不住吞吞口水，沒想到自己的心思會被猜出來。

面對八將軍之首的魄力視線，他們苦著臉，乾巴巴地擠出了聲音。

「是……」

「長照，我們走吧。」滿意自己的威嚇達到效果，梁炫的身形在話聲一落後，立即化成一縷黑氣。

長照對羅刹、阿防比出一個抹脖子的手勢，警告他們絕對不准趁機吃艾草豆腐，隨後也跟著化成一縷黑氣。

覺得自己受到挑釁的兩兄弟馬上向他回敬中指，不過那兩抹黑氣在他們付諸行動之前，已迅捷無聲地從其中一扇門離開了治療室。

即使薩拉就在黑簾外休息，也沒有察覺到不對勁。

羅剎與阿防一左一右地坐回病床兩側，雙眼緊緊盯著謝必安與范無救。但他們的眼神就像是在透過她們的身影觀察其他人。

又或者說，戒備其他人。

這兩名青年都沒有留意到，床鋪上的黑髮小女孩似乎眨動了一下眼睛……

午夜十二點半，賽米絲學園的宿舍區可以說是萬籟俱寂，五棟宿舍的大部分燈火都已經暗下，白犀之塔也不例外。

然而就在白犀之塔外的一處角落，那裡不只瀰漫著深夜時特有的寂靜與黑暗，赫然還佇立著一抹人影。

那人有著蒼白的髮絲，就連膚色也蒼白到不帶生氣。雖說長相俊美，但一雙鮮紅如血的無溫眸子和覆在頰邊的幾枚冰冷蛇鱗令人望之生畏，只想快速移開視線。

這些顯著的外貌特色，足以令人辨認出少年的身分。

假使此刻眞有其他學生經過，恐怕會震驚得一時忘了移動腳步。

因爲那可是白蛇。鮮少看到他全然清醒、不帶一絲睡意的時候，更別說眼下還是大多數種族的睡眠時間，他卻清醒地待在白犀之塔外！

白蛇倚靠著壁面，雙手環胸，讓自己的身子大半融入陰影之內。他在這裡的目的不是別的，他正在等人。

就在通訊手環上的時間準備從十二點三十分進入到十二點三十一分之前，白蛇離開了倚靠的壁面，雙手放下。

他等的人到了。

前方有兩縷黑氣穿過黑夜，落在白蛇面前，轉眼間又凝聚出兩抹人影。

不是別人，正是梁炫和長照。

同時間，上方還有另一抹白影迅速落下。當那對雪白翅膀收攏起、隱沒體內，也讓人看清楚他的面目。

竟是拉格斐。

無論怎麼看，這都是一個極怪異的組合——伊甸之蛇的後裔、金髮天使、來自東方地府的兩名將軍。

但他們都爲同一件事，聚集在一起。

「眞的有辦法在今夜就進入巴別塔？」拉格斐抬眼直視白蛇，劈頭問出了這一句。

他是在離開治療室後，才從白蛇那得知這個消息。只不過對方當時並未透露太多，只要他在午夜十二點半到白犀之塔外。

「黑荊棘的說法，大部分並沒有錯。」白蛇沒有正面回答，只是轉頭望著遠方高聳的中央之塔。

「大部分，也就是說少部分有錯？」長照瞇起眼。

「巴別塔的大門不是封閉的。就算不是特定時刻，依然有辦法開啓。」白蛇淡淡地說，寂冷的聲音幾乎融於夜氣，「只要能讀出大門上的字，就可以順利進入。」

「爲什麼你會知道那麼多？」拉格斐警覺地問，藍眸毫不掩飾地散發質疑，「黑荊棘都說自己是這座學園的最初三人之一，但她不知道的事，爲什麼你有辦法知道？」

「我猜你忘了，人們總是稱呼我是什麼。」白蛇漠然地瞥了拉格斐一眼，「如果你想在這無意義地浪費時間，我也不會阻止你。」

「……繼續說下去，我們要怎麼做？」拉格斐聲音緊繃地說，不再質問白蛇怎能獲得比黑荊棘更多的情報——既然他是伊甸之蛇的後裔。

「只要我能讀出門上的字，我就可以開啓大門。但塔內的自動攻擊機制不會因此停止，那些守衛還是會攻擊人。」白蛇說，「除非打敗塔的主人，所以我需要有人幫忙牽制那些守衛。」

「那麼……你就應該找更多人過來才是。」拉格斐緊緊皺著眉頭，「我不喜歡一年C班的那傢伙，但他的確算得上戰力。」

「不，原罪的繼承人在這時候派不上用場。」白蛇的手臂上繞出一截白繃帶，隨即又變成一條小蛇。他撫摸著小蛇的頭部，眼簾微掩，「巴別塔內會將所有元素的活動抑制到最低。在那裡，一切魔法都將無用武之地，冷兵器最實際。」

或許梁炫和長照無法確切明白白蛇的意思，但本就是西方之人、必須依賴光明元素和水元素方能使用魔法的拉格斐，怎麼可能不懂這話的含意。

金髮天使頓時變了臉色。一旦元素被抑制到最低，就難以借助元素之力施展魔法，無論哪個種族都等於是被剝奪了力量。

拉格斐馬上想通白蛇不找珠夏加入行動的原因。以火焰進行一切攻擊的原罪繼承人，在那裡——的確是發揮不出力量。

相反地，拉格斐、梁炫、長照本身就佩有刀劍作爲兵器，反倒不受太多限制。

「我明白了。」拉格斐點點頭，但就在他要再說出任何話之前，他眼神霍然一凜，冰冽之氣猛地爆發。說時遲、那時快，一團冰藍色的光球自他掌中甩出，筆直地竄向某個方向。

不只拉格斐出手，白蛇、梁炫、長照亦察覺到了，這附近躲著人！

繃帶與黑鍊同時加入光球的行列，多方攻擊全鎖定一處方向，也就是對面的樹上。

「哇！」剎那間，樹上傳來驚叫。只見一人影手忙腳亂地閃避，然而閃過了光團，卻避不開黑鍊和繃帶。

那人影的雙腳立即被纏縛，下一秒就遭人拖拽下來，狼狽無比地摔在地上。

「好痛痛痛……」那人嘶氣哀叫。

「妳是……」梁炫微蹙眉頭，黑鍊率先消逸。她見過對方，也認得對方。

「爲什麼又是妳？」拉格斐當即鐵青一張小臉，從齒縫裡迸出聲音，「沙羅．曼達！」

「欸嘿嘿嘿，哈哈哈哈……」外表像是男孩的英氣女孩抓頭傻笑，不過在瞄見白蛇的紅眼睛後，馬上收住笑聲，顧不得身體的疼痛，迅速站起，「呃，其實我這次眞的是不小心的……我習慣在半夜帶我的寵物散步。」

說到這裡，像是怕眾人不相信，沙羅吹了聲短促的口哨。

沒多久，一隻矮壯的火蜥蜴就邁著四肢，從另一端的草叢中搖搖晃晃地走出來。

接下來的事，就算沙羅沒說，拉格斐他們也能猜出來。

「然後，妳該不會要說妳也要跟著來？」拉格斐雙臂抱胸，冷冰冰地瞪著她。

「如果可以，拜託請讓我……」沙羅的話還沒說完，就被寂冷的兩個字打斷。

「回去。」白蛇的視線沒有溫度，也沒有感情。

沙羅下意識感到毛骨悚然，可想到艾草，想到那名躺在病床上的小女孩，她咬牙挺直了背脊。

「我可以……我也可以幫上忙。」沙羅盡力不使自己流露一絲畏怯。

「別開玩笑了，既然妳剛躲著偷聽，就該知道火精靈在那裡一點用處也沒有。」拉格斐沉下臉色，「我們要的是戰力，而不是一個拖後腿的。」

「我不會拖你們後腿，我保證！」沙羅壓低聲音，急切地嚷道：「就算不用火焰，我也有辦法戰鬥，我並不是純粹的火精靈……我是火精靈與惡魔的混血。」

爲了證明自己所言不假，沙羅眼一閉再睜開，她的背上展開一對小巧的黑色蝙蝠翅膀，手指也冒出尖長如刀的利爪。

「沙羅大人，我等無法保證妳的安全。」梁炫語氣嚴肅地說。她知道沙羅和艾草交情不錯，假使對方受到傷害，艾草必定會難過——在這點上，梁炫倒是徹底無視了白蛇和拉格斐是否會受傷的事。

任何有可能成爲她家小姐身邊害蟲的男性，她一律不放在眼裡。

「……隨便妳。」白蛇終於吐出像是容許沙羅加入的字句，更多的原因可能是他不想再浪費時間，「就算弄斷胳膊也是妳自己的事。」

「我會努力保護好自己的。」沙羅認眞擺了個敬禮姿勢，「畢竟要是弄斷哪裡，就得被迫清醒地看著薩拉把穿刺出來的骨頭壓回去，用你們絕對難以想像的暴力方式，那可是比任何事都恐怖太多了。」

九 巴別塔的守衛

今日剛好是月蝕之夜。銀白的月亮被黑暗吞噬得只剩邊緣細細一環，使整座賽米絲學園看起來更加昏暗。

大部分的建築物輪廓，都隱沒在黑夜之中。

把握著月蝕短短的時間，白蛇一行人飛快地前往巴別塔所在位置。

巴別塔就矗立於學園中央，高聳直達雲霄，外觀一片純白。上頭布滿著各式雕紋，像文字又像圖案，即使在黑夜中看起來依舊恢宏壯觀。

然而此時誰也沒有多餘心思仰望這座堪稱學園中樞重地的高塔，就算是好奇心最旺盛的沙羅，也強迫自己專心致志，不要分神在無關緊要的事情上。

大門位置相當顯眼，正如白蛇所說，門上確實刻著一排什麼。只是那看在拉格斐等人眼中，與其說是字，不如說更像無法辨認出意義的符號。

「這個……眞的是字嗎？」沙羅吞吞吐吐地說，她連第一個符號都沒辦法理解了，更不用說整句話。

「那是『古文』，太過古老而失落的文字。」白蛇走上前，伸手碰觸門板，接著吐出寂冷低啞的聲音，「所有語言在此歸爲一。」

那明明是所有人都能聽得懂的通用語，可是在這一瞬間，拉格斐等人不禁生起白蛇是在呢喃未知語言的錯覺。

就在白蛇說完話的下一秒，門扇上的符號浮起淡淡光芒，隨即它們就像銀白小魚四散，眨眼間從門上消失了。

接著，巴別塔的大門緩緩開啓。

白蛇率先走進，其他人隨後魚貫而入。

塔裡寬廣無比，看不見任何一扇窗。最前方是通往上一層樓的樓梯入口，天花板上則攀掛著無數座造型奇異猙獰的大理石雕像。

它們全是人身蛇尾的女性，長長的髮絲凌亂糾結，身上共有四隻怪異的手臂，手裡提著刀、劍、斧、矛之類的武器。

每座雕像的頭顱都對著大門，彷佛它們的眼睛正瞬也不瞬地凝望著入侵者。

「我的天……原來巴別塔裡都擺著這種裝飾品嗎？」沙羅被盯得渾身不自在，她搓搓手臂，不明白怎會有人設置這些嚇人的雕像，而且還設置在天花板上，看起來像是隨時會撲下來，對底下的人發動攻擊，「我以後可不會好奇巴別塔裡面長什麼模樣了……」

「她們可不是裝飾品。」白蛇瞥了眼後方，巴別塔的大門即將完全關上，「從來就不是。」

那句話彷彿石子墜入水面，瞬間在眾人心裡擴散出警覺的漣漪。

同一時間，大門完全關上，巴別塔內成爲一個獨立的封閉空間。

同一時間——

雕像的眼珠轉動了。

咔啦、咔啦，奇異的聲響清晰無比地迴盪在一樓，上方不斷有碎屑掉落下來。

咔啦咔啦，聲音變得更大。

來自上方的碎屑越掉越多，終於由小變大。

攀附在天花板上的蛇女雕像們，身上的大理石表面全在剝落，開始露出裡面柔軟的肌膚和青綠的鱗片。

這下子，所有人都知道這座塔的守衛是誰了。

當其中一名蛇女完全擺脫表層的大理石，她一扭頭，對著下方就是尖銳的咆哮。

這聲咆哮如同宣告。

下一剎那，蛇女們全都咧開血盆大口，吐出長長的分岔蛇信，發出震耳欲聾的吼聲。

「入侵者，死！」

「跑。」白蛇只說了這麼個命令。

而眾人也不需更多命令。

在第一位蛇女甩動長長蛇尾，從天花板大力撲躍下來時，他們已經往前直奔。

但還未穿過一樓、抵達樓梯入口，所有蛇女便已來到地上。她們昂起身子，詭異的金色瞳孔盯住了她們的獵物，隨即展開猛烈的攻擊。

「這些礙事的傢伙！」拉格斐召出軍刀，迅速擋下其中一把朝他劈落的長劍。

但蛇女可是擁有四隻手臂，立刻又有兩隻手臂要抓往拉格斐。

比蛇女動作更快的，是來自兩方的漆黑鎖鍊。

黑鍊迅疾纏綑住那名蛇女，緊接著拉格斐利用對方因錯愕而暫時放鬆力道的瞬間，一把撞開長劍，軍刀飛快送入對方體內。

受到致命傷的蛇女仰頭發出淒厲嘶嚎，覆滿青綠鱗片的蛇尾眨眼就被蒼白色澤佔領。白色一路蔓延，一下來到蛇女臉龐，最後覆蓋她整個人。

蛇女重新變回一座大理石雕像。

但擊倒一名蛇女，不代表就能鬆一口氣。四周仍包圍著更多蛇女，阻礙他們的去路。

梁炫和長照是唯二還可使用法術的人，他們無暇思考原因，身邊黑氣越竄越多，一晃眼又凝聚成多條漆黑鎖鍊。

黑色鎖鍊向四面八方飛快交錯、層層疊疊，如同一張大網，頓時限制多名蛇女的行動。

沙羅抓緊機會，毫不留情地亮出利爪，利光一閃，多隻手臂掉墜在地，不到一會兒就成了冰冷僵硬的大理石手臂。

可下一秒，沙羅驚見樓梯入口的石門居然緩緩降下要石門關上，他們恐怕難以上樓。

注意到這件事的不只沙羅，拉格斐大喝道：「白蛇，動作快！這裡我來擋！」

「還有我！」沙羅也趕緊喊道。

白蛇鬆開抓著蛇女的手，覆在手背上的銀白鱗片瞬間消隱。任憑那名脖子遭箝斷、身軀變回大理石的蛇女摔在地面，他飛快地說：

「梁炫、長照，跟著我。」

沒有人質疑這個命令，因爲所有人都清楚最重要的事只有一件。找到「金屬」，找到能完成抑制法陣的鋼鐵之花。

闇黑的鎖鍊轉瞬散逸成大量黑氣，同時也阻擋了蛇女們的視線。

白蛇輕巧快速地穿過蛇女的包圍，搶在石門距離地面只剩下不到三分之一高度的時候，迅速地滑了進去。

梁炫和長照的距離比較遠，他們當機立斷地讓身形化作兩股黑氣，快若流星地竄進所剩不多的空隙。

沉悶聲響傳出，石門徹底將通往上層的入口封住了。

一樓僅剩下拉格斐、沙羅，還有無數猙獰嚇人的蛇女。

當黑氣全數散去，長髮、青鱗的蛇女們才像是從這意想不到的突發狀況中回過神來。

三名入侵者失去蹤影的認知，讓蛇女們的瞳孔瞬間變成如針尖般細長，頭髮倒豎，那些髮絲此刻看起來竟像活物。

「唰」的一聲，蛇女的頭髮暴增長度，凶猛地向拉格斐和沙羅所在位置刺射過去。

沒有猶豫，兩人立刻分頭朝反方向閃躲。

拉格斐將半數蛇女引到自己這方後，背後白翼一張，在銳利髮絲追繞過來前騰空飛起，使得其中一束長髮來不及改變方向，刺入了前端的牆壁裡。

抓緊機會，拉格斐迅速躍下，竟踩踏在那束長髮上，將之當成橋梁，速度飛快地衝返回去，一下逼近那名蛇女。

兩側擁靠上更多蛇女，她們伸長四隻手臂，拚命想扯下獵物。但數道銀光剎那間從她們眼前閃逝而過，那些伸出的手臂仍停在半空中，數顆腦袋已斜斜地從她們的脖子上滑落、砸上地面，轉眼化爲蒼白的大理石頭顱。

眼見多名同伴重新回復成大理石雕像，頭髮刺入牆壁的蛇女忍不住心生懼意。她急忙抽回長髮，試圖讓金髮天使失去平衡——最好是摔下去，這樣她的尾巴就能快速將他緊緊纏繞住，毫不留情箍斷他全身上下每一根骨頭。

然而這樣的想法只在腦中閃過。

當這名蛇女發現瞳孔中烙入一道銀白利痕，一切思緒都凝固了。她柔軟的皮膚下一剎那被冰冷堅硬取代，所有色彩都成了蒼白。

又一名蛇女身首異處地倒下。

地面已橫躺多尊雕像。

拉格斐一落地，周圍又一輪巴別塔守衛逼近。

面對多方攻擊，他不貿然硬碰硬，而是接連閃避，逮到空隙便使盡全力反擊。

同樣被蛇女包圍的，還有另一端的沙羅。她本身並沒有佩戴兵器，堅硬的爪子就是她最大的武器。

千鈞一髮地閃躲過蛇尾的偷襲，沙羅搶在那條蛇尾欲縮回的瞬間，迅速地撲抱上去，利用對方的速度甩開幾名蛇女的包圍。

被抱住尾巴的蛇女沒想到獵物會這麼做，錯愕後立刻憤怒地大力揮甩，打算將對方重重拍撞上牆壁，最好可以打得她血肉模糊。

只不過沙羅的動作更快，她似乎早就預料到對方可能會有的反應。

趁著蛇尾高高舉起之際，她鬆開雙手，讓自己往下墜落，直到逼近那名蛇女。她的手臂疾速抱住對方的肩膀，另一手迅猛地大力往對方毫無防備的脖子劃過——

沒有噴出任何鮮血，只有一尊蒼白的大理石雕像重重倒在地板上。

沙羅一口氣都還沒吐出，突來的危機感促使她反射性往旁大步躍動。

前一秒還站立的位置，這一秒已被一柄大斧劈斬出凹陷。

「我的天……我的天！」沙羅的聲音從喃喃轉成驚叫，如果不是她眼角餘光捕捉到一瞬利光、及時做出反應，恐怕一隻胳膊就要不見了。

沙羅說什麼也不敢想像，假使自己拿著斷臂去找薩拉，薩拉會是什麼表情？

沙羅不禁打了個冷顫，同時不忘行動，接連翻身避開那些砸下的武器。等到她發覺自己不知不覺中被逼到牆邊、再沒有退路時，離她最近的蛇女露出了獰笑，另外兩隻手臂冷不防抓探而出，眼看就要抓住她的肩膀

沙羅下意識欲吐出火焰，但冒出的一縷黑煙提醒了她塔裡的元素都被壓抑至最微弱，無法使用魔法。

沙羅不假思索地壓低身體，快速滑進蛇女下方的空隙。顯然對方沒有想到會有這招，更沒想到自己未被鱗片保護的肚腹會被順勢切拉開一條長長裂口。

痛苦的嘶嚎由蛇女喉嚨爆出，又隨著皮膚被大理石覆蓋戛然而止。

趕在其餘蛇女圍繞過來之前，沙羅俐落地將那尊倚立在牆邊的白色雕像當作踏墊，幾個跨步高高躍至牆壁高處。

她弓起背脊，四肢像是有吸力般攀附在壁面，姿態宛如野生動物。

沙羅鎖定下方一名蛇女，她猛力一蹬，但有股拉力打斷了她所有計畫。

感覺到自己一隻腳被什麼拽纏住，沙羅心裡大駭，一扭頭，還來不及弄清發生什麼事，就被重重扔到地板上。

這一摔，摔得沙羅眼冒金星，眼前有團混亂色彩。未等視野回復清明，她已感覺到自己頭上腳下地被吊掛在高空中。

這個突來的姿勢，讓沙羅差點腦充血。

她的視野在下一刻回復清晰，終於弄清自己現在處境。她被蛇女的尾巴捲住腳踝，提高至空中。而在她正前方，多名蛇女不懷好意地舉高抓著的武器，顯然在等候她被扔過來，然後將她大卸八塊——也許是更多塊。

饒是膽大的沙羅，這下子也不禁頭皮發麻。

「沙羅．曼達，妳在搞什麼鬼！」瞥見這一幕的拉格斐鐵青著小臉斥罵。即使打定主意對方的安危與他無關，可那是艾草的朋友……

萬一她真的出事，小不點一定會很難過吧……

拉格斐一想到這裡，身體先動了起來。他一刀擊退身旁蛇女，加大步伐衝上前。

被倒吊在空中的沙羅睜大眼睛、張大嘴巴。她看見拉格斐扔擲出軍刀，那柄軍刀勢如破竹地撕裂空氣，刺入了抓住自己的蛇女尾巴。

那名蛇女登時因吃痛鬆開尾巴的箝制。

沙羅掉落下來，但她的雙眼依舊盯著拉格斐的方向，眼裡浮出驚恐。

因爲就在拉格斐失去軍刀的同一時間，他的身後撲上一名蛇女。

「拉格斐，小心——」

金髮藍眼的天使猛地回頭，撞入眼中的是四把武器揮下的畫面。

他的軍刀在這一瞬又回到雙手間，險之又險地擋住只要再晚個幾秒就會致命的攻擊。

可就在下一剎那，拉格斐感覺腰側傳來一陣椎心刺骨的疼痛。

他頑強地抵抗上方的武器，低下頭，看見尖銳的蛇尾末端就埋在自己的血肉內。潔白衣飾隨即被冒出的鮮血染成一大片污紅，看起來如此怵目。

偷襲成功的蛇女猛地再甩動尾巴，抽回蛇尾的同時，也將那具矮小身軀拋向牆壁。

「拉格斐！」沙羅煞白臉色，用盡力氣朝對方衝去，極力伸長的手臂總算接住了人。

兩人在地面翻滾一圈才停下。

衝擊的力道讓全身上下都在發出抗議，沙羅忍著痛，急忙想檢查拉格斐的情況，但她想要攙扶起對方的手，卻被大力揮開。

「退到旁邊去！」拉格斐壓按著染紅的腰側，撐起身體，咬牙切齒地擠出聲音，「不想被波及……就他媽的退到旁邊去！」

「什……拉格斐你到底在胡說……」沙羅慌張的聲音驀然哽住。她發現拉格斐壓按住傷口的手臂上不知何時出現了奇異的圖騰，圖騰線條正微微地發著光。

那是什麼？沙羅猶呆愣之際，拉格斐已耐心全失。他另一手迅速抓住沙羅，就算個子小，也依然能猛力地將她推到一邊。

同一時間，拉格斐左手上的圖騰光芒更熾。

拉格斐重重地呼吸著，除了傷口帶來的灼熱疼痛外，他還能感受到另一股熱力在體內控制不住地橫衝直撞，血管裡的血液幾乎都要沸騰了。

很快地，左手的熾熱蓋過一切感覺。

拉格斐閉上眼，渴望著更強壯的身體、更敏捷的速度。小孩子的軀殼根本就派不上用場，他想要保護艾草……那他就必須擁有足以保護艾草的身軀！

彷彿在呼應拉格斐的強烈渴望，他左手上的圖騰散發出更盛大的光芒。

轉眼間，光芒包覆住拉格斐。

沙羅看得呆住，腦中一片空白，她甚至忘記還有蛇女即將逼近他們。

直到光芒消隱，沙羅仍舊無法回神。

事實上，她更加目瞪口呆了。

因爲那個位置，靠坐的不再是金髮藍眼的小男孩，而是一名金髮藍眼的修長青年。那人臉孔精緻、冷漠，一雙藍色眼眸卻是相反，翻滾著冰冽焰火。

這矛盾的組合，沙羅只在一個人身上看過。

拉格斐．帝！

「不不不不會吧……眞的是拉格斐!?」沙羅震驚得連聲音都拔尖了。

金髮藍眼的青年沒有多看沙羅一眼，他的背後猛地張開碩大雪白的兩片翅膀，一樓的空氣隨之震動。緊接著，他雙手間凝聚出軍刀。

握緊刀柄，恢復眞正模樣的拉格斐眼神一厲，猛力地將軍刀筆直刺入地面。

刹那間，所有蛇女都停下動作。她們看見彼此頭頂上方遍布著密密麻麻的鋒利刀器，還來不及嘶喊或逃跑，所有軍刀驟然下墜，如一場大雨落下。

那是刀之雨。

沒有蛇女倖免於難，刀身貫穿她們的身軀，讓她們眨眼間通通變回蒼白的大理石雕像。

原本空曠的一樓地面變得淩亂不堪，到處都倒臥著毀損的人身蛇尾女性雕像，到處散落著雕像碎塊，例如頭、手，或是一些碎得叫不出部位的殘屑。

拉格斐就像氣力用盡，抓著刀柄大口喘氣，背後羽翼也消失無蹤。

沙羅費了一番工夫才合上張得大大的嘴巴。她呑呑口水，遲疑地靠過去。

「拉格斐，你……呃，長大了？」

「……這才是我原本的樣子。」拉格斐冷冷睨她一眼，「那個偷襲我的傢伙，反倒是幫我解除了封印。」

封印？爲什麼要在自己身上下封印？沙羅明智地將問題嚥回去，她覺得問了，對方也不會回答她。

「啊，你的傷！」沙羅忽又驚叫起來，這才是更重要的事，「還有剛剛的……剛剛的那些刀，那看起來像是需要光明元素才能施展，我猜。」

「那只是小傷，回去不准讓小不點知道。」拉格斐用冷傲的語氣警告。他在這件事上倒也沒有說謊，解開封印後，傷口也快速地縮小範圍，現在反倒是衣上的血污更爲嚇人，「至於那些刀，我只是趁封印解開，大量光明元素衝出、還沒被巴別塔壓制住時，利用它們施展這個法術……問夠了就別再煩我。」

扔下這句話宣告話題終止，拉格斐找了一處角落坐下休息，靜待白蛇等人取得「金屬」歸來。

沙羅摸摸鼻子，覺得不管大或小，拉格斐的脾氣都一樣離和善耐心有好大一段距離。不過她自己也累了，與蛇女的戰鬥實在太消耗體力。

沙羅乾脆呈大字形地躺在地板上閉目休息。

誰也沒有發覺，四散在各處的不起眼碎屑，正緩緩地移動……

十 所有語言在此歸為一

將拉格斐和沙羅留在一樓的白蛇等人，沒有停歇地沿著樓梯往上奔跑。恢復人形的梁炫和長照跟在後面。

這樓梯長得像是無止境，觸目所及全是單調的白色，彷彿他們正被困在無限循環的狹窄白色世界裡。

可是誰也沒有失去耐心。

他們三人都清楚，若是在這裡停下，他們就失去入侵巴別塔的意義了。

白色樓梯終於到達盡頭，迎接他們的是一個沒有任何遮擋的入口。

當白蛇他們衝進去，看見的是與一樓相似的偌大空間。這裡同樣擺著許多人身蛇尾的女性雕像，長髮糾結凌亂，上半身裸露，左右共有四隻手臂。

只不過和一樓不同的是，這些巴別塔守衛並沒有攀附在天花板上，而是林立在空間的兩側。它們中間的空隙成了一條往前延伸的通道，可以望見前端矗立著一面開了拱形缺口的牆壁，缺口後又是另一個空間。

白蛇他們的目光不由自主地鎖定住拱形缺口後的空間，因爲那裡的其中一處地面，正立著某種古怪的植物。

它們像花，有著莖葉，可色澤金銅，看起來一點也不柔軟，花瓣和葉子的邊緣反倒銳利得像是能割傷人。

乍看之下，如同鋼鐵之花。

那就是白蛇他們要找的東西，「金屬」。

但不論是白蛇、梁炫、長照，都沒有心急地貿然上前。除了知道他們一有實質行動，目前是大理石雕像的蛇女就會立刻變爲活生生的守衛，另外他們還聽見沙沙沙的爬行聲響，正從生長著鋼鐵之花的空間內傳出。

下一秒，他們看見一截粗大的金銅色滑過，繞住了「金屬」，將它們環繞在當中。

那是一條覆滿金銅色鱗片的蛇尾，然而與陳列兩側的蛇女雕像相比，巨大得太多了，幾乎有三、四倍以上。

由此可以想像，那條蛇尾的主人有多龐大。

下意識地，梁炫和長照想起了黑荊棘曾說過的，巴別塔的「主人」。

「打倒『他』，才能停止這座塔的自動攻擊機制。」白蛇伸出手，遙指最前方無法看見全部面貌的身影。他蒼白的手背皮膚如今覆滿銀白蛇鱗，在這座塔內，他同樣無法使用繃帶或是召出自己的寵物，「巴別塔現在是可隨意來去的狀態，但若不打倒『他』，就算奪得『金屬』，塔內守衛也會追出門外，事情無法解決。」

「我等明白了。」梁炫輕一頷首，她和長照的身邊平空湧冒縷縷黑氣。

「把握你們的時間，這座塔沒能那麼快分析出你們的法術元素。在這之前，徹底壓制住守衛。」那是白蛇唯一下達的指令。

當最後一字落下，三道身影同時掠出。

瞬間，原本呈大理石雕像狀態的巴別塔守衛們霍然扭頭，她們身上的蒼白迅速崩裂，露出底下柔軟的肌膚、青鱗的蛇尾，尖銳的牙齒更是隨著她們的張嘴動作顯露出來。

所有蛇女發出了刺耳的咆哮，旋即揮舉武器飛快衝上。長長的蛇尾在地面擺動幾個弧度，迅速拉近雙方的距離。

面對數十個巴別塔守衛，白蛇等人毫不遲疑地展開攻擊。

不突破這些守衛，就無法抵達下一個空間，打敗這座塔的「主人」！

白髮紅眸的少年迅猛地探出手，覆有蛇鱗的手臂彷彿具備怪力，短短數秒間就扭斷逼近自己的其中一個敵人的頭骨。

對方甚至連尖叫都來不及喊出，整具身軀便重新被蒼白色覆蓋，再度凝固成一座大理石雕像。

白蛇迅速踢起那名蛇女手中落下的長劍，當他毫無血色的手指握住劍柄的剎那間，隨即揮出，擋住了來自另一方的多柄兵器。

與此同時，一束長髮迅雷不及掩耳地竄來，趁隙綑縛住白蛇的另一隻手。

白蛇的血紅瞳孔變得更加尖細，他左手五指竟是反拽住來自另一名蛇女的長髮，以超乎想像的巨大力道將對方一把拽往自己，然後將其揮撞向另一方多名蛇女。

趁那幾人跌撞成一團，白蛇不假思索地繼續往前直奔。越早打倒巴別塔的「主人」，越早能中斷這些守衛的行動。

但是又有多束髮絲冷不防地往他射來，它們絆住白蛇的腳，拉住他的手，拖慢他前進的速度。

不待白蛇設法反擊，一道銀白刀芒已比他快一步揮劃而過，那些髮絲頓時斷裂。

「這裡由我和長照應付。」黑髮黑衣的女子說。她收起長刀，立即抓住平空生成的漆黑鎖鍊，朝另一側蛇女們拋甩出去。

彷彿是事先說好般，黑髮白服的少年也迅速地朝同一方向拋出黑鍊。

兩條黑鍊飛也似地交叉纏繞，就像獲得生命力，靈活無比地將那幾個蛇女全綑縛在一起，令她們動彈不得。

蛇女們憤怒地發出嘶吼，蛇尾大力擺晃。

梁炫和長照看也不看，他們抽出腰間的長刀和長劍，立刻轉身投入另一場戰鬥，牽制其他蛇女，讓白蛇能不受阻礙地奔往最裡面的空間。

不，等一下，有個地方不對勁。

將長刀猛力送入一名蛇女的胸口之際，梁炫腦海角落忽然有個聲音說。

兩邊空間是互通的，這座塔的「主人」為什麼不出來？「他」不可能沒有聽見戰鬥聲響，他是無法出來，抑或是……不急著出來？

「梁炫。」長照的聲音幾乎是同時響起，語氣裡帶著警戒和急促。互為搭檔多年，單憑這聲叫喚，梁炫立刻明白他意圖地轉過頭去。然後震驚浮上她的心頭。

這一瞬間，這層樓的激烈戰鬥也暫時靜止了。

白蛇還沒有穿過拱形入口進到另一個空間，他停在入口前，卻不再踏出一步。

此刻，拱形入口處伸出了一雙蒼白、覆著些許金銅色鱗片的手。那雙手剛好抓握入口牆壁兩側，從中間則是探出了一張同樣蒼白的女性臉孔。

原來巴別塔的「主人」是她，不是他。

那名身形巨大的蒼白女子有一雙金銅色的眼睛，一頭金銅色長髮從肩側滑落，眾多髮絲令人想到金屬浪潮。

彷彿不知自己的現身帶給周遭多大震撼，那名金銅色長髮的女子探出了更多身軀。先是四隻長長的手臂，接下來隨著蒼白的腰身暴露出來，腰部以下接連的粗長蛇尾也跟著映入所有人的視野內。

和巴別塔守衛的青色鱗片不同，這名女子的蛇鱗是金銅色的，全身上下散發著冰冷銳利的感覺，乍看下簡直是由金屬塑成。

巴別塔的「主人」迅速無聲地滑行出來，她高抬起身子，讓自己的上半身完全直挺，更多金銅色髮絲滑落至蛇尾附近。

她居高臨下地俯望著相較之下無比渺小的白蛇等人，金銅色眼眸納入他們的身影。

接著，缺乏血色的嘴唇慢慢拉開一抹殘忍無溫的弧度，她張開嘴——

「殺了入侵者，一個也別放過。」

吐出宛如蛇類嘶氣的嘶啞嗓音。

隨著那道命令自高處落下，蛇女守衛不約而同地對著白蛇、梁炫、長照張嘴咆哮，停下的攻勢重新展開。

這次白蛇他們不只要面對巴別塔的守衛，還要面對巴別塔的「主人」。

憑藉長年累積的深厚默契，梁炫和長照互望一眼，搶在蛇女四臂武器都落下前、搶在銅髮銅眸的女子有所行動之前，他們的身形轉眼崩散爲黑色霧氣。

下一秒，逼近了銅髮女子的身軀上方。

黑霧登時還原成人形，兩人出手太快，不待他們的目標物反應，他們已抓握住一條粗大沉重的漆黑鎖鍊。

黑鍊疾速射出，繞過銅髮女子的脖頸，再繞過她其中兩隻手臂，將它們固鎖在背後，再將另外兩隻手臂強硬地綑綁在腰側。

接著又是一縷黑氣在兩人掌心生成，新的黑鍊迅疾再度甩出。

不過短短時間，多條交錯的黑鍊就已架成一面堅固大網，將銅髮女子困在中央。她的頸項、四隻手臂全被束縛住，包括蛇尾也被壓制得無法動彈。

確認過沒有遺漏之處，梁炫和長照將最後一條黑鍊射向壁面，讓末端深深埋入牆裡。

銅髮女子顯然沒料到進來巴別塔的人，居然還有辦法使用力量。

那張蒼白美麗的臉龐不掩飾地露出錯愕，可是只有短短一瞬，冷酷又回來了。

「有趣的力量，有趣的魔法。」沒有嘗試掙動，巨大的巴別塔「主人」只是嘶聲道，「和我知道的力量體系完全不同。但這座塔會分析出來的，然後一切魔法將在此煙消霧散。」

「如果妳能撐到那時的話。」梁炫的眼神和語氣比對方更冷酷。

當長照與她錯身而過，奔往內側空間去摘取「金屬」的時候，她的雙手間再次凝聚出新一輪黑氣，化爲實體黑鍊。

只是這次的黑鍊末端，呈現輕易就能洞穿血肉的尖銳。

眼神閃過凌厲，梁炫突地再出手，黑鍊快若流星地飛至空中，眼見就要筆直穿過女子的肩膀，給她一定程度的傷害。

然而出乎梁炫意料，黑鍊的攻勢被擋下了，那具巨大身軀的堅硬度遠超預想。

黑鍊無法順利刺穿。

什……！梁炫心裡震驚，可緊接著她又發現受到束縛的銅髮女子正對她露出不懷好意的古怪笑容。

危機感瞬間衝上梁炫背脊，她反射性拔刀回頭，微縮的瞳孔內映出高舉武器、趁隙向自己逼來的蛇女。

梁炫的刀及時擋下只差一秒就要落在身上的攻擊，只是那名蛇女出其不意地擺甩蛇尾，眼看便要偷襲成功。

是一柄從另一端射來的利劍穿透了蛇尾，登時引來那名蛇女吃痛的嘶叫。

把握這剎那，梁炫迅速擊退對方，旋即長刀快狠準地送入對方心窩。

在那名蛇女又變回大理石雕像之前，梁炫抽出長刀，轉頭看往利劍射來的方向。

出手幫忙者是白蛇。

白髮少年捨棄手中的長劍，改以徒手攻擊。他覆著銀白鱗片的手同樣堅不可摧，輕易抓握朝自己而來的利刃，另一手猝然探上對方頸子。

一個俐落聲響，他面前的蛇女眼神空洞，蒼白的色澤快速由蛇尾蔓延上來。

但即使是白蛇，也有大意的時候。

下一刻，後方迅速無聲襲來的蛇尾纏捲上身軀，將他緊緊錮鎖其中。

見狀，梁炫想要上前援助——她對環繞在她家小姐身邊的害蟲沒有好感，但不代表她知恩不報——只是又從旁逼靠過來的蛇女阻礙了她的行動，令她難以出手。

彷彿篤定白蛇無法逃出生天，其餘蛇女紛紛轉換目標，視線鎖定在落單的黑衣女子身上。

「梁炫！」這時長照已順利摘得「金屬」，見同伴有難，身形化為黑煙，快若閃電地竄回，一眨眼就回復形體，站在梁炫身後，與她各面對一方敵人。

長照向後一退，和梁炫背靠背，緊接著他們同一時間再出手。利劍和長刀的進擊又快又狠，交錯的劍光、刀芒交織成一張銀網，帶出一片旋風，讓包圍他們的敵人即使想退也來不及退。

不一會兒，他們身邊只餘滿地的蒼白塑像或是碎塊。

一待己方危機解除，梁炫飛快望向白蛇的位置。

那名白髮少年仍被布滿青鱗的蛇尾纏縛住，可他的臉上卻沒有流露出一絲痛苦神情；相反地，滿臉痛苦之色的反倒是那名蛇女。

在梁炫他們吃驚的目光中，原本纏著白蛇的蛇尾慢慢地鬆開了。

那條尾巴一離開白蛇身上，兩人能清楚看到尾巴內側，也就是先前貼著白蛇的那側，被剖開一條裂口，一路向上拉到了腹部中央。

沒有理會那個尾巴末端染上蒼白的蛇女，白蛇無聲地踏上地面，他舉起自己宛如異常存在的尖銳指爪，食指指著巴別塔的主人。

「攻擊她的胸口正中央，那裡才是她的核心。」他說，嗓音寂冷淡漠。

銅髮女子的神情猝然變了，美麗蒼白的臉孔轉爲猙獰，金銅色的眸子裡不敢置信又帶著震怒。

「你不可能會知道！區區的入侵者不該知道這種事！殺……殺殺殺殺殺了你們！現在就

殺了你們！」巨大的銅髮女子咆哮，她的聲音在這處空間造成震動。

下一剎那，所有倒臥在地面上的蒼白雕像碎裂成無數白色光點，光點升至空中，接著一口氣衝湧進銅髮女子體內。

銅髮女子的鱗片飛快向上蔓延，覆蓋她蒼白的肌膚，直到下頷才停止。緊接著，她背後雙手掙動，霍然扯斷了原先纏縛她的黑色鎖鍊，那兩隻獲得自由的手臂再解開其餘束縛。

梁炫、長照大驚，趕忙要再凝聚出新的黑鍊，但在他們動手的剎那間，黑鍊從最前端無預警潰散成黑色氣體。

不只梁炫、長照手中的黑鍊，包括還纏在銅髮女子身上的也是。

他們的法術元素被巴別塔分析出來，開始被壓制了！

一瞬間，所有黑鍊都潰散成黑氣，再回歸於無。

取得完全自由的銅髮女子冷不防甩動她粗大的蛇尾，那記攻擊簡直像長鞭揮出，當下就將梁炫和長照兩人重重擊上牆壁。

猛烈的力道大得讓他們身後的壁面凹陷下去，裂縫如蜘蛛網般朝四周迸裂。

同時，銅髮女子的一隻長臂也抓住了白蛇，她的眼眸裡只有冷酷的光芒。

不是在特定期間進入巴別塔的入侵者，一律都要排除，必須徹底排除。

銅髮女子將白蛇猛力地往地面摔砸。

這次即使是白蛇，也發出了吃痛的嘶氣聲。

銅髮女子的攻擊並未結束，她霍然俯低身子，眼珠納入那名白髮紅眼少年的身影。

「現在，為你闖入巴別塔的愚昧迎接死亡，由我，巴別塔之主宣判！」銅髮女子嘶聲喊道，她巨大的身軀忽然分散出多道半透明疊影，每道影子都往旁邊擴散。

轉眼間，這處偌大空間就被這些影子包圍。她們與銅髮女子一樣，都是巨大的人身蛇尾，鱗片覆滿下頷以下的肌膚，伸出長長的分岔蛇信，嘶嘶地吐出聲音。

宛如呢喃，宛如讚頌，宛如嘶吼。

梁炫和長照撐起身體，他們試圖站起，但他們驚愕地發現，雙腳無法聽從命令。

從靴尖開始，他們在這場戰鬥中已見過太多次的蒼白色澤，正逐漸向上擴散。

每一名銅髮女子都在高高低低地以不同腔調，喃誦不同音節。

這裡明明是將一切語言轉換成通用語的巴別塔，可現在，就在此，卻迴響著如此多語言。

每種都是梁炫和長照無法辨識的。

所有聲音合在一起，如同晦澀不明的咒語。

它們越來越高亢，越來越尖銳。

就在巴別塔幾乎都要為之震動的剎那間，白蛇開口了。

「所有語言在此歸為一。」

不同於平時的寂冷，白蛇的聲音異常地輕、異常地低，就像來自遙遠的深淵。

那同樣是梁炫和長照無法理解的語言。

瞬間，一切聲音停止了。

銅髮女子的半透明分身頓時像泡泡般盡數碎裂，消失在這空間，留下她獨自一人。

而躺在地面上的白髮少年再度開口，這次是梁炫、長照都能聽懂其意的通用語。

「吾爲巧言之蛇，從吾口中吐出爲神授命之最初言語，全數妄言都在此臣服。吾是巴別塔之主，現在所有虛像都該在此逝去。」

銅髮女子驚駭地瞪大眼，接著她慢慢低下頭，看見自己胸口中央不知何時插著一截大理石碎塊。她再抬起頭，見那名白髮少年的雙眸如今是一片純粹的血紅。

那雙眸子讓她想起了一件事，最初的巴別塔主人，也擁有這樣一對血色眼瞳……

「顯然妳在這待得太久，久到忘記自己身分，忘記自己只是被創造出來的守護人偶。」白蛇撐起身子，淡淡開口。當他最末的話語落下，銅髮女子的身體也隨之化作大量白沙崩垮。

白沙很快就在地面堆得如小山一樣高。

白蛇忽然用指甲劃開自己的手腕，讓鮮血沿著指尖滴落在白沙上。

奇異的事發生了。

白沙乍然散濺，如旋風般颳捲出去。一部分重新塑成蒼白的蛇女雕像，一座座地林立在左右兩側；一部分則化成了巨大身影。

那是相同的美麗蒼白臉孔，只是她的髮絲及蛇尾上的鱗片都成了冰冽的銀白色。

那名像是由冰雪鑄成的女子低下頭、彎下身，一手置於胸前。

「第三代之主，確認完畢，無誤。前任守護者對您失禮了，我在此向您致上歉意。」

那是純粹服從的姿態。

「無妨，她的主人不是我，將我視作入侵者攻擊，是理所當然的事。」白蛇冷淡地說，

「回去妳該待的位置，等我們離去，重新啓動自動攻擊機制，閉鎖大門。」

「遵命。」白髮女子說完就無聲無息地滑動蛇尾，迅速回到內側空間。

從拱形入口看進去，只能看見一截銀白色包圍住鋼鐵之花。

白蛇轉過身，他的雙眼已恢復正常，不再是徹底染紅的一片血色。

「伊甸之蛇的後裔，同時亦是巴別塔歷代管理者，新一任會承接上任記憶。初代塔主創造出負責守護巴別塔的人偶就離開，人偶總是被錯當成塔的主人，有時也會遺忘自己被賦予的身分。直到由下一任管理者接掌巴別塔，守護人偶才會再重新塑造。」

無視梁炫和長照的情況，白蛇自顧自地朝著樓梯口方向走去，聲音淡然寂冷，彷彿也不在意他們是否聽見。

「守護人偶只服從創造者的命令，即使是下任塔主也會被視作入侵者。唯一的方法只有消滅她，再重塑她。而上任塔主還熱衷替他的繼任者找麻煩，在我還沒重塑我的人偶前，我在塔內的力量都會被壓制。我猜，這些解釋足夠回答你們的疑問，我不介意你們告訴艾草。」

白蛇驀然停下腳步，蒼白且缺乏表情的臉上，罕見地扯出一抹類似笑意的弧度。

「她喜歡聽不同於東方的事，這些會讓她開心。你們會說給她聽，對吧，包括被我救

了、欠下我人情的事。」

那笑意看在梁炫和長照眼中，如同是赤裸裸的冷笑和挑釁。

他們瞬間握住刀劍又鬆開，毫不猶豫地整理原先還未排出名次的害蟲名單，讓白蛇直接登上了先除之而後快的第一位置。

就在白蛇等人正欲下樓之際。

一樓裡，拉格斐和沙羅震驚無比地瞪著擋在他們前方的兩抹身影。

那兩抹身影一黑一白，一高大、一纖細。

另外，在那兩抹身影之前，還有一座張牙舞爪的蛇女雕像。

那座雕像的姿勢正揮劈出手上的武器，看起來就像準備攻擊誰。

事實上，就在前一刻，那座雕像還是一名活生生的蛇女，她由地面四散的大理石碎塊重新拼組而成。

放鬆警戒的拉格斐和沙羅甚至沒有察覺到在暗中進行的異變。

等他們驚覺不對勁時，拼組完畢的巴別塔守衛已褪去蒼白外表，發動凶猛的攻擊。

千鈞一髮之際，兩縷黑氣迅雷不及掩耳地從旁竄出，眨眼聚成人形，同時替拉格斐和沙羅擋下致命一擊。

拉格斐和沙羅瞪著那兩人，一時難以反應過來。

沒想到就在此刻，地面倒臥的大理石雕像全數散逸爲白色光點，包括還維持攻擊姿勢的那座。

所有光點飛快竄向高空，接著新的雕像出現。

它們就如同拉格斐和沙羅初進塔內時所看見的，一座座攀附在天花板上，頭顱都對著大門的方向，彷彿瞬也不瞬地警戒著新入侵者到來。

確認危機解除，倏然出現在此處的兩道人影不約而同地轉過身來。

那是一名高大的男人和一名纖細的少女。

男人身著黑衣，漆黑的髮絲綁成一束垂在肩前，五官冷硬，臉孔不帶任何表情；少女則是裹著白服，黑髮在一邊紮綁成多條細小辮子，臉蛋小巧精緻，一雙大大的眸子如同貓兒眼，然而眼裡卻沒有一絲靈動的光采，和她的同伴一樣，也是面無表情。

男人手持長槍，腰間佩著金枷；少女手中抓繞著白銀鎖鍊。他們看起來簡直比表情鮮活的巴別塔守衛還像無生氣的雕像。

「你們……你們究竟是……」沙羅乾巴巴地擠出聲音，她很肯定自己不曾在賽米絲學園見過這兩人。而且這兩人的衣飾風格，看上去更像是……

「你們是小不點……是艾草的誰？」拉格斐一見兩人衣著，立即想到梁炫等人。但他記得很清楚，艾草只有六名部下留在這裡，她並未再使用空間之戒召喚他人過來。

既然如此，爲何會有……

黑衣男人開口，「我等是金枷。」

「銀鎖。」少女說。

然後，兩人不帶情緒波動、低沉和嬌美嗓音合在一塊。

「奉大人命令，前來保護大人的朋友。」

同一時間，治療室的羅刹猛地驚醒。

當他發現到自己剛剛竟然失去意識睡著，忍不住臉色大變。

好端端地，他不可能無緣無故睡去，他明明就是在守著小姐……小姐！

羅刹急忙望向床鋪，黑色病床上躺著仍熟睡的嬌小身影讓他登時鬆了一大口氣。

可下一秒，羅刹驚恐地發現這口氣鬆得太早了。他心頭一窒，不敢相信原先還躺著兩抹巴掌大身影的黑色沙發上，竟空無一人。

謝必安和范無救不見了！

該死的，該死的，不可能是他想的那件最糟糕的事吧！

羅刹趕緊一把抓起阿防的衣領，後者同樣睡得不醒人事。

「兄弟，喂，兄弟！快醒來！」怕驚擾到床上的小小人影，羅刹壓低著聲音吼道：「他媽的出大事了！」

阿防倏然張開眼睛，一見到近距離有張特寫大臉，他反射性抽出腰間短叉，想也不想地往前劃刺。

和阿防當了那麼多年兄弟，羅剎早預料到對方會有此反應，敏捷地召出長柄鋼戟，擋下那記攻擊。

「白痴，給我清醒點。」羅剎咬牙切齒地低吼。

阿防眨下眼，終於發現面前是自己的孿生兄弟。

「靠，害我想說這張臉怎麼跟我長得一模一樣……」阿防收起短叉，不悅的眼刀甩向對方，「兄弟，你搞什麼鬼？在人睡得正好時，非要吵醒……」

阿防霍然閉上嘴，他意識到自己說了什麼。

睡得正好……他睡著了？見鬼了，他怎麼會睡著？他明明是在守著小姐！

阿防心慌地搜尋起艾草的身影，就怕自己一時疏忽，造成大錯。

「小姐還在睡。」羅剎按住阿防的肩膀，要他好好看個清楚，「問題是，謝必安和范無救不見了。」

阿防剛因看見艾草還在病床上的安心感，立刻被這句話打散。

「什……她們跑去哪裡？她們不是都沒力量了，還能跑到哪裡？」確定黑沙發上真的不見人影，阿防壓低聲音急急問道。

「我要是知道，還用得著叫醒你嗎？」羅剎懊惱地說，「她倆不見了，我們卻睡著了。」

「等一下，兄弟，你說你也睡著？」阿防打斷對方的話，語氣驚恐。見著對方點頭後，無法抑制地倒抽一口氣。

他也知道事情不對勁了。

「我們不可能無故睡死……」阿防呻吟道，「兄弟，拜託別是我想的那個……」

「你以為我就希望嗎？先找個徹底再說吧！」羅刹大力一推阿防的背，要他趕緊跟自己一起行動。

兩名高大青年無聲地快速翻找一遍黑色拉簾內的空間，一無所獲。

他們焦慮地對視一眼，立即拉開拉簾。

薩拉不在他的辦公桌前。

這時羅刹和阿防一點也沒空去在意這件事，他們徹底找了一遍，幾乎將所有東西都翻個底朝天，可是依然沒有。

謝必安與范無救根本不在這裡。

羅刹和阿防不禁臉色鐵青，他們不想承認的現實如今難以逃避地擺放在他們眼前。

「死定了……」羅刹呻吟。

「炫姊會殺了我們……」阿防捂著臉。

「我不在意你們會被誰殺，我比較想知道的是，我的治療室有哪裡對不起你們嗎？」第三道嗓音忽地響起。

羅刹和阿防同時抬起頭，看見橘髮的黑袍少年站在門口，手中端著熱茶，一雙蔚藍色的眸子平淡地直視他們，以及如今只能用「混亂不堪」來形容的空間。

兩兄弟想也沒想，不由分說邁步上前。

「校醫，你有看到我們這的黑白兩隻嗎？」羅刹壓低聲音，急切地問道：「就是原本睡在沙發上、只有巴掌大的那兩隻！」

「我確定我沒有見到任何人外出。」薩拉語氣平穩地說，藍眸掃了室內一圈，緊接著他眉宇微蹙，「顯然你們不只少了兩隻，梁炫和長照同樣也不在這裡。爲什麼他們不在？」

「他們……他們有事離開一下。要命，這不是重點，重點是那兩個傢伙很可能眞的跑出來了！」阿防看起來煩躁得像是想猛抓自己頭髮，「否則以謝必安和范無救現在的身體，根本沒辦法離開！」

「那兩個傢伙？謝必安和范無救？」薩拉瞇起眼，他嗅到一絲不對勁，「我猜，這不是指同樣的兩個人？」

「該死的當然不是，我說的是另外兩個！」羅刹幾乎拔高了聲音，但憶及艾草仍在熟睡，他硬生生地再降低音量。他深吸了一口氣，試圖解釋清楚，「我們兄弟倆猜測小姐恐怕是趁我們鬆懈時，讓我們打了瞌睡，然後利用這一會兒，叫出了我們的另外兩名同伴。」

「只有小姐的命令才能喚醒他們。」阿防慢慢地說，「他們是金枷和銀鎖，與謝必安、范無救爲一體雙魂。」

「恐怕那孩子是不放心她朋友的安全，所以才喚醒你們說的那兩人，前往保護他們，以免他們在之後要進行的事上受傷？」薩拉將茶杯放回桌上，回視那兩名看起來依舊是躁動不安的青年，「這樣有問題？」

「這問題可大得很了，校醫……」羅刹舔下嘴唇，發出乾巴巴的聲音，「那兩隻如果只是被單純地命令保護小姐的朋友們那就好，但怕就怕不僅僅是這樣。金的和銀的有個很大的……缺陷，他們自己也清楚這件事，所以除非小姐命令，否則他們都自願讓意識陷入沉睡，將身體交由謝必安和范無救。」

「缺陷？」

「啊啊，他們絕對服從小姐的命令，不會提出任何質疑反駁。這也就代表說，即使小姐的命令會讓小姐自己受到傷害，他們也還是會……忠實地執行。」

羅刹與阿防對視一眼，他們都覺得呼吸有些困難——在這種非常時期，那兩人卻被喚醒了——他們好半晌才又擠出聲音，那聽起來更接近呻吟。

「他們，金枷和銀鎖，因此又被我們幾人稱爲……盲從者。」

十一 地獄君主

地獄，並非硫磺氣味與慘號交織，更非白骨堆積或處處血腥，看起來與人類世界似無不同，同樣見得到高樓林立，城鎮繁多。

只是在這些城鎮之外，便是大片荒山、密林，或是郊野包圍。邊境矗立六大公爵的堡壘——即使原罪．薩麥爾遭封，其領地並未被剝奪——最盡頭處，則是地獄君主居住的宮殿。

那裡，同時也是一般惡魔不可踏入之地。假若未獲得應允就想貿然闖入，只會在瞬間落得灰飛煙滅的下場。

除此之外，地獄與其他二界最大的不同之處，乃是天空。

地獄的天空並不是像人界或天界般湛藍，它由漆黑與赤紅交錯而成。地獄沒有日夜差別，不論何時，它的天空都彷彿一個巨大的紅黑漩渦在慢慢地轉動，看起來格外怵目驚心。

突然，高空中無預警撕裂開一個洞，邊緣流竄銀白光芒，乍看令人錯以爲是閃滅的流星。

然而地獄是沒有流星的，因此就算這個洞開在一處荒原上方，剛好在附近遊蕩的低階惡魔們還是不免好奇地往那裡靠近，想著如果是人類誤入地獄，就要將之撕成碎片，不客氣地吃盡對方的血與肉。

從黑洞內躍出的是三抹人影，其中兩抹在半空中便張開背後蝠翼，那薄黑的大大翅膀一搧，便迅捷地朝一個方位疾飛而去。

很明顯地，他們絕不可能是人類。

而僅留的那抹人影不見任何大動作，只是任憑自己的身軀直直落地。

即使知道從黑洞出來的那人不可能會是人類——人類從高空墜下只會拚命揮動雙臂，歇斯底里地不斷尖叫——但仍有些低階惡魔抱持著期待，他們小心翼翼地從四面八方向荒原聚集。

靠著天生的優良視力，他們很快就能看清那人的面貌。

那是一名容姿華艷的絕美少女，一頭粉紅色的長鬈髮披散於背後，碧綠眼眸如寶石熠亮，舉手投足散發難以忽視的傲氣與尊貴之勢。

貌美的惡魔在地獄中不少見，可是如同這名少女般出眾，卻是極爲罕有。

那些隱匿自己身形的低階惡魔不禁被對方的氣勢和美貌震懾住，一時忘了初衷。只有一名見多識廣的惡魔與自己同伴的反應不同。

瞧見那名粉紅長髮少女時，他面色煞白。

「快走……快快離開此地！」他哆嗦著聲音，掩不住一臉驚恐。

「爲什麼？」

「你認識那名女人？」

「她很厲害嗎？」

低階惡魔七嘴八舌地問著。

那名惡魔簡直無法相信同伴的愚蠢，當他正想壓低聲音喊出「不想活就留著」這句話時，佇立於荒原中央的粉紅長髮少女不經意地往他們躲藏的方向掃來一眼。

這看似不帶特別情緒的一眼，卻使一干低階惡魔剎那間全噤了聲，冷汗直冒。

那一眼蘊含的氣勢太過嚇人，讓他們頓生自己只是卑微的螻蟻之感。

粉紅長髮少女隨意瞥了一眼就收回視線，她從身上取出一根小巧的銀白哨笛，對天空一吹。

低階惡魔們並沒有聽見任何聲音。

可就在下一秒，某個方向傳來了震天嘯，那絕對不是一般魔獸發得出的聲音。

低階惡魔們下意識抬起頭，追尋聲音望去，映入眼中的是一道高速紅影。由一個他們無論如何都不敢靠近的方向飛出，風馳電掣地向此地飛來。

隨著距離拉近，那身影也從一個模糊的紅點，變成了一隻全身赤紅、唯有四爪呈金黃的猙獰飛龍。

低階惡魔們連大氣也不敢喘一個。

放眼整座地獄，唯有一人的專屬坐騎是金爪紅龍。

少女的身分不言而喻……

沒有多望向低階惡魔藏身的方向，粉紅長髮少女動作俐落地翻躍上飛龍伏下的背。

感覺到自己的主人坐穩了，赤紅色的飛龍仰起頭又發出一聲唳嘯，碩大雙翅一張，像道紅色閃電竄入空中，全速朝著來時方向前進。

那裡，正是地獄君主宮殿的所在地。

低階惡魔們連滾帶爬地從藏身處跌出來，他們一個個仰高臉，望著空中越離越遠的那抹紅點，心中滿是慶幸與震撼，慶幸自己沒有做出什麼愚蠢的舉動，震撼自己居然能夠近距離一睹那位人物的容貌。

地獄君主之女——莉莉絲！

乘著自己的專屬飛龍，藉由薩拉開啓的空間通道返回地獄的莉莉絲待飛龍降落在宮殿中庭的空地上，便迅速躍下，遣退那些立刻想靠前的僕從，大步往一個方向而去。

「殿下。」

「殿下。」

「歡迎歸來，莉莉絲殿下。」

凡是見到莉莉絲的侍女、衛兵，皆恭敬有禮地低下頭。

莉莉絲僅點頭回應，她沒忘記自己這趟回來的目的。爲了能夠獲得記載詛咒之誓圖樣的圖譜，與其餘地獄大公們的黑暗元素結晶，她必須直接去見一個人。

她的父親，同時也是統治地獄的君主，路西法。

只是當莉莉絲來到應當能找到人的書房，映入眼內的卻是空無一人。

莉莉絲咂下舌。以往這個時間點，她家那個臭老頭應該都是跟母后待在這裡的……今天居然不是嗎？

黑靴毫不猶豫地轉出書房，在走廊上敲著響亮的節奏。

這次沒走幾步，莉莉絲就被另一道驚喜的叫聲喊住。

「莉莉絲殿下！您何時歸來的？」

喊住莉莉絲的是一名髮鬚皆白的老者，戴著單邊鏡片，看起來精明幹練。

「老爺子。」見到從小看自己長大的宮廷總管，莉莉絲長腿一邁，轉眼就來到對方眼前。因爲敬重對方，所以她的語氣也客氣許多，「我剛回來而已。你知道我家那個臭老頭到哪去了嗎？他不在書房，是躲到哪裡鬼混了？」

「沒想到殿下一回來就急著想見陛下，陛下要是知道，一定會非常感動。」總管欣慰地抽出一條潔白手帕拭淚，眼眶泛紅。

「那我就早點讓他更感動。老爺子，他人在哪裡？」莉莉絲不想浪費時間解釋這個美麗的誤會，語速急促地再問了一次，「我有重要的事。」

「啊，是。」總管趕緊收起手帕，積極地說明，「陛下現在人在主事廳開會。因爲伊莉絲大人今天一早就和朋友離宮至城鎮上逛逛，諸位大臣終於逮著機會央求陛下聆聽他們的報告，至今已經開會近兩個多小時了。」

「原來母后把那老頭拋下了……謝了，老爺子，我這就去找他。」莉莉絲湊上前，在身分如同自己家人的總管頰邊親上一吻，又急匆匆地朝著主事廳的方向前進。

「殿下！老臣這裡最近又收到不少要給您的相親照！」總管猛然想起什麼，連忙在後頭喊道：「殿下待會有空……」

「免了，老爺子，那些東西乾脆送給我母親看吧。說不定她最近看老頭的臉看膩了，需要新刺激……我的話，本小姐有喜歡的人了，那可是可愛得不得了的小米粒！」莉莉絲舉手朝後一揮，轉身繞進另一條走廊，也不在乎自己這番話讓總管目瞪口呆地傻在原地。

在莉莉絲的記憶裡，路西法很少會到主事廳聽取各部門大臣的報告。

這名地獄君主總是一臉厭煩地說：

「開會是全世界最浪費時間也最毫無意義的事了，該怎麼做難道還要我教你們嗎？你們的腦袋應該不是單純的裝飾品吧？雖然這還真是一點格調也沒有的裝飾品。自己去做決定，想辦法讓你們負責的事達到完美，否則我付你們薪水是在養米蟲嗎？當然，敢在我眼皮底下把事情搞砸，就說明你們也做好心理準備了。」

據說，若不是礙於路西法力量太過強大，以及路西法之妻伊莉絲太過溫柔、做人成功，各大臣早就巴不得暴打他一頓了。

但在那番毒辣的威脅下，大臣們的確近乎完美地完成了自己的職責，只是一逮到機會，就會想方設法地逼路西法召開會議。

眼見主事廳大門就在前方，莉莉絲加快腳步。

佇立在門外的兩名衛兵一見來人是地獄君主之女，立即低頭行禮，不敢阻攔。

「我要找那老頭，你們退到旁邊去。」莉莉絲拋出命令，身邊迅速纏繞縷縷黑氣。隨著她背後華麗的黑翼霍然張啓，那些黑氣也像火焰爆發，「轟」的一聲，主事廳兩扇厚重門板被無形氣勁震開。

廳內眾大臣回過頭，或是惱怒或是不悅地想斥喝無禮的闖入者。只不過當他們認出來人身分，那些話頓時硬生生地吞回去。

通常地獄君主之女不會無端打斷會議，而如果她這麼做了，就表示她與她父親之間有極重要的事要談，或打。

「老頭，我有事要問你。」莉莉絲走上前，她站定腳步，單手扠腰，一身傲氣盡放，碧綠眸子直視坐在王座上的那抹人影。

原本慵懶靠著椅背，與其說是閉眼聆聽，倒不如說是閉眼假寐的男人慢慢地掀開眼。那是一雙詭異的眸子，一隻眼瞳漆黑，一隻眼瞳燃著灰白的火焰。

黑髮的俊美男人直起背脊，一頭及地長髮隨著他的動作發出細微的沙沙聲響。

和嬌艷如盛綻花朵的莉莉絲呈對比，坐在王座上的路西法可說是黑暗的化身，他的黑袍和黑髮幾乎要融在一起。

路西法注視女兒好一會兒，又重新靠上椅背，緩緩地問道：「……妳放暑假了？原來我們開這無聊的會已開這麼久了？」

路西法的聲音低沉華美，曾有人形容那簡直帶著致命吸引力。然而此話聽在底下大臣們的耳中，心中只生起一股咒罵的衝動。

這混蛋的王！鐵定又將他們的報告當成催眠曲，估計一個字也沒有聽進去！

「啊啊？你是老人痴呆了嗎？賽米絲還沒放暑假，我只是有事回來一趟……一個叫薩拉的光之精靈送我回來的。」莉莉絲抬起下巴，雙手抱胸，「我猜你應該知道他是誰，老爸。」

「薩拉……原來是『守門人』嗎？」隨著最末幾字吐出，路西法眼中的懶散退去，轉變爲銳利光芒，他朝下方一揮手，「你們先退下。格瑞德提出的計畫應允，貝列里斯的必須再擬一份書面報告給我。至於尤拉威爾的，去把你的腦袋撞一撞，重新提出新的計畫大綱。好了，都離開這，別讓我重複。」

被點到名的大臣又喜又苦惱，喜的是原來路西法都有聽進去，苦惱的是自己要不要眞去將腦袋撞一撞。

等主事廳只剩下路西法和莉莉絲這對父女，宛如黑暗化身的路西法離開了王座。他只是手指一彈，厚重的大門無聲關上，隔絕第三人的窺探。

「只有發生特殊事件，那名守門人才會開啓空間通道……莉絲。」路西法來到女兒身前，吐出了對她的暱稱，「發生什麼事了？」

「我的朋友中了詛咒之誓，她來自東方。」莉莉絲也不廢話，她很明白現在可不是和父親唇槍舌劍的時候，「薩拉說，我們地獄有專門記載詛咒之誓的圖譜，只要弄清楚那來自哪個家族，就能用對應的法陣解咒。我要那些圖譜，還有你跟五公爵的黑暗元素結晶。」

「莉絲，妳要圖譜我還能理解。」路西法瞇細了眼眸，「可是黑暗元素結晶又是怎麼回事？做父親的，我當然是樂意給妳，看妳要多少就有多少。但是其他五個老傢伙，沒有一個理由，他們恐怕會以為我索討頭髮或指甲，是要用來詛咒他們。雖然憑我的力量不用這些也能詛咒。」

「你沒事詛咒他們幹嘛？真的吃飽太閒嗎？怪不得母后丟你在這，和朋友出去了。」莉莉絲諷刺地哼了一聲。

路西法像是被箭射中心房，臉色微變，左眼裡的灰白火焰也黯淡不少。

「妳……妳這孩子胡說什麼，是我拒絕跟伊莉絲出門的，才不是……」路西法的辯駁說到一半，就因為面前那張肖似妻子的臉蛋正露出鄙夷眼神，頓時什麼話也說不下去。他挫敗地呻吟一聲，算是承認莉莉絲的說法。

「行了，我才不想管你跟母后之間的事，反正不外乎是你太纏人，導致母后受不了。」

莉莉絲無視路西法青白交錯的俊容，切入重點：「我要圖譜和黑暗結晶的元素。」

「我有哪一次拒絕我寶貝女兒的要求嗎？」路西法露出些許微笑，「不過作為交換，莉絲，妳得告訴我需要黑暗元素結晶的理由，還有回賽米絲後，每天都得打電話回來。」

「……嘖，我知道了。」莉莉絲心不甘、情不願地彈下舌，還是應允下來。她不喜歡打電話回來，是因爲她家老頭實在太煩人，總是追問個沒完，「黑暗元素的結晶最近多次出現在賽米絲學園……第一次可以算是偶然，可第二次、第三次，明顯是有心人士操弄。」

只要回想起接連事件最終導致了艾草受創、身中詛咒之誓，莉莉絲的碧眸內就忍不住燃起怒焰，語氣也變得咬牙切齒。

第一次是貝洛切爾爲搶闇之螢石，誤遭螢石內的黑暗元素結晶入侵；第二次是有人假借珠夏名義，以禮物之名欺瞞伊梵和菈菈，使他們將之誤當成能使役妖獸的藥劑，造成黑荊棘實驗室的守衛妖獸狂暴化。

而第三次，學園裡的一對夢魔姊妹更是被操弄，有人藉她們的手對艾草下了詛咒之誓。

如今，雖然無法確認欺瞞伊梵、菈菈，和操弄夢魔姊妹的是不是同一人，可已能確定，利用夢魔的正是賽米絲學園內的一名教師。

「管那傢伙到底是誰，敢傷害小米粒的，都別想本小姐客氣！」莉莉絲握緊拳頭，掌心內驟燃抑制不住的黑焰，「我這裡還有一些黑暗元素結晶的碎屑，是白蛇之前塞給我的，就是夢魔之事那次。黑荊棘說過，這三次的結晶都屬於同一人。老頭，如果是你，應該可以更快地利用這個，比對出這是屬於誰的吧？」

說著，莉莉絲伸出另一隻手，攤開的掌心上是漆黑、不見光澤的微小碎片，她將碎片交給了自己父親。

「我想去書房再找點有用的資料，那兩件事就拜託你了……父王。」

莉莉絲低下素來高傲的頭顱，嗓音透露出一絲細不可察的脆弱，隨即她迅速武裝起自己，裝作什麼事也沒發生過，姿態傲然地旋身走向大門。

如果莉莉絲這時晚一瞬才轉過身，那麼她定能見到路西法握住黑暗元素結晶的碎片後，表情變得異常嚴峻，左瞳的灰白焰火更是燃得越發熾烈。

然而莉莉絲並未目睹，因此在聽見路西法忽然自後方喊了她一聲時，她也僅是不耐地停住腳步。

「莉絲，今天內，我便會派人將薩拉需要的圖譜送過去。」路西法說，語氣平淡，聽不出太明顯的抑揚頓挫。

「用不著你派人，我自己就可以……等一下。」莉莉絲忽然頓住話，大步轉過身來，她察覺到路西法話中的特別含意，「將薩拉需要的……你已經知道那個詛咒之誓是屬於哪個家族的？但你根本就沒看過，老頭，你怎麼可能有辦法——」

莉莉絲拔高的質問，在見到路西法手中的碎片時戛然而止。

她交給父親的那塊碎片，此刻竟泛著奇異的光澤；在這之前，它一直都只是不起眼又黯淡的存在。

這是怎麼回事？

「為什麼碎片會……」莉莉絲睜大眼，瞳孔收縮，「難道那是你的……」

「不，這不是屬於我身上的黑暗元素，但我已知曉是誰的。」路西法無預警握住掌心，更細碎的粉末緩緩飄落下來，在落地之前卻又被驟然冒出的闃黑火焰燃燒殆盡，「某個我不會錯認的力量還留在上面。我會盡快聯絡你們學園長，而莉絲，妳現在必須履行交換條件了。」

「啊？你在說什麼鬼話？我現在人就在這裡，爲什麼還要打電話？」莉莉絲揚起一對姣好的眉，艷麗的臉孔惱怒，「快告訴我那是誰的黑暗元素？我要知道，此刻就要知道。」

「不。」路西法卻是淡淡地吐出一字，就在莉莉絲大怒、以爲他不願說出時，他又說道：「我是指我們的交換條件，我改變主意了。圖譜我會派人送去，但妳不能離開這，妳必須待在宮殿裡。」

「別開玩笑了！」莉莉絲臉蛋一寒，厲聲反駁道：「臭老頭，你是哪根神經接錯了？憑什麼我不能離開？圖譜由我負責送回去！」

「我說了，妳不能離開這。」路西法沒有阻止女兒掉頭就走，他身下的影子剎那間變得無比龐大，幾乎佔據了整間主事廳。他嗓音低沉，宛如來自最深沉的深淵，「莉莉絲。」

當莉莉絲聽見自己的名字自父親口中說出，她震驚地發現自己居然無法動彈。

「帶殿下回她的房間，沒有我的命令，不得離開一步。」路西法一彈指，原先空無他人的主事廳內，竟平空自地面鑽冒出兩抹人形黑影。

那是影侍，只聽從地獄君主之令的忠實侍衛。

「該死的臭老頭！你是什麼意思？你這是什麼意思？」動彈不得的莉莉絲只能任由影侍

抓住自己兩隻手，她憤怒地高聲吶喊，碧眸內像要噴出炙烈的焰火，「放開我！爲什麼我不能回賽米絲？小米粒還在等我，她還在等我回去！」

「不用擔心妳朋友的詛咒，她會無事的。等薩拉拿到圖譜，他自然知道該如何解咒。」路西法伸手，再對著其中一面牆壁一揮，一條黑色通道瞬間出現，「不須驚擾到其他人，由此通道而行即可。」

兩名影侍點頭示意，加大力氣，拉著莉莉絲走向那條通道。

「不准……碰我！」莉莉絲眸中厲光閃動，霍然一聲暴喝，身上爆出黑色的地獄火。

高熱的溫度立即逼得影侍不得不鬆手。

感覺到加諸在身上的沉重束縛似乎有絲鬆動，莉莉絲咬牙，用盡力氣掙開背後翅膀。黑色羽翼一展開，莉莉絲頓感重獲自由。她毫不遲疑地拍翅衝向主事廳大門，說什麼也不能讓父親眞將她軟禁在此。沒想到下一刹那，一股超乎想像的重力猛地壓在她身上，令她支撐不住，只能狼狽地跌墜於地。

「我的命令即是地獄的一切，即使是妳，我珍愛的孩子，妳也應當遵守。」路西法伸出食指，莉莉絲的身子登時像受到無形之力的攙扶，重新站了起來，「帶她回房。」

兩名影侍遵命。

「可惡、可惡！你這該死的、老人痴呆的老頭！」莉莉絲扭曲了艷麗的臉龐，高聲咒罵著，「那個碎片上是留著誰的力量？讓你非要軟禁我？難道說，難道說是薩——」

那是莉莉絲留在主事廳的最後一句話，開在牆上的通道轉眼閉攏，吞噬了她和兩名影侍的身影，一切像是沒發生過。

佇立於大廳中央的黑髮黑衣男人閉了下眼，隨後張開，灰白的火焰燃燒得熾烈，背後伸展出一對、兩對、三對，六枚華美的漆黑羽翼。

等同黑暗化身的地獄君主沉著臉，邁步走出主事廳，身上施放令人呼吸一窒的威壓。

「傳我的命令，即刻通知——」

十二 金枷和銀鎖

莉莉絲——！

無聲吶喊衝出喉嚨的瞬間，躺在黑色病床上的嬌小人影也驀地睜開了眼。

來自東方地府的神祇略微急促地喘著氣，大睜的墨色眼瞳怔怔地望著上方同樣漆黑一片的天花板。

半晌後，艾草吐出一口氣，閉了下眼再睜開，睡前的記憶全數回籠。

她是因為誤中詛咒之誓，才被自己的班導師移轉到治療室。這裡不但位置隱密，還有強力的法陣保護，可以隔絕有心人士的窺探，更能使施咒之人無法得知她目前的狀況。

而為了幫助她解咒，莉莉絲和伊梵、菈菈還特地回去地獄，以獲得解咒時所需的圖譜。

但就在剛剛，她似乎夢到了莉莉絲在呼喚自己……？

艾草吐出一口氣，輕拍一下臉頰，再小心翼翼地坐起，就怕任何一點聲響會驚醒到他人。

治療室還是被黑暗包圍著，但這裡指的「黑暗」，並非治療室內全無光亮，而是艾草此刻所處的這個空間，無論是牆壁、家具、擺飾，還是艾草身下的這張病床，都是黑色的，完全迥異於一般人對治療室所認知的潔白。

最令人難以置信的是，這樣的品味竟來自於一名光之精靈。

也就是賽米絲學園的保健室校醫，薩拉。

思及那名外貌肖似少年的橘髮藍眼醫生，艾草也想起對方為了要建構出能夠解除她身上之咒的法陣，將收集材料的任務交給了自己的朋友與部下。

其中一項材料便是名為「金屬」的鋼鐵之花，唯獨生長在巴別塔內。要入巴別塔，必須在特定時間等待大門自動開啓，否則無路可進。

薩拉他們在討論這件事時，都以為艾草已因詛咒而體力不支，陷入沉睡。可實際上，艾草那時還保有一絲清明的意識，因此她還聽到了薩拉不知道的。

——白蛇向梁炫傳遞訊息，表示自己當夜就有辦法進入巴別塔，但必須要有他們的協助。

現在……不知道他們的情況如何？艾草無法確切得知距離梁炫與長照離開後，時間又過了多久。按照至今仍無人喚醒她的情況來看，眼下應該還是凌晨時分。

艾草掀開棉被，試著輕手輕腳地滑下病床，但床角處兩團微小光芒讓她瞬間停住了。

光芒雖然只有巴掌大，可裏在其中的身影，艾草卻不會錯認。

「金枷、銀鎖。」艾草近乎氣聲地吐出兩個人名。隨著她稚氣的聲音輕輕逸入空氣，那兩團如同在守護她的光芒也自左右飛上前，剎那間在病床兩側化為一般人的體型大小。

那是一男一女，穿著黑衣的男人腰間繫著金色枷具，略長的黑髮綁成一束，垂在肩前，五官線條冷硬，臉孔不帶表情；裏著白服的，是和高大男人相較之下顯得格外纖細的少女。腰間纏著銀白色鎖鍊，臉蛋尖細，髮絲在一邊紮成多條細小辮子，一雙大大的貓兒眼與她的同伴一樣不見情緒。

假使不是他們的眼睫不時眨動，佇立在病床兩側不動的男人和少女，乍看下簡直如同兩尊無生氣的人偶。

艾草又環視了自己待著的地方一圈，發現不遠的沙發上癱坐著兩名看似熟睡的青年，但緊皺不放的眉宇又好似說明他們正陷入不適的夢境中。他們身形相仿，臉孔像同一模子印出來的，由此可以輕易看出他們之間的血緣關係。

除了他們之外，這個被黑色拉簾隔開的空間裡，再不見原本也該待在此處的四抹身影——梁炫、長照、謝必安、范無救。

艾草沒有對這一幕露出驚訝之色，因爲她比誰都清楚，除了羅剎、阿防，自己的另外四位將軍在何處。

梁炫、長照在早些時候就動身前往協助白蛇；而謝必安和范無救，她們正沉睡在金枷、銀鎖體內。

那是僅有少數人才知情的事。

東方地府城隍麾下有八大將軍，然而當中兩位將軍卻不具獨立身軀，他們與同伴是一體雙魂，雙方之間共用同一具軀體，隨著誰意識主掌，那身軀也會變化成誰的模樣。

沒有人明白爲何他們會出現一體雙魂的情況，即便是他們本身，對自己從地府誕生時就註定好的事實，也無絲毫怨言。

相反地，名爲「金枷」和「銀鎖」的兩人對此可說感到慶幸。他們視艾草爲主人，對她的一切命令徹底且忠實地執行，這是他們的天性，卻也是他們最大的缺陷。

當他們發現自己執行的命令可能會傷到艾草，卻又無法違抗天性時，他們毫不猶豫地將大多數時間的身體控制權都交予謝必安和范無救。

大半時候，他們主動選擇進入沉睡，除非艾草呼喚他們。

見金枷和銀鎖回到自己身邊，艾草鬆了一口氣。因爲是她趁著羅剎、阿防不察，施法使他們陷入片刻沉睡，才能不受阻地召出金枷和銀鎖，命令他們前往巴別塔，協助白蛇等人。

如今他們兩人歸來，表示任務已成功完成。

只是……

「吾，不懂。」艾草略帶困惑地望著還在呼呼大睡的羅剎與阿防，「吾的法術怎麼會讓羅剎、阿防睡得如此之久？吾以爲他們早該甦醒。」

「他們確實已醒，但大人的命令是盡量別被他們發現我等的蹤跡。」似乎是自覺自個兒的身形太過高大，金枷蹲跪下身子，背脊依舊直挺得像是把出鞘的劍。

「故我等歸來時，便決定再動手一次。」銀鎖也仿效同伴的動作，一雙貓兒眼在說話時，完全沒有離開過艾草身上，「大人，我等不辱使命，已完成大人的吩咐，白蛇那方確定獲得『金屬』。大人不希望我等與梁炫、長照直接打照面，我等就先返回於此。」

艾草這下子總算明白爲什麼羅剎和阿防會睡得像是不醒人事，原來是金枷、銀鎖私下再出手，將他們弄暈過去。

羅剎、阿防，吾對爾等感到抱歉。艾草在心裡默默地說，有絲歉疚。

爲了彌補那兩名青年，艾草滑下床，套上繡花鞋，走近他們身邊，伸手摸摸他們的頭，再傾身湊上前，在兩人的頰邊各留下一記親吻。

那就有如不可思議的魔法。

原本羅剎、阿防眉頭緊皺，像是處於糾結的惡夢中，但艾草做完這些事後，他們的眉宇放鬆，身上騰騰殺氣也卸去大半。

艾草回過頭，見金枷和銀鎖仍是單膝跪立原地。她想了想，也走回他們身邊，先是摸摸金枷的頭髮，再摸摸銀鎖的。

「金枷、銀鎖，爾等辛苦了。」艾草認眞地說，「還有，許久未見，吾很想念你們。」

這樣簡短而眞摯的一句話，頓時使得像人偶的兩人出現變化。那兩雙本不見波瀾的漆黑眼眸閃動光采，就像是有什麼從他們的眼中活過來了。

「完成大人的命令，是我金枷，」金枷開口。

「銀鎖之幸。」銀鎖接著說，「我等也萬分思念大人。」

艾草忍不住露出一個小小的、害羞笑容。

沒有錯放這個瞬間，金枷、銀鎖姿勢未動，一隻手卻是飛快地掏出手機，用超乎想像的速度，咔嚓一聲，將面前黑髮小女孩的笑顏珍重地收藏進自己的相簿內。

兩人還不忘交換一記眼神，示意晚點互換照片。畢竟各自拍的角度不同，左右兩邊都有才算收集齊全。

一連串動作快得沒讓艾草發現。

艾草的注意力此刻放在黑色拉簾的另一邊，她輕輕地拉開拉簾一角，只不過預想中的身影並沒有映入眼中。

另外半邊治療室內，只看得到眾多漆黑門扇、骷髏標本、一片黑的辦公桌椅，以及擱在桌面上、還戴著聖誕帽的大中小三個頭骨。

向來穿著一身黑袍的學園校醫不在。

「薩拉，出去了嗎？」艾草有絲訝異地喃喃說道。待在治療室的這幾天，夜間時分都能看到薩拉的身影。

「歸來時便不見其蹤。」金枷替艾草拉開大半拉簾，「大人，可要我等去找？」

「毋須如此。」艾草搖搖頭。她醒來後難得碰見身邊無其他人的情況，薩拉、黑荊棘或是梁炫、長照在場，便不會讓她隨意下床走動，以免耗損更多體力。

艾草下意識地撫上心口，就算那處被衣物覆蓋，她也能在腦海中清晰地描繪出烙印在肌膚上的圖案。

纏繞的荊棘與欲綻的花苞，那是來自地獄的詛咒之誓。

詛咒之誓將會逐漸吸取體力和精神，使她越發嗜睡。艾草知道薩拉他們都是爲她好，可是她也希望自己能幫得上忙，而不是像瓷娃娃般受到保護。

「吾，想到房外走走。」艾草細聲地說。

「大人，請讓銀鎖爲妳更衣。」銀鎖在一邊低下頭，臂上披掛著不知何時準備好的衣物，依舊是一貫的紅黑雙色。

對於艾草的願望，她不會拒絕，無條件服從才是她的天性，這也是她與金枷被同伴們稱爲「盲從者」的原因。

雖說不如梁炫、長照，或是謝必安、范無救那般熟練，但合力之下，銀鎖和金枷還是順利替艾草更換完衣物並梳綁好頭髮。

踏出房門前，艾草沒忘記替羅刹和阿防蓋被子。只是以她嬌小的身軀抱起病床上的厚重棉被，走起路不禁一晃一晃的，似乎會隨時重心不穩，向前撲倒。

金枷將棉被輕易接過，披蓋在那對孿生兄弟身上。

確認過兩名一模一樣的青年都有好好地蓋著被子，艾草滿意地點點頭，接著不忘對金枷和銀鎖悄聲吩咐。

「噓，別吵到羅刹和阿防，這幾天他們定也累了，吾希望他們能休息一番。」

利用著自身身高，高大的男人和纖細的少女在艾草視野外的高度對視一眼，宛如在交換某種意見，然後少女不帶表情地頷首。

艾草打開房門、踏出黑色治療室之際，銀鎖沒有和金枷並肩尾隨在艾草身後，反倒是飛快地閃身到羅剎、阿防身邊，手刀揚起，迅疾無聲地讓兩人陷入更深層的昏迷。

對金枷和銀鎖來說，這樣做便能達成艾草的希望，使羅剎、阿防好好休息一番。

離開自己這幾天不曾走出一步的治療室，艾草來到一條走廊上。

和幾乎被黑色鋪天蓋地佔領的治療室相比，這條走廊簡直普通得不可思議，看不出任何異樣。

走廊上有通往左右兩側的通道，艾草曾聽薩拉提過，這裡佔地廣大，隨意亂走動可能會迷路。

她不確定自己該走哪一邊才好，東張西望了一會兒，決定脫下一隻繡花鞋，往前一拋。

咚！繡花鞋的鞋尖不偏不倚地指向左邊。

艾草單腳跳向繡花鞋，將鞋子重新穿好。

依照這個未曾出錯的方法，沿著左邊的走廊走沒多久，艾草就注意到有說話聲。

有人？艾草豎起耳朵聆聽，順著那聲音往前走，發現聲音是從走廊上某處房間內傳出的。

「是薩拉的聲音。」雖然隔著門，但艾草還是認得那道清澈又帶著一抹淡然嘲諷的少年嗓音，「他在跟何人說話？」

躲在門外偷聽他人說話向來不是艾草會做的事，因此她有禮地舉手敲門。

突如其來的敲門聲似乎讓房內人吃了一驚，說話聲也隨之停止。

下一秒，房門被人打開。

門後是一身黑袍的俊秀少年，微鬈的橘色髮絲和天空色眼眸，與黑色成了搶眼對比。外表看似青稚少年，薩拉身上卻有種難以言喻的沉穩，像是經悠久歲月淬鍊而成。

一見到門外的黑髮小女孩，薩拉的眉毛微微挑動，藍眼內閃過一抹訝異和不贊同——訝異她能找到這裡來，不贊同她居然擅自離床——隨即他也見到小女孩背後的黑白身影。

就算是與對方初次見面，薩拉當下就明白了兩人身分，想必他們便是羅剎和阿防稍早前說過的金枷、銀鎖。

與謝必安、范無救一體雙魂的盲從者。

只是他們是何時歸來？又怎麼會和艾草一塊離房？羅剎與阿防難道沒有阻止他們？

薩拉是個聰明人，只消一瞬，他就猜測到那兩名青年恐怕是非自願地阻止不了。

「我記得，我的醫囑是待在床上多休息，不要離開，艾草。」薩拉語氣平淡，但藍眼透出威嚴，「所以妳這樣做是告訴我，妳已經有做好了回去主治療室後會被綁在病床上的心理準備？我相信黑荊棘會很樂意執行。」

艾草微張嘴，還未來得及說話，金枷和銀鎖已有了動作，長槍和銀白鎖鍊剎那就逼至薩拉面前。

面對著這番快得讓人瞧不清的威脅，薩拉的眉毛完全沒動一下，反倒是艾草立即喝止。

「金枷、銀鎖，不可無禮。」

沒有一絲遲疑，金枷和銀鎖收回各自的武器，後退一步，服從地站於艾草身後。

只是艾草的這道喊聲，卻是引起另一波新的注意力。

「小姐？」

「小不點？」

「艾草！」

包含男女的多道聲音全吃驚地疊在一起，一時令人難以分辨是誰在說話。

但艾草認得出來，那張潔白小臉頓時浮起光采。她仰高頭，烏黑眸子直勾勾地注視著薩拉，像是在無聲地徵求他的同意，是否可讓她進到房裡去。

「沒有下一次，要是再違背我的醫囑，妳可以問問沙羅的感想。」薩拉側過身子，示意艾草進房。他的態度看起來與平時一樣淡然，可艾草卻鄭重地點點頭。

「吾知道了，吾回房後定會好好休息，不隨意走動。對不住，薩拉，讓你擔心。」

「這句話去對著裡邊那群蠢蛋說吧。」薩拉不明顯地一扯唇角，「知道自己錯在哪裡很好，艾草，妳比那些蠢蛋討人喜歡多了。」

「吾不覺這是須要誇獎之事，但吾仍是感激地收下。」艾草認真朝薩拉一揖，緊接著再也按捺不住心情，加快步伐地越過薩拉，跑進房內。

原來這也是一間偌大病房，同樣充滿黑色系的設計。

就在靠牆那側設有多張黑色病床，上頭或躺或坐著人。

黑長直髮的冷艷女子、外表文弱的黑髮少年、金髮藍眸的英挺青年、白髮紅眼的蒼白少年，還有男孩子氣十足的紅髮女孩……

「梁炫、長照、拉格斐、白蛇、沙羅……」艾草睜大墨黑的眸子，全然沒想到會看見自己的部下和朋友們待在病床上。她瞳孔微縮，流瀉出一絲難以掩飾的緊張與心慌，「爾等受傷了？吾，吾不知道……」

「不是的，小姐。」梁炫馬上起身下床，第一時間就蹲在艾草身邊，對金枷、銀鎖的存在僅是一瞥，就雙手握住艾草的小手，清冷的眼眸內此刻一片溫柔，「我們沒有任何一人受到太大的傷害，只是在此地稍作休養而已。」

「還請小姐萬萬不用擔心。」長照不落人後地也蹲在艾草身邊，甚至巧妙地擋住另一側，不讓其他人再有機會靠近。他也望了眼立於艾草背後的兩名同伴，沒多說什麼，注意力全在艾草身上。

「哎？等一下，我們是沒受什麼傷，不過拉格斐他……」沙羅想到在巴別塔時對方身上可是被扎了個洞，頓時反射性地喊出來，只不過話還沒來得及說完，就被從旁飛出的黑色枕頭砸中臉。

「閉嘴，沙羅．曼達！我不是叫妳不准說的嗎？」拉格斐寒著臉，咬牙切齒地低吼道。一見到艾草帶著緊張的眸子轉向自己，他心裡生出奇異的滿足感，但他立刻把這念頭大力揮開。

被艾草關心的滋味雖然好，可他更不願意見到艾草擔憂的模樣，那會令他心頭一緊。

「別胡思亂想，我是受了傷，不過傷已經完全好了。」拉格斐離開病床，掀開衣襬一角。在被血污染成深褐的布料下，露出的皮膚上確實毫無傷口。

艾草靠上前，認眞地端詳好一會兒，隨後安下心來，小小的欣喜綻放於唇間。

「太好了，拉格斐，你眞的無事。」艾草放鬆綳緊的雙肩。

「好了，小姐，別盯那種東西太久，會傷眼的。」梁炫溫和地伸手拉過艾草，眼角卻是冷酷地睨了拉格斐一記。

拉格斐本就不善於忍耐，和冰冷精緻的五官相比，他的性格其實相當暴烈。梁炫那如同鄙視什麼的眼神，當下使得他心頭火起。只是在他惱火地質問「什麼叫那種東西」之前，就先想到一件事。

剛剛……小不點離我那麼近，還不避諱地盯著我的腰間瞧……

拉格斐終於慢半拍地意識到發生什麼事，他俊顏刹那一紅，馬上放下衣襬，不自在地轉過頭去。

「總之，我沒事就是了，妳這小不點不用操無謂的心。」金髮的青年天使粗聲粗氣地說。

十三 雙重禁制

「哇喔！小溫妳看……」

沙羅滿心驚奇地看著這一幕，她想到在巴別塔內拉格斐毫不在意地讓她看了傷口，面對艾草卻是扭扭捏捏，像個情竇初開的毛頭小子。她下意識地想跟好友分享，話說到一半，才猛然想起溫蒂妮不在身邊，對方還待在寢室裡安穩熟睡，並不知道她半夜跟著白蛇等人一起闖入巴別塔的事。

沙羅抓抓頭髮，心中有些落寞。

病房裡有這麼多人，她還是最想見到溫蒂妮。只是、只是……溫蒂妮恐怕會因爲自己瞞著她的事，發好大一頓脾氣吧？她平時看起來溫溫柔柔，氣起來也是很可怕的。

沙羅的沉默讓艾草將目光投向她，在艾草印象中，對方總是活潑得像停不下話。

「沙羅，還好嗎？是否有不舒服之處？」說著，艾草就要找薩拉過來看看。

「啊，等一下、等一下！艾草，我很好，沒有哪裡不舒服！」沙羅趕緊慌張地擺手，就怕薩拉眞的靠過來，以檢查之名行折磨之實。

沙羅可沒忘記他們一行人剛從巴別塔出來不久，就見到應該待在治療室的薩拉竟面無表情地在外頭等著他們。

雖然看不出喜怒，但薩拉的藍眼深沉得就像是在暗流下湧動的漩渦一樣。接著他將他們全領回治療室，安置在另一間病房，毫不留情地替他們進行了一頓粗暴的治療。

沙羅打從心底佩服梁炫和長照，他們連吭也不吭一聲。拉格斐有時會爆出咒罵，她自己則是全程都在哇哇大叫。

至於白蛇……

「眞的，艾草，我沒騙妳。而且比起我，白蛇才是我們當中耗最多力氣的人，拉格斐也耗力不少。妳看他們，一個睡死了，一個都變成大人了！」沙羅連忙轉移艾草的注意力，見薩拉不再靠近後，她露骨地鬆了一大口氣。

被沙羅這麼一說，艾草這才發覺白蛇從頭到尾沒說話。雖然他本來就是寡言之人，但全然沒開口又顯得不太對勁。

艾草目光一轉，望見病床上的白髮少年猶閉雙眼，顯然不是假寐，而是徹底熟睡了。

「他一出巴別塔就睡死了。」拉格斐皺眉說，「不過……『金屬』的確是有他的幫忙我們才能拿到手。小不點，妳那兩名部下也幫了我們，但他們爲何會……」

「吾，知道。」艾草抬起頭，語氣嚴肅地說，「吾知道你們要去巴別塔，吾很擔心，故派遣金枷和銀鎖前往……吾未眞的熟睡至不醒人事。」

最末一句話，解釋了許多事。

拉格斐和沙羅總算知道在巴別塔內自己怎會被金枷和銀鎖搭救。

梁炫和長照也沉默地打量自己的兩名同件。他們那時並沒有和對方直接打照面，是從拉格斐和沙羅口中得知他們兩人的出現。

而金枷和銀鎖出現，亦代表著兩件事。

一是謝必安、范無救的意識陷入沉睡。

二是羅刹、阿防嚴守不力。

「回去後，定要宰了那兩隻笨狗。」梁炫溫和地吐出冷酷話語。

「同感。」長照打從心底贊同梁炫的意見。

猶被迫昏迷的羅刹和阿防即使失去意識，仍不由自主地感覺一股寒意竄上……

雖然梁炫並不希望自己的兩名同伴選在這時刻現身，但事已至此，她清楚除了艾草的命令，否則他們不會再次沉睡。

她抬起眼，直視向安靜得如同人偶的金枷、銀鎖，對著他們淡淡點頭，「有一陣子未見了，金枷、銀鎖。」

高大男人和纖細少女依舊沉默，不過也分別向梁炫、長照頷首，表示同伴間的招呼。至於病房內的其他人，他們沒意願與之交流，也覺得沒必要。

「薩拉，白蛇當眞無事？」艾草忍不住詢問。她已習慣聽見寂冷的嗓音不時會像嘲諷，但其實不含惡意地對她說話。

此時見白蛇未有甦醒跡象，她忍不住感到心裡有絲不踏實。

「沒有中毒，沒有內外傷，除了力量耗損過大，必須靠睡眠補回。」薩拉張開手指，指尖出現數顆小光球。

那些光球眨眼就飛到梁炫、長照、拉格斐身邊，在眾人困惑地欲提出問題之前，他雲淡風輕地說道：「我相信我還沒允許你們幾人離開病床，你們私自闖入巴別塔的事，我可以先不追究。不過凡敢違背醫囑，我不會輕易原諒。現在，選擇自己回床上去，或者被綁回去。」

當薩拉最後一字落下，光球跟著改變形狀，一下子成了細長光絲。

見狀，原本也想下床的沙羅立即迅速縮回雙腳。身為保健室常客的她，最了解對方的手段了。

「校醫，我想我和長照已無事。」梁炫對身邊的光絲視若無睹，她挺起身子，高䠷的身形無聲散發不接受妥協的氣勢。她尊重薩拉是校醫，但不代表自己就得聽他所言，她只遵從主人的命令。

拉格斐沒有特別開口，不過從他的表情來看，不難看出他也打算無視光絲的存在。

目睹此景，沙羅暗自叫糟。

她知道梁炫、長照，還有拉格斐實力不弱，問題是這裡可是薩拉的地盤，薩拉又是不知道活了多少年的老妖怪……

「沙羅．曼達，妳知道妳把妳的內心話說出來了嗎？」薩拉藍眸瞥視，光滑年輕的臉孔上罕見地露出冷笑。

沙羅馬上驚恐地捂住嘴巴，眸子睜得大大的。

幸好比起沙羅稱自己爲「老妖怪」，薩拉更在意的是醫囑遭到無視。他望著梁炫等人，瞇細眼，正準備再打個響指，直接以行動表示一切之際，艾草率先有了動作。

「梁炫、長照，吾希望爾等能好好休息。」她輕拉住梁炫的手指，那張小臉看似缺乏表情，可眼裡的期盼卻讓梁炫無論如何也不能拒絕。

「可否答應吾之要求？」艾草又說，任誰也不忍打破她眼中的盼望。

「屬下遵命。」梁炫和長照同時低下頭，隨後依言回到病床上。

「我只是……勉強聽妳這小不點一次而已。」拉格斐彆扭地說道，也跟著回到病床上。

那些浮在空中的光絲頓時消失無蹤。

只不過誰也沒想到，光絲雖然消失，然而下一秒緊接著出現的赫然是色澤暗黑的尖銳荊棘。

黑色荊棘無預警自病床周圍地底鑽冒出來，它們來得如此突然，不到一轉眼就像圍欄般立在病床四周，令人難以離開。

就算沒有明說，黑色荊棘的驟然出現只代表一件事。

「黑荊棘！」性格最暴烈的拉格斐立即怒吼，臉上覆著寒霜，「妳這是在搞什麼鬼？」

彷彿呼應拉格斐的怒氣，黑色病床邊緣飛快向外蔓延出淡藍色的寒冰，眼看就要連外圈的荊棘叢一併凍結。

然而出乎意料的事發生了。

白色水氣瞬間湧冒，環繞在荊棘旁邊，阻止了寒冰繼續延伸。

「叫我老師，蠢蛋。你的禮貌都隨著你僅剩不多的腦漿流出來了嗎？」這道冰冷刻薄的嗓音，僅有一人會有。

漆黑的門板霍然自動彈開，穿著白色長袍的妖艷身影大步流星地走了進來，衣角跟著翻掀飛起，挾帶著驚人的氣勢。

「該問搞什麼鬼的人是我才對。你們好大的膽子，居然敢瞞著我們闖入巴別塔？」

一頭黑長鬈髮，蒼白但難掩艷麗的臉蛋，細長眼眸帶著冷厲光芒，來人赫然是罕見地不戴著貓咪頭套的黑荊棘。

在她身後，是恢復些許水妖特徵的野薔薇——藍髮、藍瞳，魚鰭般的尖長耳朵。野薔薇臉上帶著文靜的微笑，豎起的食指輕轉著旋，指尖上湧聚著白色的水氣。

「妳……黑、黑荊棘老師⁉」

最先震驚大叫出來的人是沙羅。她張口結舌，手指直指門口前的白袍女性。那張臉是她陌生的，然而那聲音、那身打扮……確實都可以套至她知道的某個人身上。

他們一年A班的班導師！

沙羅的震驚是有原因的，從她入學到現在，黑荊棘從來不曾取下貓咪頭套，學生間傳聞從來沒有人見過她的眞面目。

「把妳的手放下，沙羅．曼達，連妳也跟著他們做蠢事嗎？」黑荊棘嚴厲一瞥，那懾人的魄力瞬間使得沙羅一縮脖子，像是無措的小孩，臉上流露緊張。

「我可不認為那是蠢事。」拉格斐咬牙切齒地說，「我們確實拿到『金屬』……難道妳眞要我們多等那幾天嗎？在我們知道今日就有辦法的情況下！」

「那你們就該向你們的老師報告，我自會再向學園長報告。」黑荊棘冷冷地說，「梁炫、長照要怎麼行動是他們的自由，但你們是我的學生，有義務這麼做。」

「然後再慢吞吞地等學園長那老頭批准，慢吞吞地採取行動嗎？」拉格斐捏緊拳頭，聲音緊繃，藍眸似乎要噴冒出冰冷焰火。

白色水氣彷彿快阻止不了寒冰的擴散，正節節向後敗退。

「你個子長了，腦袋卻沒有長嗎？」黑荊棘無視那些寒冰，以及拉格斐即將爆發的表情，冷笑一聲，語氣刻薄，「當然是把對付巴別塔守衛的事丟給學園長去做。我說過多少次了，上級就是拿來推卸責任用的，否則你以為他們為什麼存在？」

拉格斐為黑荊棘的發言大感意外，一時語塞後，對方又喃喃地說道：

「就算眞的丟給學園長，哪知道他有沒有辦法即時……」

但態度總算不再那般咄咄逼人。

「黑荊棘……老師，其實是在擔心大家呢。」野薔薇笑吟吟地開口，「在實驗室一接到薩拉的訊息，我們……就趕緊趕過來了。」

咦？我們？沙羅眨眨眼，然後明智地決定不要深問下去——關於爲什麼自己的同學和自己的班導師，凌晨還待在一塊？

「要是讓學生受傷，我們做老師的就是混帳了。」薩拉平淡地說，「既然人到齊得差不多，艾草、沙羅，妳們將各自一方發生的事重新說明、統整。」

「吾知道了。」艾草嚴肅地點點頭。

「呃，要我說……可是我解釋的功力有點爛，你們不介意的話……」沙羅抓抓頭髮，不自在地扭動身子。

沙羅他們是因爲白蛇說有法子可以提早進入巴別塔，才決意今夜採取行動。雖然面臨了塔內守衛凶猛的攻擊，但最後多虧白蛇出手，終於獲得名爲「金屬」的鋼鐵之花，也揭曉了白蛇爲何能在非特定時間進入巴別塔的祕密。

原來，他才是眞正的巴別塔之主。

而艾草這方，則是暗中得知了白蛇等人的計畫，可礙於自己無法隨意離開治療室，以免被施咒者掌握詛咒之誓的現況，所以她趁謝必安、范無救疲累沉睡之際，喚醒了自己的另外兩名部下金枷、銀鎖，命令他們前往巴別塔，方能在危急時替拉格斐和沙羅擋下致命一擊。

聽完雙方說明，薩拉單手揹後，「不過，這不代表我和黑荊棘不會追究你們的行爲。」他嗓音不見起伏，但自有威嚴。

「什……等等！薩拉，你剛不是說不追究了嗎？」沙羅大吃一驚。

「我是說『先』不追究。」薩拉回答，所有人都能看見他腳下的影子染成淡金，並且從中伸展出無數細線。

梁炫、長照、拉格斐內心一凜，腦中警鈴大響。但是他們誰都來不及離開病床，淡金色光絲就像蛛網飛也似地接連完成，將每張病床籠罩在光絲下方。

除了沙羅以外。

紅髮女孩愣住，她眨眨紫色眸子，想不通自己怎會有特殊待遇。要知道，薩拉對病人、傷患一律平等。

「該休息的就躺下休息，我判定的時間到了，光牢會自動消失。」薩拉的影子又變回黑色，「這就是我的追究，別試圖掙扎，闖出光牢。」

「除非你們希望荊棘眞的將你們牢牢地綑在病床上。」黑荊棘慢條斯理地說道，病床周圍的植物隨著她的話聲發出沙沙聲響，像是在呼應她所說。

「梁炫、長照，吾會等你們快些回來。」艾草鄭重地凝望著部下。

「我等會很快恢復的，小姐。我等，也希望能快些和羅刹、阿防再次培養感情。」被那雙墨色眸子一望，梁炫只覺內心一片柔軟。更何況她和長照也答應會好好休息，因此他們很快就抹消試圖破壞這些妨礙物的心思。

「那個，我可以問爲什麼我有……呃，特殊待遇嗎？」沙羅戰戰兢兢地舉起手，拉格斐刺來的目光讓她身體都痛了。她還發現連黑色荊棘都矮下去，只不過這種情況只令她更加坐立不安。

薩拉和黑荊棘可都不是好說話的人，這簡直就像是風雨欲來前的可怕寧靜。

「這可不是特殊待遇，沙羅。」薩拉唇角不明顯地一勾，彎出似笑非笑的弧度，「要讓人跟妳說話，總不能還在中間圍著它們吧？」

「讓人……誰？」沙羅茫然地問著。

「妳覺得我會只找黑荊棘她們過來嗎？」薩拉平靜地反問道。

沙羅的呆愣只有一瞬，她猛地想到什麼，驚得都要跳起來了，身上寒毛也一併豎起。她驚慌失措地瞪著薩拉，「你不是眞那樣做吧」的質問衝出口之前，病房門口倏然捲入一道淡綠色的旋風。

那陣旋風快速地越過他人，在接近沙羅病床的前一瞬幻化出人形。先是手，再來是腳、身軀……

晃眼間，一名綠髮碧眸的甜美女孩撲抱上沙羅。

「妳怎麼敢……沙羅．曼達，妳怎麼敢瞞著我？」溫蒂妮緊緊抱著好友，素來溫柔的嗓音拔得尖銳，甚至帶著一絲泣音。

「溫、溫蒂妮……」沙羅結結巴巴地說，「我只是……」

「只是怎樣？」溫蒂妮抬起頭，美眸內染著水霧，卻也燃著焰火。她看起來既傷心，又像是氣壞了，「妳怎麼能隱瞞我去做危險的事？我不是妳最要好的朋友嗎？我知道妳擔心艾草……可我也會擔心妳啊！」

「不是的！溫蒂妮，我是……」沙羅急著想解釋會隱瞞溫蒂妮，是不想要對方也冒這個險。可當她看見成串淚水像斷線珍珠般自溫蒂妮眼中落下，一時什麼話也說不出來了。

溫蒂妮．西芙總是溫溫柔柔的，但鮮少哭泣，她其實比外表看起來更爲堅強。可是現在，自己卻害得她哭了……

「沙羅．曼達……妳就是個笨蛋。」溫蒂妮哽咽地說，雙臂卻再度用力抱住沙羅，眼淚不停落下。

從薩拉派出的信使那得知沙羅夜闖巴別塔的消息，她一顆心就懸在半空中。只要想到自己安穩睡著的時候，沙羅可能遇到什麼危險……直到看見對方好端端地待在病床上，她心中的大石才終於落了地。

「我們就讓溫蒂妮和沙羅好好地談一談吧。」野薔薇露出微笑，對著掌心吹出一口氣。剎那間，無數泡泡湧冒，飛向沙羅病床邊，將她與溫蒂妮的身影包圍起來。

「女孩子們，當然需要獨處的空間哪。」

在那些泡泡環繞下，兩名女孩間的話語不再流瀉出來，只有她們彼此能聽見。

「你說對吧，細細？」野薔薇晃動另一隻手上的南瓜手偶。

直到這時，眾人才留意到向來聒噪的南瓜手偶，今夜竟格外安靜。

不對，不是它自願安靜，而是它的嘴巴早被人用膠帶貼起來。

「野薔薇，它做了什麼事嗎？」艾草好奇地仰高頭，沒聽見南瓜手偶喋喋不休，令她有些不習慣。

「這個嘛……細細太吵了。」野薔薇噙著笑，慢悠悠地說，「它吵到我和黑荊棘老師的獨處……」

「沒人想聽妳跟那個貓控教師的事。」拉格斐從齒縫間擠出聲音，眼神陰沉地瞪著野薔薇。無法隨意離開病床已經夠讓他惱火，對方如同炫耀自己感情的舉動，令他看了更加刺目。

「拉格斐，你只是……在羨慕我。既然封印都解除了，就把握機會如何？」野薔薇說話還是一貫悠緩，不因拉格斐的態度動怒，反而揚起意味深長的笑弧。

拉格斐反常地找不到話反駁。

梁炫和長照卻因野薔薇這番語焉不詳的內容，同時警覺到什麼地瞇起眼。

「機會？拉格斐要做什麼事嗎？」艾草相當認眞地詢問，「吾，也可以幫忙。」

「我……」拉格斐瞪著那張稚氣坦率的臉蛋，面色卻越來越紅。

「到此爲止。」是薩拉出聲打斷這一切，「這裡是我的治療室，但並沒有提供相思病的諮詢。另外，我對同事的戀愛進度也沒有興趣。扣除掉該躺在病床的傢伙，其他人跟我到主治療室去，我們還有很多事要處理。現在，外面即將天亮。」

薩拉忽然伸手往空中一抹，他的指尖滲出金色光點，光點在下一刻凝聚出飛鳥的形態。

「我們該將最後一人召集過來了。」橘髮藍眼的光之精靈話聲一落，光之鳥也振翅一飛，穿透牆壁、法陣，目的地只有一個。

緋孔雀之塔。

十四 月光草的時限

黑荊棘並沒有隨薩拉他們到主治療室。

針對黑暗元素結晶的實驗已有突破性的進展，她必須趕緊回到實驗室，也就是學園一角的湖中塔。

野薔薇本想跟過去，但黑荊棘這次並沒有應允，她要野薔薇留下來，繼續幫忙穩定艾草身上的詛咒。況且，她的實驗進入緊要關頭，不希望有人分散注意力。

野薔薇有些失落，可很快又意識到自己的存在會讓對方難以專心，不免感到沾沾自喜——這是黑荊棘表達出她很重要的另一種方式。

「黑荊棘，別把粉紅色的空氣帶到這裡，這是妳同事的難得請求，我比較習慣黑色。」薩拉面無表情地提出要求。

黑荊棘面無表情地迎視回去，隨即雙手斜插進白袍口袋，不發一語地轉身離開。或許只有他們彼此才知道，究竟有沒有達成共識。

艾草不太能理解薩拉口中說的「粉紅色」，在她看來，空氣還是一樣透明無色，她忍不住細聲細氣地問兩名部下。

「金枷、銀鎖，爾等可有看見粉紅色的空氣？」

「否。」金枷說。

「否。」銀鎖也說。

「那只是一種比喻，艾草。」野薔薇耳尖地捕捉到艾草的問題，柔柔地笑了開來，對於自己手上蠢蠢欲動、想拔下膠帶的南瓜手偶視若無睹，直接將之揮向最近的一面牆壁，「等妳有了喜歡的人，妳就會明白了。」

「喜歡之人？吾，亦有。」艾草點點頭，沒發現野薔薇面露吃驚，也沒注意到身後的金枷、銀鎖瞬間繃直了身子。

「莉莉絲、拉格斐、白蛇、野薔薇……吾在此處認識的人們，吾皆喜歡。還有吾之將軍們，吾亦是相同心情。」

金枷和銀鎖又重回站姿。

「哎呀……」野薔薇傷腦筋地失笑，但看著那雙坦率堅定的烏黑眸子，她還是將原本想說的話吞了回去。

艾草的喜歡，和她指的「喜歡」，並非同一種東西哪……

「不須特別引導，野薔薇。該明白的時刻，她自然會明白。至於那票患相思病的蠢蛋，那是他們自己的事。」薩拉淡然地說，推開了主治療室的門。

由於黑色拉簾已被人拉開，可以一覽整個偌大空間。薩拉他們第一眼就瞧見黑色沙發上昏睡著兩名身形相仿的人影。

羅剎和阿防蓋著被子，依然是失去意識的狀態。

「接下來的事跟他們也有關，我要將他們叫醒了。」薩拉瞬間就能分辨出羅剎、阿防是熟睡或昏迷，他望了眼艾草，在艾草下定決心點點頭後，他輕彈手指，兩顆金色氣泡平空出現。

「把耳朵摀好。」拋下這句警告，當兩顆氣泡飛近羅剎和阿防身邊，薩拉倏然再彈手指，氣泡破裂，發出了如同爆炸般的震響。

說時遲、那時快，前一秒還閉著眼的兩名青年這一秒霍然睜眼，他們反應迅烈地跳起來，手中抓住剎那浮現的長柄鋼戟，釋放驚人的戾氣和殺氣。

「誰敢搶走小姐？」

「誰敢接近小姐？」

甫甦醒的他們，就像反射性暴露出利爪和獠牙的狂犬。

「羅剎、阿防，吾在這。」艾草平靜地走上前，小手各按上他們的手背。

這份輕柔的觸感，使羅剎和阿防回過神來。他們很快就發現到自己是待在風格獨特的黑色治療室內，而不是艾草被人帶走的夢境裡。

長柄鋼戟登時消隱，羅剎、阿防一屁股跌坐回沙發上，用手抹把臉。兩人的姿勢對照起來，簡直像是在看鏡中倒影。

「小姐，我好像作了惡夢……夢到妳叫出金的跟銀的。」羅剎喃喃地說。

「小姐，我好像作了好夢……夢到妳摸我們的頭，還親了我們的臉頰。」阿防咕噥。

「皆是眞，爾等並非作夢。」艾草說。

羅刹和阿防動作僵住，他們放下手，先是對望一眼，再有志一同地猛然看向正前方。

艾草身後除了少年校醫和沒有性別的水妖外，還站著兩抹宛如雕像的人影。

高大的黑衣男人和纖細的白服少女。

「靠！金枷、銀鎖……」羅刹呻吟。

「炫姊會宰了我們的……」阿防接著哀號。

可是下一秒，他們又異口同聲地喊道：「等等！」

「小姐，你當眞親了我們？」

「眞的眞的是親了我們？」

兩名黑髮青年雙眼放光地再跳起來，見到艾草正經點頭，他們忍不住倒抽一口氣。

「天啊，炫姊還是會宰了我們的……」

「可是小姐的親親……」

「小姐，求再一次！」

冷不防間，銀白光芒自多方飛竄而來。假使不是羅刹和阿防反應飛快，及時召出武器，只怕多條銀白鎖鍊纏繞的就不是鋼戟，而是他們的身體。

「哇喔！銀的，好一陣子沒見，一見面就用這當作招呼嗎？」羅刹咧開笑，拉開鋼戟和自己的距離，畢竟上頭纏的可不是一般鎖鍊。

銀白色的鍊子上橫生出無數尖刺，靠得太近，可是會被扎出洞。

「喂喂，金的，這招似乎太猛烈啃。」阿防也是一貫調笑的態度，只是眸中凶光湧動。

他另一手在銀鎖的鎖鍊襲來時，同時抽出腰間短叉，但這並非針對銀鎖，而是——

金枷面無表情地看著自己被擋下的長槍，沒有意外也沒有失望，令人難以捉摸思緒。

四人僵持數秒，隨後又像是什麼事也沒發生過地收回武器，退到該站的地方去。

無論是羅刹、阿防、金枷、銀鎖，他們都知道現下還有更重要的事。

「很好。」薩拉端起辦公桌上的茶輕啜一口，藍眸瞥望前一秒還像要開打、後一秒又在艾草身後一字排開的四人，「你們誰敢弄壞治療室內的東西，我就準備丟誰出去。現在，先等一會兒，我喜歡人到齊再一次講清楚。」

人到齊？還有誰要來？

羅刹和阿防剛甦醒，仍有許多事還弄不清楚。他們狐疑地對望一眼，也不打算詢問自己的另外兩名同伴——大多時候，他們比人偶更像人偶，連吭也不吭一聲——乾脆將目光投向了對面的野薔薇。

「照我的想法，我猜要等的人……是珠夏吧。」野薔薇笑吟吟地回答，柔美的嗓音有如歌唱，「對了，梁炫和長照也回來了，他們在另一間病房休息……他們說，很期待和你們再培養一下感情……」

野薔薇的最後一句聽在羅刹和阿防耳中，等於有人對他們吹響了不祥的號角。他們苦著臉，面面相覷。

同事多年，他們又怎不知道那句話的翻譯叫作——可以把你們的脖子洗乾淨了。

「我就說炫姊會宰了我們的……」羅刹嘀咕。

「白痴，這種事用不著重複。炫姊會和顏悅色地對我們，那才叫不可能的事。」阿防不耐煩地用手肘撞了撞自己的兄弟。

「別傻了，還是有可能，她準備讓八將軍變六將軍的時候。」羅刹也不甘示弱地回撞。

「靠，那還不是一樣要宰了我們嗎……別再撞了！」

「你才是停下你的小動作，呆子！」

就算沒有外在因素，這對孿生兄弟依舊有辦法吵起來

對此，站在兩人身邊的金枷和銀鎖無動於衷；薩拉自顧自地翻閱桌上的病歷表，也沒有多看他們一眼；野薔薇從掌心吹出許多藍色泡泡，使之充斥在房間四周，每顆泡泡內都隱隱傳來優美的歌聲。

那是水妖的歌聲。

野薔薇將可以穩定人心的歌聲壓縮在泡泡裡，從而製造出有益艾草情況的環境。

至於艾草，她端著薩拉方才給的茶，端端正正地坐在病床邊，表情嚴肅凜然，看似在聆聽羅刹他們的對話，可實際上眸子缺乏焦距，這代表她其實是在發呆，或想著自己的事。

「……小姐，妳說我們誰說的對？」突然間，羅刹、阿防異口同聲向艾草拋出問題。

「咦？」艾草驀然回神，她抬眸瞅向那對兄弟，潔白的小臉慢慢染上紅暈，「吾……吾剛沒細聽，羅刹、阿防，可否再講一次？」

如果能多瞧見艾草臉紅的可愛模樣，要羅刹、阿防他們講再多次都願意。只可惜在他們互踩對方的腳、好搶得發聲權時，薩拉放下了病歷表，平淡地吐出一句話。

「來了。」

治療室內的優美歌聲似乎也跟著停止一瞬。

下一剎那，黑色牆壁上無預警滲出金色光點，光點隨即擴散，一下子就成了可供一人通過的洞口。

洞口內最先出現的是一隻發著光的金色飛鳥，它飛衝出來，在薩拉身邊盤旋數圈後沒入他張開的掌心裡。

如同受到那隻光之鳥引導，一抹身影緊接著也從洞口內踏出，步入治療室。

映入眾人眼中的，是一名氣質比他人成熟穩重的褐膚青年，一頭紅中帶金的長髮宛如燃燒的焰火，緋紅色瞳孔看似冷硬，其實也有著柔軟的一面。

這名氣勢華貴的青年不是別人，正是珠夏，也就是「原罪．憤怒」的繼承人。

他在清晨時分收到了薩拉派出的光之鳥通知，特地離開緋孔雀之塔，趕來會合。

因為薩拉傳來的消息是：法陣的第二項材料，想知道就過來。

見所有人物都到齊，薩拉先簡短說明鋼鐵之花「金屬」的事，便直接切入這次主題。

「解咒法陣所需的第二項材料，是生長在霧晶森林裡的月光草。獲得了它和『金屬』，就可以先架構最基本的法陣，接著再等圖譜送來，進行調整和變形。」

乍聞「霧晶森林」一詞，野薔薇和珠夏臉上皆浮現一絲訝異，這顯示他們知道或聽說過這個地方。

艾草覺得那四字似曾相識，但一時又想不起來。

「霧晶森林。」薩拉沉靜開口，他驅使著忽然自空中出現的金色光絲，讓它們貼著黑牆逐漸勾勒出圖案，「和巴別塔、白之森同樣，都是賽米絲的禁地之一。」

隨著牆上圖案完成，艾草不禁小小低呼一聲。

那是賽米絲學園的地圖，地圖上有三個光點格外明亮。其中兩個艾草認出來了，正是巴別塔和白之森。

那麼僅存的那個，答案也呼之欲出。

霧晶森林。

「我聽說過……」野薔薇慢慢地說，「那裡深處栽種著許多貴重藥草。而環繞藥草的樹木有晶樹和霧樹兩種……顧名思義，一者會發光，一者會製造霧氣，這同時也是霧晶森林名稱的由來。」

「黑荊棘顯然告訴妳不少。」薩拉微勾起唇角。

「只是……我有地方不懂。」野薔薇沒有否認，繼續說，「霧晶森林不像有設立結界，也沒有特別設立警告標示……但似乎，真的從未有學生闖入。」

「不。」忽然出聲的是珠夏，「有人闖入過。」

頓時，多雙眼睛都集中在紅髮青年身上，連薩拉也挑起眉梢。

「菈菈曾好奇試過。」珠夏說的是他的隨從之一，那名外表甜美但也有陰狠一面的暗夜眷族女孩，「卻沒有成功。她說自己明明闖入了，可下一秒又被人丟出來，試了幾次都是如此。」

「森林裡，是否有誰看守？」艾草細聲提出觀點。

「妳說對了，艾草。」薩拉點點頭，雙手環胸，「而野薔薇，妳只有一個地方說錯，霧晶森林有結界也有看守者。結界不是問題，看守者才是麻煩。對方不是整天都會待在裡面，但即使是我們，也無法得知對方究竟哪個時段待在霧晶森林。」

薩拉放下環胸的手，手指輕敲桌沿，「單碰上結界，我這裡有可以穿過它的鑰匙。可碰上看守者就棘手了，沒有經過正規申請，就算是學園長也會被轟出去。」

「等一下，那就提出申請，讓那個看守者直接放人不就好了？」阿防不解地說。

「我相信我們剛說出的是『正規申請』，你的耳朵還黏著沒掉，有聽進去吧？」薩拉瞥了阿防一眼，語氣平淡，但嘲諷意味十足，「所謂的『正規』，是提出欲進入的理由，再通過三分之二的班導師們應允，才能算是完成。」

三分之二？阿防咂了下舌，他記得賽米絲學園的班導師總共有十二人，要當中八人答應。換句話說，等於大半的人都會知道這件事。

幕後黑手還藏身於這些人之中，這無異於不智之舉。

「照時間來算，後天就是月光草的花期，這時的月光草對法陣效力最好。三天後，花就會開始凋零，因此動作要快。」薩拉的視線轉向珠夏，「由於有一票蠢蛋把自己弄到躺在病房休養，所以這件事就麻煩你了，珠夏。」

「我明白。」珠夏簡潔回答，沒有任何疑問。對他來說，只要知道能幫上艾草就足夠了。

「請讓吾派遣金枷、銀鎖幫忙。」艾草挺直背，堅定地說，「吾，也會擔心珠夏。」

「小姐，派我跟阿防不是更好？」羅剎急忙替自己和兄弟爭取機會，「金的和銀的有參加到上次任務了，這次換我們兄弟倆了，況且我們也休息夠了。」

「沒錯啊，小姐。選我們、選我們。」阿防直盯著艾草，眸中充滿冀求，就像等待主人同意的大狗，「要不然我們四個一起也行啊。」

「也是。那爾等四人可否……」艾草轉念一想，也認爲四人比兩人保險。

萬一珠夏得孤身前往，還是多派一些人幫忙比較好。

「羅剎、阿防不行。」但薩拉卻打斷了艾草的發言。無視那兩名在艾草面前像溫馴大狗的青年立即殺氣騰騰地刨了自己一眼，他平淡說道：「少了莉莉絲，再少了野薔薇、拉格斐、艾草、白蛇，就連沙羅都沒出現，瞎子也一定知道A班出了什麼事。萬一讓有心人士懷疑，那可不是什麼有趣的事。」

兩名外貌如出一轍的青年登時皺起濃眉。

「校醫，你應該不是無故對我們兄弟倆說這事吧？」羅刹揚高眉毛，雙臂抱在胸前。

「幻術，會用嗎？」薩拉也不拖泥帶水，當即抛出問題。見兩人點頭，他直接宣布了他的目的，「我要你們冒充白蛇和野薔薇，這幾天到A班露面。」

此話一出，羅刹和阿防不禁瞪大眼。

「什——喂喂，爲什麼是我們來冒充？」

「幹嘛不叫金或銀……這句當我沒提議過。但、是，爲什麼要冒充那兩隻？」

羅刹、阿防不滿抗議，但他們也知道讓金枷、銀鎖冒充他人難度實在太高了——他們只適合冒充雕像或是人偶之類的，而且一定做得超好——因此在中途收住話後，羅刹他們又提出新質疑。

「因爲其他傢伙晚點就能放出病房了，只有白蛇和野薔薇不行。」薩拉不快不慢地說，無視兩人隱帶威脅的態度，「白蛇不知道還會睡上幾天。爲了艾草的情況，野薔薇要增加待在這裡的時數，我相信你們不會蠢到不明白。」

這下，羅刹和阿防閉嘴了。他們怎會不明白野薔薇的力量和歌聲能爲艾草帶來幫助。

「羅剎、阿防，那就拜託你們了。」艾草握住兩人各一隻手，黑眸瞬也不瞬地望著他們。

「謹遵小姐命令。」兩人二話不說，立即五指握拳，置於胸前，低下頭顱。

「薩拉。」艾草又將目光投給校醫，「對於霧晶森林的月光草，吾有一個想法，吾或許可以……」

「關於霧晶森林的事，我在想，也許我能幫上什麼忙。」說出這句話的並不是治療室內的任一人，而是來自門口。

那道溫柔聲音的主人是一名綠髮碧眸的甜美女孩，氣質柔弱，可是雙眸有著下定決心的堅定色彩。

「請讓我也加入。」溫蒂妮．西芙說，「在偵查或打探消息上，你們會需要一名風之精靈的。」

「我無意見。」珠夏的紅眸不帶情緒地看向溫蒂妮，「只要能幫上忙即可。」

「我會證明給你們看的。」溫蒂妮的五指置於心口上，毅然地說。她不要再讓沙羅冒險，她知道一旦沙羅能離開病床，一定又會一口氣地往前衝。

既然如此，就讓她先攬下這件事。她會，好好地保護她最重要的朋友。

薩拉的視線停留在溫蒂妮臉上一會兒，接著他點頭了。

「有風之精靈在，確實許多事都方便，尤其是偵查看守者是否存在。我只有一個交代，別和看守者正面對上，硬碰硬只會令你們吃上苦頭。畢竟那位，就算是我和黑荊棘也不想招惹。他的脾氣可比石頭還硬，你們有上過他的課，想必你們也知道。」

「上過……他的課？」野薔薇訝然。黑荊棘並未告訴她霧晶森林的看守者是誰，可是從薩拉的話判斷，那名看守者……是老師？

「不要想挑他上課的時間前往霧晶森林。我得遺憾地告訴你們，這三天之內，剛好都沒他的課。」薩拉淡淡地說，「不過『法陣緒論』是門好課，不是嗎？」

單憑「法陣緒論」四字，艾草、野薔薇和珠夏心中登時一凜。

他們都是選修那門課的學生，自然對教課老師有基本的了解。

「法陣緒論」的教師不苟言笑，對待學生不假言辭，同時——他亦是一年D班的班導師。

洛榭．哈爾頓！

十五 冒充者

關於一年D班的班導師，洛樹．哈爾頓。

他與黑荊棘在學生間同樣是出名的人物，只不過黑荊棘出名的是古怪刻薄，他則是以脾氣強硬、難以親近廣爲人知。

溫蒂妮曾旁聽過洛樹的幾堂課，對他的嚴厲氣勢和教學風格留下深刻印象。當時與她一起旁聽的沙羅更是哭喪著臉，說再也不想來旁聽了，洛樹的課令她喘不過氣。

而對於自己的班導師，一年D班的學生公認他的脾氣硬得跟石頭差不多，甚至還有人私下開賭盤，賭他在這三年間究竟會不會笑過一次。

根據畢業的學長姊說，這賭盤至今沒有結束過，因爲還未有人見過洛樹的笑容。

抽出待會上課要用的課本，溫蒂妮輕輕吐出一口氣。她沒想到他們要面對的霧晶森林看守者居然是洛樹。要想不跟他正面對上，就必須設法調查出他的作息，找出他可能前往霧晶森林的時間點。

雖然是風之精靈，但溫蒂妮其實也沒把握，假使派出自己的風，是否能不被對方發覺？

不，在這之前還要先找到洛樹的行蹤才行……

眾多思緒在溫蒂妮腦海中翻騰，最終成了一團解不開的毛線球。她搖搖頭，強迫自己先別多想。

再過幾分鐘，上課鐘聲就要響了。

這節可不是黑荊棘的課，必須確認「白蛇」和「野薔薇」不會被人發現才行。

想到這裡，溫蒂妮不著痕跡地瞥向自己座位的另一端。她知道班上不少目光都偷偷地打量過去，還聽得見許多竊竊私語，全都因那而起。

教室左後方，有兩人身旁空著幾個座位。就算位置佳，無論是打瞌睡或欣賞窗外景象都適合，也沒人想移到那。

其中一個原因是那裡坐著一名白髮紅眸的少年。他的膚色蒼白到缺乏生氣，臉頰覆有幾枚蛇鱗。

總是無視他人的白蛇，今日居然不是埋頭趴睡或是抱胸閉眼假寐，而是、而是……那個白蛇，伊甸之蛇的後裔，竟然在不停地傳簡訊!?

這反常的一幕，看得一A學生心驚膽跳。

但驚人的不僅於此，還有坐在白蛇隔壁座位的野薔薇！

事實上，當白蛇和野薔薇在上課前一同進入教室，就令人有些吃驚。

在眾人認知中，他們常聚在一起，但前提是要有個艾草。如今他們不但一同進教室，還坐在相鄰座位，甚至連野薔薇也在低頭傳訊。

野薔薇是在傳給誰？

白蛇又是在傳給誰？

他們之間……

A班學生們艱困地嚥下唾液，明智地決定別再想下去。

「欸欸，溫蒂妮。」不過還是有人的好奇心壓過一切，他壓低聲音，頭往前靠，小聲地問著坐在前方的綠髮女孩，「他們……白蛇和野薔薇，是在互傳簡訊嗎？」

溫蒂妮側過臉，瞥視那名班上同學，她露出了淺淡的微笑，「不，我猜他們不是。」

「咦？啊，妳說的也對……不過他們今天，好像有哪裡反常？」被那抹美麗微笑迷得心跳加速的男同學撓撓臉頰，心中暗自希望溫蒂妮不要那麼快就轉回頭。

對人客客氣氣、臉上總是掛著溫柔微笑的溫蒂妮．西芙，在男孩們間有著相當高的人氣。有她在的地方，身邊通常一定有沙羅．曼達，她們兩人親密得就像連體嬰。

誰也沒想到性格天差地別的兩人，竟會是如此要好的朋友。

這次難得沙羅不在，男同學趕緊把握機會，拚命地找話題，「那個……對了，妳不覺得今天班上好像人比較少嗎？像是沙羅、拉格斐、莉莉絲，還有艾草……他們都沒來呢。」

「沙羅感冒，至於其他人……也許他們有事請假了。」溫蒂妮柔柔地說，視線越過對方，再望向那兩名似乎渾然不知自己成爲討論話題的主角。她輕嘆一口氣，無視男同學失望的眼神，自顧自地轉過頭，也拿出手機，傳了條群組訊息給兩人。

「別發了。離開前，我看見薩拉已經將艾草的手機關機。」

隨著這條訊息傳出不久，白蛇和野薔薇忽然都停下令許多同學在意的傳訊息動作。

原來那兩人根本不是在互傳，他們的訊息都是發給不在場的艾草。

事實上，其他人眼中的白髮少年和棕髮女孩，是由羅剎、阿防施幻術冒充，以免一年A班一口氣缺席那麼多人，連學生們也會察覺不對勁。

從四周討論聲變小，溫蒂妮就可以想像「白蛇」和「野薔薇」應該是沒再有什麼引人注目的動作了。

上課鐘聲在下一秒準時響起。

溫蒂妮下意識看向教室門口，心中不免盼望能見到那名紅髮女孩風風火火地衝進來，再滿臉尷尬地說：「不好意思，我遲到了。」

但是，溫蒂妮也清楚這很難。按照薩拉說的，沙羅起碼要躺到下午才能離開那張黑色病床。

在那之前，薩拉不可能放沙羅出來。

只是在這想法浮現之際，溫蒂妮突然聽見一道急促慌張的腳步聲，噠噠噠的，直往他們教室方向而來。

那聲音聽起來偏輕，不可能是這堂課任課教師雷文哈特所有。

難道說真的是……

溫蒂妮忍不住驚喜地按著桌面站起，綠眸瞬也不瞬地緊盯門口。

下一刹那，一抹人影確實風風火火地跑進來，伴隨著連聲道歉。

「不好意思，我遲到了！」

溫蒂妮瞪大眼，臉上浮現吃驚和失望的神情。

那不是沙羅。

而不只溫蒂妮，扣除掉「白蛇」和「野薔薇」，一年A班的學生們都大吃一驚。

那也不是雷文哈特。

急匆匆跑進教室裡，先是拍拍胸口，像是在緩氣，再踩著輕巧步伐走上講台的，是一名赤裸著雙足的纖細少女。

她穿著潔白衣裙，手腕和腳踝間都能見到精緻的銀鍊；深藍長髮隨意挽在頸後，但有更多髮絲不聽話地垂落下來；巴掌大的臉蛋上是一雙靈動的琥珀色大眼。

這名令人想到森林妖精的少女，對講台下的眾人眨眨眼，露出一抹俏皮又親切的笑容。

「雷文哈特老師臨時有事，所以今天這堂課由我代打。相信大家都知道我是誰了吧？不過還是讓我再介紹一次。我是亞瑟希兒，一年B班導師，雖然今天要上的是魔法史概論，但我最擅長的其實是戀愛學。來吧，有任何戀愛上的煩惱，都歡迎向我諮詢喔！身爲經驗豐富的前輩，人家一定會幫忙到底的！」

亞瑟希兒，一年B班的班導師。

羅剎和阿防可沒想到來上個課，會碰上一位從未見過的新人物。

但是看A班的反應，似乎都很開心是由她來代課，由此可看得出她在學生中應該相當受歡迎。不過也不排除A班的男同學只是因爲覺得看美少女上課，比看一名戴著小狗頭套的男人上課還令人心情愉悅。

客觀上來講，羅剎、阿防也承認亞瑟希兒是纖細漂亮的女孩子，沒有一點傲氣，個性熱情奔放。她講課會穿插自身戀愛經驗，不時惹得底下同學哈哈大笑。

但對羅剎、阿防來說，只是感覺對方漂亮而已，能夠使他們內心蠢蠢欲動，想要撒嬌、想要保護的，就只有那麼一位。

他們的主人，他們的唯一，艾草。

只要想到那雙堅強率直的烏黑眼眸，這對兄弟就覺得一切似乎都能忍受了，就連上課時光好像也不再如此漫長。

不過羅剎還是忍不住又拿出手機。就算知道艾草手機關機——那個過分的校醫——他還是想將至今課堂上發生的事及早傳訊給對方。

瞄見自己兄弟的小動作，阿防也不甘示弱——開什麼玩笑，怎麼可以只有羅剎那呆子向小姐報告情況——可是正當他伸手要摸出抽屜裡的手機時，眼角餘光猛然捕捉到一抹人影向他們這方向靠近。

阿防心中一驚，立即輕輕噓了羅剎一聲，要他趕緊收起手機。

然而等羅刹醒悟過來自己的兄弟踢他是為了提醒，並非閒著無聊，陰影已從他上方罩下。

羅刹身形高大，鮮少有被人居高臨下俯視的經驗。因此察覺到身邊有人正對他這麼做，他反射性就要繃緊身體站起。

如果不是阿防太了解他，一直用眼角餘光瞪他，或許他眞的就要這麼做了。

「白蛇同學，上課不能玩手機呢。」清脆的嗓音笑吟吟地落下，亞瑟希兒雙手揹後地站在羅刹身旁，臉上是甜甜微笑，似乎一點也不在意自己面對的是大部分人見了都想退避三舍的伊甸之蛇後裔。

而亞瑟希兒的一番話，則是令A班再度生出騷動。

玩手機？那個白蛇居然會在上課玩手機？他平常不是只會趴下來睡或坐著睡，就算被黑荊棘叫出去罰站也能站著睡嗎？

羅刹下意識就想皺眉反駁，但亞瑟希兒口中的稱呼令他及時想起自己現在可是冒充成那名白髮紅瞳的少年。

在他印象中，白蛇最多的反應就是毫無反應，因此他保持沉默，只是將手機放回抽屜。

亞瑟希兒卻沒有因此離開，她還是掛著微笑，笑容裡卻逐漸滲入疑惑。

「嗯，眞奇怪……」亞瑟希兒像是在自言自語，「味道……好像不太對呢。」

味道？什麼味道？冒充成白蛇和野薔薇的羅刹、阿防頓時心生警覺，緊接著他們就看見那名妖精般的少女忽地彎下腰，對他們兩人的方向再嗅一嗅。

她發現什麼了嗎？她不可能識破這是幻術吧？這對孿生兄弟表面不動聲色，內心卻不由自主地緊張起來。

「是我的錯覺嗎？但是……」亞瑟希兒側過臉，琥珀色的大眼睛瞬也不瞬地盯著「白蛇」和「野薔薇」，從她眼中，像是反映出只有她自己才看得見的東西。

班上同學們被亞瑟希兒的奇異舉動弄得摸不著頭緒，不知道眼下發生了什麼事。

唯有一人，心臟急促地跳動，手指不自覺攥緊。

「白蛇同學、野薔薇同學。」亞瑟希兒仍是笑容滿面，但眼神彷彿變了。

羅剎與阿防注意到，那雙琥珀色的眼眸似乎在改變顏色，一縷異樣的緋紅從瞳孔中擴散。

「你們誠實地告訴老師，老師不會生氣的。你們……」

「亞瑟希兒老師。」溫蒂妮驀然鬆開手指，無預警地站起來，她出聲引開亞瑟希兒的注意力。當那雙純粹琥珀色的眸子轉望向自己時，她柔聲說道：「已經打鐘了。」

聽聞溫蒂妮這麼一說，亞瑟希兒和其他人才注意到，下課鐘聲的確響起。

亞瑟希兒就像忘記剛才的古怪行爲，踏著輕盈的步子回到講台上。明明她背後沒有翅膀，但舉手投足令人產生下一秒就會看到一雙透明薄翅張開的錯覺。

「我知道有人下節還有課，那我就不多留你們了，雖然我眞的很想跟你們多相處。」亞瑟希兒俏皮地眨眨眼睛，「有戀愛問題歡迎來找我喔，愛情是世界上最奧妙、也最美好的東西了。好，我們下課。」

亞瑟希兒話聲方落，溫蒂妮就立刻起身，三步併作兩步地奔向「白蛇」和「野薔薇」，也就是羅剎和阿防的位置。

「我們快離開。」溫蒂妮壓低聲音，柔美的聲音滲入急促，「亞瑟希兒老師一定察覺到什麼了。」

羅剎和阿防二話不說，馬上依照溫蒂妮的指示行動。

剛剛那名藍髮少女古怪的舉止確實讓他們心生緊張。要是被人識破身分，勢必會引起騷動。

「啊，等等！白蛇、野薔薇！」沒想到被學生包圍的亞瑟希兒眼尖地發現了，登時高聲呼喚，「我還有事要問……」

「快跑！」溫蒂妮低喊一聲，領著兩人奔出教室，將亞瑟希兒的呼喊拋到後方。

下課時間，走廊上盡是人潮。

溫蒂妮領著羅剎和阿防跑了一段距離後，頓時有些力不從心。她和沙羅不一樣，體力向來不是強項，偏偏一轉頭，竟看見那名妖精般美麗的藍髮少女也跑了出來，東張西望的模樣就像在尋找什麼。

毋須猜想，溫蒂妮也知道對方恐怕就是在找他們。

亞瑟希兒老師果然發現不對勁了！

「她該不會是在找……」羅剎話剛吐出，就懊惱地咂下舌。因為他看見那雙琥珀色的眸子轉了過來，不偏不倚地鎖定他們的方向。

「她到底在執著什麼？溫蒂妮小姐，要不要我揹著妳跑比較快？」阿防迅速提出意見。不管亞瑟希兒是爲了什麼追著他們不放，他都直覺不是好事。

「那可不行。你現在是『野薔薇』，那麼做會成爲賽米絲明天的八卦頭條。我相信眞正的野薔薇會不高興的。」溫蒂妮苦笑。她和沙羅的遲鈍不同，她早已從野薔薇和黑荊棘的小動作中發現端倪，「我要呼喚我的風了，我們直接從窗戶跳下去。準備好了嗎？一、二——三！」

最後一字從溫蒂妮唇間逸出的瞬間，一道無形氣流霍然自走廊颳過，有些女孩被吹得髮絲凌亂，發出驚叫。

沒有猶豫，三抹身影迅雷不及掩耳地往窗外一跳。

「風啊！」綠髮碧眸的女孩放聲一呼，她的周身驟然產生數道淡綠色氣流。

這些氣流溫柔地托著她與另外兩名同伴，將他們送到離大樓有一段距離的位置。

「我們到街上去，那邊人多，氣味混雜，亞瑟希兒老師應該不會追上來。」溫蒂妮一揮手指，讓一道綠色氣流環繞在身邊，減輕體力消耗，其餘的則是隱沒。

「那個女人……好吧，那個老師到底是怎麼搞的？」思及自己還頂著野薔薇的外貌，阿防盡量讓用字委婉，「難道她看出什麼了嗎？」

「事實上，我就是擔心這個。」溫蒂妮微喘著氣說，街上眾多人群讓她必須眼觀四面地找空隙鑽，「她可能眞的看出什麼。」

「見鬼，她到底是什麼人？」羅刹低聲咒罵，他現在是白蛇外表，也沒辦法盡情說話——因爲那個混蛋小子就是個不愛說話的面癱！

「是了，你們不是賽米絲的學生所以不知道。亞瑟希兒老師……不是人。」溫蒂妮飛快解釋，頻頻不放心地回頭向後看，「不，我不是說她不是人類。這座島上什麼種族都有，就是沒有人類。她……」

「妳該不會是想說，她不是一般定義上……活著的生物？」羅刹極力找出適當的措辭。

「喂喂，所以她是亡魂囉？不對吧，我們可沒嗅到魂魄特有的味道。」阿防大皺眉頭，「就算是東西兩邊，但魂魄就是魂魄，哪還有什麼差別？」

溫蒂妮在一條人煙稀少的小巷停下來。

「……不是，亞瑟希兒老師也不是亡靈。」溫蒂妮轉過頭，她說，「她是一名鍊金人偶。用簡單一點的說法來解釋，就是應用魔法與科學製造出來的人造產物。當然，我說的『人』只是一種概稱，那可能是任何一個種族。」

這驚人的答案令羅刹和阿防面面相覷。接下來從溫蒂妮口中，他們知道了更多關於亞瑟希兒的事。

據傳，亞瑟希兒是相當久遠前，由一名魔法師製造出來的鍊金人偶。人偶並沒有「死亡」的問題，當魔法師逝去後，她依然留在世上。她擁有智慧、力量，她想要理解感情。

後來她來到賽米絲學園，學園長對她的願望感到興趣，覺得她和自己曾見過的鍊金人偶截然不同，因此便邀請她留下，成爲賽米絲學園其中一名班導師，讓她與不同種族的學生大量接觸。

事實證明，學園長的方式是成功的。

長時間下來，亞瑟希兒的表情越來越豐富，感情也更加充沛，甚至對愛情生起極大興趣，熱衷於與他人談戀愛，並且也樂於幫助陷入戀愛煩惱的學生。

「在這之中，還有一個傳聞。」溫蒂妮說，「聽說，因爲身爲鍊金人偶，亞瑟希兒老師對氣味，不論是人事物、魔法，都極爲敏銳。她可以敏感地察覺到，眞與假之間的差別。」

下一秒，溫蒂妮等人就知道，這或許不僅是傳聞，因爲那抹他們以爲已經擺脫的纖細身影，出現在他們視野內。

亞瑟希兒露出孩子氣的天眞笑容，然而那雙琥珀色的眼瞳中心赫然滲出一縷緋紅。

太好了，找到你們了。宛如森林妖精的少女歪著頭，無聲地用口形說。

「靠！」阿防這下子可不管自己的外表是野薔薇了，脫口就是一聲咒罵，不敢相信對方竟然如此難纏。

「往巷子裡去。」溫蒂妮想也不想地帶著兩人往巷子裡跑。

但萬萬沒想到，才繞過一個街角，前方迎接他們的竟是死路一條！

眼見亞瑟希兒隨時會出現，溫蒂妮心裡慌張，一時不知該如何是好。

就算用風術逃脫……亞瑟希兒老師這次會那麼簡單就讓他們逃走嗎？

冷不防，兩道聲音自溫蒂妮身後傳出。

「讓開。」

「溫蒂妮，還請退開一些哪。」

兩道聲音一寂冷、一優美，都如此令人熟悉。

溫蒂妮猛然回頭，驚見壁面上染出金光，有人影欲從中走出。

當亞瑟希兒從轉角後出現，金色光芒中走出的兩抹人影也早已將羅剎、阿防往後拉，取代他們站在那裡了。

溫蒂妮還是愣怔著。

「終於找到你們了。」亞瑟希兒笑吟吟地走上前，未著鞋履的雙足仍然一樣雪白，不曾沾上髒污。但她的眼瞳已經變成緋紅色，卻和珠夏的雙眼不同，宛如某種堅硬的結晶體。

「溫蒂妮，妳可以先到老師身後來嗎？我在想，妳或許在沒注意到的時候被矇騙了。那兩人的氣味和白蛇、野薔薇明顯不太一……」亞瑟希兒的話突然頓住，伸出去的手也停在半空中。

那對結晶似的紅眸看著溫蒂妮以外的另兩人，困惑和詫異浮現出來，而且越冒越多。

亞瑟希兒下意識放下本想拉過溫蒂妮的手，恢復成琥珀色、也不像結晶體的眼眸，怔怔地望著那兩人。

白髮紅瞳，膚色蒼白不帶生氣，一臉睏倦、表情索然無味的少年；栗子色鬈髮、深棕眼睛，手上還戴著一只被覆上口罩的南瓜手偶，氣質文靜的女孩。

白蛇和野薔薇。

亞瑟希兒眨眨眼，再眨眨眼，嘴裡不禁發出一聲疑問。

「奇怪……？」亞瑟希兒上前幾步，往兩人嗅嗅，確實是白蛇和野薔薇，沒有之前她在一A班上聞到的不對勁氣味，「是我聞錯了嗎？」

這下子，亞瑟希兒也茫然了。

「老師，請問有什麼事嗎？」野薔薇細聲地問，唇邊還有著一抹小小、怯生生的微笑，「溫蒂妮和白蛇……是陪我到這找東西。我好像在這弄丟了手環，但是我們可能來得太晚，似乎……被人撿走了呢。」

「咦？所以你們才跑那麼急嗎？」亞瑟希兒連忙雙手合十，舉至額前，「哇！抱歉、抱歉，是老師誤會了。我剛以爲有什麼不良分子假冒你們，想對溫蒂妮不利……幸好是虛驚一場，不過還是很抱歉。」

「沒關係的……亞瑟希兒老師，還讓妳多操心了。」野薔薇拘謹地低頭道謝。

「總之，只是誤會就好，那我就不打擾你們了。」說著，亞瑟希兒俏皮地眨眨眼，意有所指地露出微笑，雪白衣裙隨著她轉身的動作如白蝶般飄飛，「三個人也要好好約會唷。」

當這句話飄出，亞瑟希兒的身影也消失在小巷內。

溫蒂妮在原地愣了好一會兒，緊接著像是下定某種決心，忽然邁步追出去。

野薔薇和白蛇留在巷內，等溫蒂妮也離開他們的視野後，野薔薇畏生的表情褪去，取而代之的是一抹意味深長的淺淺笑弧。

「亞瑟希兒老師說，要我們三人好好約會哪……」野薔薇慢悠悠地說，「嗯……誰想要啊，光想像就令人覺得不舒服。」

「放心好了，我對連性別都沒有的水妖沒興趣。」白蛇看也不看野薔薇一眼，他打了一個呵欠，看起來睏極了，彷彿隨時都會倒下。

白蛇伸出蒼白的手指，指尖一碰到壁面，先前出現過的金光又顯露出來，他不假思索地舉步走進。

野薔薇也跟著踏入。

金光轉眼又消隱，誰也不知道這裡曾經發生什麼事。

十六 亞瑟希兒的幫助

主治療室內，薩拉坐在辦公桌前，毫不意外地見到漆黑的天花板冒出金光，吐出兩抹如出一轍的高大身影後，一會兒又再次吐出兩抹人影。

不同於羅剎和阿防狼狽地在地面摔成一團，稍晚出現的白蛇和野薔薇就像早有準備，優雅地站立於地上。

天花板的金光濃縮成一顆光球，眨眼飛向薩拉。

「都回來了嗎？」薩拉張手，任憑光球沒入掌心，「幸好有事先盯著，亞瑟希兒可是棘手人物，沒想到她今日會是一A的代課老師。」

「亞瑟……希兒？」一發現羅剎、阿防跌下，就趕緊奔上前的艾草抬起頭。

「是……一B的班導師，聽說她非常擅於分辨真假。顯然，這不是聽說……」野薔薇柔聲地說，「既然沒被識破，那我繼續去忙我的事。我想……煮點東西送給黑荊棘，如果房裡的泡泡快消失，再通知我一聲。」

輕輕晃動了下南瓜手偶，野薔薇踏著輕巧的步伐離開治療室，還能聽見她說：「該煮什麼才好？細細，你覺得……南瓜濃湯怎樣？我會加很多配料進去的……」

「……我剛好像看見那顆南瓜在哭？」解除身上幻術的羅剎摸了摸下巴，若有所思地說道：「它這一、兩天怎麼那麼安靜？」

「細細跟野薔薇說，黑荊棘老師不喜歡平胸，每個人應該都喜歡大胸部……野薔薇不高興了。」艾草下意識將雙手置於胸前，向來平淡無波的小臉上閃過一絲糾結，「吾，吾並未覺得不高興，然，吾為何心中有中箭之感？」

「不對！小姐，妳別被那顆蠢南瓜誤導！像我就很喜歡小姐平平的蘿莉體型，超喜歡的啊！」羅刹趕忙申辯，就怕被他最可愛的小姐誤解自己的喜好。他跟那些喜歡大胸的一般男人可是大大不同！「屬下絕無虛言的！」

「沒錯、沒錯！小姐，我也是超愛……但、是，兄弟你他媽的能別坐在我身上講話嗎？你重得能壓死人了！」一對艾草表明完內心話，阿防惱火地對兄弟和同事怒吼一聲，「還有金的、銀的，你們是不會來救一下人嗎？」

安靜得幾乎令人忘了存在的金枷、銀鎖，仍維持著背靠壁、雙手抱胸的站姿，僅僅瞥了一眼阿防。

那眼神的意思很明白——大人並無命令。

這兩個沒同事愛到極致的盲從者！阿防在心裡咒罵，接著猛一使勁，推開坐在自己身上的羅刹，長腿迅速踹過去。

「還有，這到底是怎麼回事啊，校醫！」阿防一邊逮著羅刹的空隙攻擊，一邊大聲地質問薩拉。

「我還以爲你們沒大腦到連這也忘記要問了。」薩拉整理了下桌面資料，站了起來，「爲了避免發生意外，我派我的使者盯梢，才能及時將本尊調換過去。不過，我也沒想到你剛好醒來了。既然如此，雖說有違我本意，但禁制還是先撤掉爲上。」薩拉最後這句話是說給白蛇聽的。

白髮紅眼的少年只是再打個呵欠作爲回應，然後目光望向倍受打擊的那抹嬌小人影。

黑髮小女孩正細聲地自言自語，「吾知曉羅刹和阿防是在讚美吾，但吾毫無喜悅之情……應當說，吾……只感到萬分沮喪。」

白蛇的唇角不著痕跡地彎起，他現在想睡得要命，不過他心中也因此浮現一個主意。

「艾草。」白蛇的嗓音雖然又低又輕，像是蛇在嘶氣，但是艾草總能聽見。當對方滿懷關心地看過來，白蛇平淡地說道：「我須要再好好睡一覺，我累了。」

彷彿印證自己所言不虛，白蛇靠著牆的背忽然往下一滑。

「白蛇！」艾草頓時一驚，想到對方在巴別塔內已耗盡氣力，卻又爲了幫羅刹、阿防而中途醒來，忙不迭地想伸手攙扶。但她個子嬌小，單憑自己力氣不夠。她感覺到對方將頭靠在她肩膀上，細碎的句子傳入她耳中。

……咦？艾草訝異了下，卻也沒有多想，只是即刻喊道：「金枷、銀鎖，幫吾將白蛇移至沙發上。」

「遵命。」金枷、銀鎖飛快執行命令。

等到羅剎和阿防注意到金枷、銀鎖的動靜，停止互毆，他們驚悚地發現到，艾草居然主動躺在沙發，將頭枕在白蛇大腿上。

「小姐!?」他們不敢置信地大吼，聲音呈現波浪似的抖音，眼中甚至湧現悲憤。

那可是膝膝膝——膝枕啊！

「白蛇說，吾這樣做，他的力量會更快恢復，此乃西方傳統的治療方式。吾不是很明白……」艾草困惑又納悶地眨下眼，但接著又是一臉嚴肅地說，「可白蛇既然如此說，那想必定有幫助。」

西方的傳統治療方式？騙鬼去吧！那混蛋爬蟲類只是在吃小姐妳的豆腐啊！羅剎和阿防眼中滿是怒氣，尖銳的視線巴不得能將那名白髮少年狠狠凌遲一番。尤其在見到對方掀開血紅的眼，無聲地吐出一句話後，那份怒氣登時變成狂怒。

假使不是見到艾草認真地對他們兄弟倆比出小聲的手勢，要他們保持安靜，他們真會按捺不住殺意。

白蛇只是說了這麼一句：情場如戰場，兵不厭詐。

「這倒是出乎我的意料，伊甸之蛇的後裔原來如此狡詐，想必其他人都失算了。」薩拉目睹這幕，只微挑了眉。他抱起整理完的資料，對羅剎等人拋出一句，「乖乖待在治療室裡，別亂走。」

羅剎和阿防可不在意薩拉說了什麼，又或是否已離開，他們恨不得能將滿腔怒氣發洩在始作俑者身上，偏偏枕在對方膝上的嬌小人影，又使他們難以出手。

他們小姐最不願意因自己的關係連累到他人，現在見白蛇是因爲自己而氣力大失，她一點也不會懷疑白蛇話語的眞假。

最後，他們只能咬牙切齒地怒瞪兩名同事。

「金的、銀的，你們該死的幹嘛扶那傢伙？」羅刹不願驚擾艾草，從齒縫間擠出壓低的憤恨聲音。

「把那冷血爬蟲類扔到外面去不是更好？」阿防捏緊拳頭，青筋爆出。

「那是大人的命令。」就算面對這些質問，銀鎖還是面無表情，貓兒眼內毫無波瀾，「然，」

「大人並無命令之後不能宰了那人。」金枷不帶抑揚頓挫地接完銀鎖的話。

羅刹、阿防先是一愣，隨後獰笑開來。

「不錯啊，你們兩隻。」羅刹拍上金枷的肩，「腦筋動得眞快。」

四個人，城隍麾下的四名將軍，不約而同地將視線射向了沙發上那名白髮少年。

這一刻，他們沒有異議地讓白蛇直接登上欲先除之而後快的第一名位置。

❀❀❀

「亞瑟希兒老師！」

另一邊，沒跟著白蛇他們回到治療室的溫蒂妮，追上了那名宛如森林妖精的藍髮少女。

亞瑟希兒回過頭，臉上有絲訝異和困惑，「溫蒂妮，怎麼了嗎？」

「老師，我……」溫蒂妮調整了下呼吸，猶豫一會兒，終於鼓起勇氣說道：「我有事需要……需要老師的幫忙。老師有說過的吧，如果是……的問題，可以向妳諮詢。」

亞瑟希兒眨眨眼，一時像反應不過來。直到她細心地觀察到眼前的綠髮女孩面頰染著淡淡緋紅，手指不自在地捏著衣角，像在努力穩定心情。

這模樣，分明就像……

「是戀……」亞瑟希兒差點就要激動欣喜地喊出來，幸好她記得這裡是街上，趕緊吞下後面的一字。

「沒問題、沒問題！溫蒂妮，一切就交給老師吧！」亞瑟希兒熱情地握住溫蒂妮的手，臉上表情豐富得令人難以想像她其實是鍊金人偶，「唔，這裡不太方便說話，我們……」

亞瑟希兒張望一下，像是在尋找合適的地點，最末她的目光望向遠方上空。

賽米絲學園正中央的巴別塔高聳如昔，在它周遭還有一些類似浮空小島嶼的存在。那些，都是學園教師的辦公室或研究室。

「我們就到我的辦公室吧。」亞瑟希兒銜著溫蒂妮露齒一笑，琥珀色的眸子閃閃發光。

不待溫蒂妮點頭說好，她又說，「好了，準備要飛囉！」

哎？溫蒂妮腦海剛閃過錯愕，下一秒，她就見到亞瑟希兒背後霍然張開一雙翅膀。那和她習慣見到的天使、惡魔翅膀都不同，是由金屬製造而成，纖薄又銳利，陽光在上面折射出華麗的光芒。

亞瑟希兒抓住溫蒂妮的手，黃銅色的翅膀無預警振動。

若不是溫蒂妮早就習慣突然的飛起或降落，或許她就要忍不住因這趟飛行驚叫出聲了。

亞瑟希兒速度很快，她帶著溫蒂妮飛越都市上方，沒一會兒就降落在高空中一座小巧浮島上。

島上林立著一排排潔白的建築物。

「那是其他老師的辦公室，還有儲藏室之類的。來吧，我帶妳去我那邊。」亞瑟希兒放開溫蒂妮的手，雪白的雙足輕巧地踩著地面前行。不論是走過鬆軟的土地或光滑的地板，她的腳上完全不曾沾染到一絲塵埃。

亞瑟希兒帶領溫蒂妮進入的，是一間布置得溫馨可愛的辦公室。裡頭擺飾著大量植物、花朵，令人待在裡面便會忍不住放鬆下來。

「溫蒂妮，妳隨便找位子坐，老師去泡壺茶過來。」

「等一下，老師，不用也沒……」溫蒂妮的話只說了一半，便吞回去，因爲那名藍髮少女已像風似地跑到辦公室外去。

溫蒂妮吐出一口氣，在沙發坐下，雙手拘謹地擱於腿上，腦中迅速想著待會的說辭。

事情進行得比她想像中順利，亞瑟希兒老師完全沒有懷疑……

「哈囉，我回來了。」小巧的臉蛋忽地從門外探進，亞瑟希兒眨眨眼，像獻寶似地舉高手中的小茶壺，「我可是從雷文哈特老師那裡偷摸了一些很棒的茶葉……開玩笑的，當然不是偷的。雷文哈特老師有說過，隨時歡迎我去他那邊拿茶葉或點心，還給了我鑰匙呢。他人眞好，不是嗎？」

說著，亞瑟希兒替兩人倒了一杯茶，又不知道從哪裡變出了點心。

等到溫蒂妮捧著冒出白氣的熱茶輕喝一口，亞瑟希兒才笑吟吟地開口，「好了，有什麼問題都可以告訴我喔，我一定會盡全力幫忙。」

「是的。亞瑟希兒老師，其實我……」溫蒂妮垂著眼簾，語氣猶疑，「我有……喜歡的人了。」

「喜歡的人？那很好啊！是不是要老師幫忙想怎麼告白？」亞瑟希兒鼓勵地望著溫蒂妮，「我這方面經驗豐富，大部分種族都攻略……哎？還是說交往過比較好？我有時候總會分不清哪個才是一般人會用的說法……總之，對方是我們學校的人嗎？該不會就是白……」

「不是，不是白蛇。」溫蒂妮連忙搖頭，欲言又止地說，「他……他也是我們學校的人，只不過……不是學生。」

不是學生，那就是……

「我的……同事之一嗎？」亞瑟希兒張大眼，輕聲地問。她見到坐在自己對面的綠髮女孩不自在地抿了抿唇，臉蛋慢慢變紅，然後不明顯地點下頭。

也就是說，溫蒂妮喜歡上的是老師？亞瑟希兒飛快過濾可能人選，但接著發現有點難，畢竟賽米絲學園除了三個年級共十二名班導師之外，還有專科教師，另外成進組的指導老師也可以包含在內。

「我……我知道這不適合，可是我……」似乎是將亞瑟希兒的沉默誤當成不贊同，溫蒂妮咬著嘴唇，碧色眸子流露無措。

「不是、不是，老師沒有要指責妳的意思。」亞瑟希兒換了位子，改坐在溫蒂妮身邊，她安慰般地握住對方的手，「戀愛可是件奧妙又美好的事，年齡和身分並不能阻止它的發生。所以我只會告訴妳，溫蒂妮，自信地去追尋屬於妳的戀愛吧！就算對方可能是脾氣最硬也最難相處的洛榭，都不是問題的！」

亞瑟希兒原本只是隨意舉個例子，卻沒想到溫蒂妮慌張地睜大眼睛，美麗的臉蛋漲得更加通紅，彷彿就要和桌面上的茶一樣冒出白煙了。

這反應讓亞瑟希兒愣住，她不禁細細觀察起溫蒂妮。

泛紅的臉頰，如染著水光楚楚可憐的眼睛……更重要的是，對某個特定人名激動……

「該、該不會，妳喜歡的就是洛榭老師？」亞瑟希兒大吃一驚地捂住嘴。她設想了多個可能人物，就是沒想到居然會是洛榭．哈爾頓。

那名金髮男子的難以相處，不只在學生間出名，在他們這票老師間也同樣出名。

「溫蒂妮，妳真的……妳明明可以找到更好的人選，雖然我很想要這麼跟妳說。」亞瑟希兒宛如嘆息般地微笑，「可是，如果能隨意控制，那就不叫愛情了。只是，我還真的完全沒想到會是他。洛榭老師還是單身，不過他有領養一個孩子，簡單來說，他的攻略難度不是……普通地高。」

「亞瑟希兒老師，能不能成功，我根本沒想過這種事……」溫蒂妮低聲地說，隨即挺直背，眼眸裡是脆弱混著堅強的神采，「我只是希望，只是希望能夠讓對方知道我的心意……這樣不管成功與否，我才不會後悔。」

「……我明白了。」亞瑟希兒沉默一會兒，點點頭，慎重地說，「老師一定會盡全力幫妳的。如果我沒記錯，洛榭老師這幾天剛好都沒課，應該是適合告白的機會……只不過，要去哪裡找到他才好？」

亞瑟希兒陷入了思索，說話也像是在自言自語。

「他的家？不行，他總陪著他女兒，有小孩在場不合適……最好，還是他獨自一人的時候……」

溫蒂妮屏氣聆聽，手指不自覺地絞緊，她的計畫或許真能成功。

「啊，我想到了！」亞瑟希兒倏地眼睛一亮，手指置於胸前，臉上有豁然開朗的笑容，如同想出了一個好辦法，「溫蒂妮，我來幫妳調查一下洛榭老師的動向吧，除了回家以外，他可能還會固定去哪裡……我是名鍊金人偶，要察覺到我的存在是件很困難的事。所以，就讓我用這來幫妳吧！」

溫蒂妮心裡湧上強烈的欣喜。

眞的成功了！有了亞瑟希兒老師的幫助，一定能盡快找出洛榭老師前往霧晶森林的可能時間點。

「眞的是……非常感謝妳，亞瑟希兒老師。」溫蒂妮強忍激動地低頭道謝。她不會因爲自己的謊言而心虛，更重要的是她能保護沙羅，保護對方不再因爲尋找法陣材料而將自己置於危險之地。

只要獲得月光草，沙羅就不會一心一意想替艾草涉險了。

「但是，爲什麼……老師願意幫我做這些？」

「戀愛中的少女都是需要幫助的。當然，這只是原因之一。」亞瑟希兒舉起食指，置於唇邊，「這是祕密喔，不要告訴別人。因爲老師我呢，也在偷偷地愛著一個人，所以我也許是將自己的情況投射到妳身上了也不一定。」

這麼說著的藍髮少女歪著頭，露出天眞又無邪的微笑。

十七 莉莉絲的困境

一隻羊、兩隻羊、三隻羊、四隻羊……好多隻羊……

病房內，沙羅睜大著眼，直勾勾地看黑色天花板，心中則不停數羊，希望能增加睡意。

但是數到三百多隻羊時，她再也忍不住地暗自哀叫一聲，挫敗地把臉埋進同樣漆黑的枕頭裡。

不數羊了！反正再怎麼數也睡不著……現在可是才下午四點！

沙羅哀怨地在病床上滾來滾去，她那麼好動，如今只能躺在床上，這教她怎麼受得了？

但無奈的是……她受不了也得忍。

沙羅轉過頭，看著圍在病床周邊的黑色荊棘及金色光絲。他們班導師和校醫聯手將病床圍得像牢房一樣，就算她想偷溜，也闖不過有如銅牆鐵壁的存在。

沙羅翻了個身，呈大字形地癱在床上。自從一早溫蒂妮去上課後，她就強迫自己睡了一覺，現在可說是毫無睡意。

「嗚嗚，好無聊……薩拉是鬼、是惡魔……」沙羅胡亂地抗議著，隨即想到什麼，飛快地捂住嘴巴。她屏著氣，小心翼翼地覷向房門。

還好門沒打開，自然也不會走出一身黑袍、橘髮藍眼的冷然少年。

沙羅拍拍胸口，目光接著看向了和自己同病房的夥伴。無論是拉格斐、梁炫或長照，他們皆閉眼沉睡。這也是爲什麼沙羅剛才敢放聲哀叫，否則早就迎來拉格斐冷冰冰的眼神，和挾帶怒意砸來的一顆枕頭了。

雖然不知道爲什麼，可是他們幾人的確睡得比想像中沉，就像任何聲響也驚不動他們。

至於白蛇……沙羅下意識地望著如今空蕩蕩、不見白髮少年的床鋪，正要回想起先前發生的事，突然間，病床四周的黑色荊棘和金色光絲消失。

沙羅頓時什麼都忘記想了，她揉揉眼，無法相信自己看到的。當她試著探出手，確定眞的空無一物後，不禁又驚又喜，馬上翻身跳下病床，想爲久違的自由大聲歡呼。

只不過腳才踏上地，黑漆漆的門板同時被人打開。

「哇啊！薩拉，我什麼事也沒做！我是等到時間到了才離開病床的！」沙羅反射性地用手臂擋著臉，慌張喊道，就怕看見對方像讓人浸入冰水般的可怕眼神，「所以拜託不要再禁我足了！」

但是響起的並不是沙羅預想中的淡然嗓音，而是一道輕輕的笑聲。

「不是……薩拉，是我呢，沙羅。」

哎？這個聲音？沙羅放下手，大睜的紫眸內映出一名栗子色鬈髮的秀氣少女。

「原來是野薔薇……呼，差點嚇死我了……」沙羅大大地鬆了口氣，一顆提起的心又回到原位，接著注意到對方一進門就帶著淡淡的食物香氣，她忍不住大力地嗅了嗅，「好香！

野薔薇，妳在煮什麼東西嗎？眞想吃啊……」

「是的，我在煮……南瓜濃湯……」發現沙羅表情瞬間從嘴饞變成驚悚，雙眼不安地瞪著她沒有戴南瓜手偶的手，野薔薇理解地眨下眼，微微一笑，「放心好了，我沒有將細細拿去煮……我是來看看你們的情況。薩拉說，那些東西差不多也要消失了……」

「那些東西？啊，荊棘跟光絲對吧？妳時間抓得眞準，它們剛剛眞的全消失了。」沙羅興高采烈地咧開嘴，拉開雙臂伸個懶腰，覺得能重新活動筋骨的感覺眞好。

「不過……有點奇怪耶。」沙羅像是想到什麼，納悶地皺著眉，望向仍未甦醒的同伴，「大家怎麼都還沒醒來？這次反倒是白蛇最早醒耶。」

只要回想起白蛇忽然比任何人還早睜開眼，床邊荊棘和光絲也跟著隱沒，沙羅就覺得不可思議跟反常。

那個白蛇……照理說，不應該睡得比誰都沉、都久嗎？

沙羅沒發覺自己無意中將話說出來了。

「所以，他又睡著了哪。」野薔薇笑吟吟地說，「他在艾草房裡，不過我不確定艾草是醒著還是睡著……至於拉格斐他們，這個嘛，沙羅認爲他們是會乖乖睡覺的人嗎？」

「完全，不覺得。」沙羅雙臂交叉，比出一個「×」的手勢。下一瞬，她猛然意會到野薔薇話中的含意，「啊！難道說……」

野薔薇笑而不語，只是張開掌心，舉至唇邊，輕吹一口氣。剎那間，大大小小的水藍泡泡飛出，盤旋到病房各個角落，不一會兒又消隱。

說也奇怪，即使是野薔薇動用了水妖的力量，病床上的另外三人也像是毫無所覺。

這一點也不符合他們平時的敏銳。

這下子，沙羅忍不住以敬畏的神情指指那些泡泡消失的方向，再指指拉格斐等人。

「是薩拉……要我這麼做的。」野薔薇慢悠悠地說，「他說，他們就算聽話地躺著不動，也沒辦法眞正放鬆……畢竟，他們不像白蛇說睡就能睡……」

沙羅理解地點點頭——因爲艾草不在這裡嘛。

「這個區域原本就被我用『水』包圍……啊，並不是眞的水，只是一種力量波動。它們能穩定心情，因此就算我再對他們施展安眠類的法術，他們……也不容易發現的。」野薔薇彎起笑弧，深棕的眼眸染成海藍，「之後，也別告訴他們唷。」

「我會保密的！」沙羅笑嘻嘻地舉手發誓，「而且要是被他們知道白蛇趁機跑到艾草房裡，那估計要掀起腥風……喔！」

沙羅驀地大叫一聲，想通野薔薇又來這裡施法的原因。不只是薩拉的要求，恐怕也是避免同伴間先發生內鬥。

野薔薇對沙羅比了個「噓」的手勢，嘴角卻是揚著彼此都懂的笑意。

雖然想跟野薔薇到廚房一趟，蹭碗湯來塡肚子，可沙羅最後還是決定先繞去治療室。一來，是確認艾草的情況；二來，是看薩拉獲得第二個法陣材料的計畫擬定好了沒有。

她想要幫助艾草，更想避免溫蒂妮參與計畫而可能遇上危險！不行、不行，會讓溫蒂妮受傷的事……她寧願自己搶先做，反正她皮粗肉厚，就算受點小傷也不怕。

按照野薔薇在走廊間留下的記號，沙羅順利來到主治療室房門前。她試探性地小聲敲門，然而還沒等到房內人回應，一道惱怒的低喊就先傳了過來。

「沙羅，妳怎麼可以離開病床？」

沙羅嚇了一跳，連忙轉頭，吃驚地發現走廊另一端出現了綠髮女孩的身影。那張甜美的臉蛋上，此刻正浮現微慍之色。

「小……小溫!?」沙羅睜圓了眼睛，隨即緊張地揮手解釋，「我是等時間到了，我沒有偷溜出來……真的！我是擔心……」

沙羅忽地噤下話，她懊惱地抓抓頭髮，思及自己也不能當面對溫蒂妮說，她不想見對方冒險受傷，所以才打算搶先一步攔截任務。

「我……我就是擔心嘛……」最後，沙羅含糊地說了一句，眼眸垂下，怕被溫蒂妮識破自己真正的意圖。

溫蒂妮靜靜地望著不敢正眼直視自己的沙羅，眼中似乎掠過難過……以及連她自己都不自覺的晦暗情緒。

沙羅，妳就那麼擔心艾草嗎？我也擔心她，可是一直以來，我更擔心的是……溫蒂妮猛然掐斷竄上心頭的酸澀，她深呼吸，又重新露出了與往常無異的溫柔微笑。

「妳不是偷溜出來就太好了，否則薩拉會生氣的，妳知道他生起氣來很嚇人的吧？」

「嗚啊！我才不敢惹他生氣！」沙羅驚悚地搓搓雙臂，暗自慶幸自己隱瞞得很好，沒被溫蒂妮看出。

就在這時，主治療室的房門冷不防被打開，纖細的白服少女佇於門口。

「請進。」明明該是客氣有禮的兩字，但從銀鎖口中吐出，就是不沾人氣和溫度。

沙羅沒料到突然有人出現，心臟重重一跳。那名白服少女面無表情，看起來比她在巴別塔內見到的雕像還像雕像。

「艾草睡了嗎？要是睡著的話，我們還是別打擾比較好。」溫蒂妮替沙羅開口，語氣柔和。

「大人未熟睡。」語畢，銀鎖往旁側身，讓兩名女孩進入。

黑色治療室內飄浮著不少淡藍色泡泡，還隱約傳出優美歌聲，彷彿一雙無形的手給予人安慰。

沙羅有些失望沒看到薩拉，可她的注意力很快就被另一幅畫面攫住。

那是……沙羅目瞪口呆，雙手反射性地抓住溫蒂妮的衣袖。

「小溫溫溫……」她連聲音都結巴了，模樣激動，「我好像看到……看到……」

「看到艾草從白蛇的膝蓋上抬起頭，如果妳說的是這個。」溫蒂妮爲好友誇張的語氣失笑，之前那股酸澀情緒好似又消失得無影無蹤了。

不過溫蒂妮能體會沙羅的反應爲什麼這麼大。

白蛇居然有辦法——而且他自己也願意這麼做——讓艾草將他的大腿當成枕頭，這絕對不是什麼尋常畫面。

「嗨，小姐們，歡迎妳們來。」靠在牆邊的羅剎露出爽朗的笑容，順便一肘撞了身邊的阿防一下，「兄弟，還不快去替小姐們泡杯茶？」

「替小姐和小姐的朋友泡茶我當然很樂意……但、是，兄弟，少動手動腳的！我去泡茶，你去找點心！」阿防也用手肘回擊，接著挺起身子，衝沙羅和溫蒂妮一笑，「小姐們，妳們請和我們家小姐慢慢聊天吧。」

「……欸，溫蒂妮。」沙羅目送著那兩抹相似得不可思議的高大身影從不同門離開，小小聲地與溫蒂妮咬耳朵，「他們怎麼……怪怪的？跟之前的態度完全不一樣。」

沙羅還記得她們初次來治療室見艾草時，那兩人雖說露出笑容，卻是手持長柄鋼戟，不讓人輕易靠近艾草一步。

「很簡單，因爲我們來了後，艾草就不會繼續躺在白蛇腿上了。」溫蒂妮一針見血地說。

沙羅恍然大悟地點點頭，同時也慶幸野薔薇讓拉格斐他們再度陷入沉睡，不然這裡眞的就要腥風血雨啦。

「艾草、艾草，妳不用多休息沒關係嗎？」沙羅關懷地看著正將黑色拉簾拉起，似乎是要讓白蛇好好休息、不受她們說話干擾的黑髮小女孩，「薩拉不是說詛咒之誓會吸取妳的體力還是精神力什麼的……他生起氣來可是很可怕，眞的會被綁在床上的！」

「吾也不清楚，但吾現在精神異常地好，全無之前的疲倦。」艾草低頭看著自己的手，潔白小臉上也浮出淡淡疑惑，「吾原本是要陪白蛇一起入眠，白蛇告訴吾，此乃爾等西方傳統治療方式。不過吾躺了一會兒，思緒卻越來越清楚……沙羅，妳的表情不太平常？」

艾草頓了下話，困惑地眨眨眼。她的說辭委婉了些，沙羅根本是滿臉震驚，嘴巴張大，像能吞下一顆雞蛋似地。

「沙羅。」溫蒂妮低聲地喊。

「咦？啊！」沙羅登時回神，及時吞下「白蛇也太卑鄙了吧？居然利用艾草來自東方這點矇騙」這句，迅速再開啓其他話題，「那……那或許是野薔薇的關係，水妖的力量和歌聲才會讓艾草妳精神更好吧？」

「吾，也是如此猜想。」艾草認眞地點點頭，「不過，吾……」

停頓一下，艾草謹愼地望向四周，確認主治療室任何一扇門都沒有要被打開的跡象後，才又說道。

「吾知道黑荊棘老師和薩拉仍是不喜吾下床走動。沙羅、溫蒂妮，妳們可以替吾保密嗎？倘若薩拉他們問起吾是否有待在床上。吾，不想當眞被荊棘綁在床上，無法動彈。」

說到最後，艾草素來冷靜的臉蛋不甚明顯地皺了一下，彷彿已經代入那幅畫面。

那模樣太罕見了，逗得沙羅和溫蒂妮忍不住失笑出聲。

「好！那我們聊天就不要坐床上了，不然艾草得一直跟床鋪黏著也太可憐，我們一起坐地上吧！」沙羅拍拍胸口，「坐在地板上聊天很有趣喔，我和溫蒂妮就時常這麼做。對吧，溫蒂妮？」

「是是是，我知道沙羅妳這樣說，就是希望用我的風吧？」溫蒂妮擺出一副無可奈何的表情，但眉眼和嘴角都是藏不住的縱容笑意。她手指隨意地往空中一揮，密閉空間裡立即生成多道淡綠色氣流。

它們看起來柔軟、溫馴，輕飄飄地圍在女孩子們之間，如同舒適的靠墊。

艾草的黑眸裡浮現驚奇的光芒，指尖小心翼翼地靠近氣流，再試著戳了戳，軟綿綿的。

「哇！我最愛妳了，溫蒂妮！」沙羅開心地抱住好友，像大狗般蹭著她的臉頰。

艾草轉過頭，望見這一幕。

紅髮女孩和綠髮女孩間的深厚感情令她露出小小的微笑，同時也讓她想起來到西方後第一位認識的朋友。

莉莉絲。

不知道莉莉絲現在情況如何？

一切……都還安好嗎？

❀❀❀

當艾草想念著自己的朋友時，那名爲了詛咒之誓圖譜回到地獄的粉紅長髮少女，卻是被她的父親，也就是地獄君主下令軟禁，不得離開一步。

「可惡、可惡……該死的臭老頭！我詛咒你頭髮掉光，我詛咒你被母后拋棄！」

將雙手間凝聚出來的巨大黑色火焰球砸向用特殊方法鎖起的房門，見火焰又一次遭到某種無形之力抵銷，莉莉絲忿忿地吐出今日不知道第幾輪的咒罵，再重重地坐進自動來到身後的椅子上。

放眼望去，這個本該擺飾華貴的偌大房間，除了她坐著的椅子之外，其餘家具都像是受到暴風肆虐，化作一片狼藉，焦黑的燒灼痕跡更是無所不在。

那些，都是莉莉絲的地獄之火造成的。

但說也奇怪，就算在火焰猛攻下，房間門窗仍舊完好無缺。不但未受損傷，也難以開出一條縫隙。

莉莉絲就像是被囚禁於此的籠中鳥。

「到底是怎麼回事？臭老頭忽然發什麼神經……」無視自己的寢室如今像座廢墟，莉莉絲惱怒地瞪著那扇無法撼動的門，忍不住咬起拇指指甲。

這已經是她被關在這裡的第二天了，她無論如何都不能理解，爲什麼父親一碰觸到那個黑暗元素結晶的碎片表情就變了，甚至還推翻之前開出的條件，不許她回到賽米絲學園。

如果……如果殘留在結晶上的力量當眞屬薩麥爾所有，那跟自己回到賽米絲又有何關係？

這就是莉莉絲最想不透的地方。

假設眞的有人藉著「原罪·憤怒」的結晶策劃這一切好了，讓她去把對方的狐狸尾巴揪出來，不是更好嗎？這樣也用不著那老頭親自干涉……畢竟他正式出面，整件事的規模就升級了。不再只是賽米絲學園內部的問題，有可能涉及到薩麥爾家族。

一個不小心，就算變成戰爭也不是不能預期的。

「難道說他年紀大，就眞的痴呆了嗎？」莉莉絲也不管房內無人可回答她的問題，氣憤地大聲喊道：「他痴呆就算了！憑什麼把我關在這裡？小米粒還在賽米絲等我，誰知道那些可恨的傢伙會不會趁機吃她豆腐！」

不，最糟的是，那名對許多事都還了解未深的小女孩，很可能傻傻地親送豆腐上門還不自知。

憑拉格斐彆扭的性子，他或許還不敢吃。問題是，珠夏和白蛇呢？他們絕不會客氣！

思及這個可能性，莉莉絲的碧眸霍地噴出怒火。

別開玩笑了！她說什麼都不允許這種蠢事發生！

知道自己寢室的門窗都被下了禁制咒語，從裡面不管怎麼破壞都是徒勞無功，莉莉絲強壓下想再次使用火焰攻擊的衝動，她明白她必須換個方法。

母后一定還沒歸來，否則她不可能不知道老頭做的事，也不可能不來幫我……

莉莉絲大腦飛快運轉。

影侍都聽老頭的命令，我身邊那隻也被他叫走，要不然說不定還能試試……還有誰，還有誰可以幫我……

莉莉絲沒有費心對門外大聲喊叫，宮殿裡的侍衛和侍女不可能違背路西法的命令。所以她需要的是地位夠高，即使是臣下，也可以對自己父親提出反駁的人。

她知道有個人選適當，但要怎麼尋求幫助又是另一個大問題。

就在莉莉絲懊惱得想拉扯髮絲時，一個她幾乎以爲沒辦法聽見的聲音出現了。

咔噠！

莉莉絲猛然抬起頭，不敢置信地瞪著傳出開鎖聲的房門。

拜託不要是她的錯覺，拜託千萬不要是……莉莉絲從未祈求過什麼，可這一刻，她衷心向某個存在祈求著。

在那雙碧綠眸子瞬也不瞬的盯視下，房門緩緩打開了。

「啊呀啊呀，這還眞是……殿下，您把自己的房間破壞得眞徹底哪，到時候侍女們可要傷腦筋了。」戴著單邊眼鏡的白髮老者站在門口，望著房內狼藉的景象，感嘆地說道。

「老……老爺子!?」莉莉絲「唬」地站起，沒想到自己想尋求幫助的人物，居然會這麼剛好出現。

是當初陪著母后伊莉絲一塊過來的老者，在宮殿內貴爲宮廷總管，即使是路西法也會敬他三分。

但莉莉絲已無暇思考總管爲什麼會來，她眼中只剩下那扇終於開啓的房門。

只要出去，她就有機會離開地獄，回到賽米絲！

「殿下，老臣沒有要阻撓您的打算。」總管露出微笑，宛如要證實自己所言不假，他還特地退至一邊。

總管的舉動反倒令莉莉絲冷靜下來了。

「老爺子，你在打什麼主意嗎？」莉莉絲警戒地瞇起碧眸。

「不不不，老臣並不是要來告訴殿下，您的坐騎就停在中庭內，也不是要告訴殿下，因爲伊莉絲大人回來了，所以陛下正忙著迎接她，沒空知道老臣支開了門外守衛。」總管笑咪咪地說道：「老臣只是想告訴殿下，別讓心上人等太久，有空也記得帶對方回地獄，讓老臣認識認識。」

說著，總管還朝莉莉絲狡猾地眨下眼睛。

莉莉絲先是一愣，接著華艷的笑容綻了開來。沒了之前像困獸的煩躁，她又是那位高傲的地獄君主之女。

「你放心吧，老爺子，我改天一定會帶小米粒回來的。」莉莉絲大步上前，給了總管一記表示感謝之情的頰吻。

「殿下，祝您路途順利，武運昌隆。」總管低下頭，一手伸至胸前，握拳致意。

莉莉絲勾起好勝的笑，走出房門，毫不猶豫地張開背後黑翼，從走廊的窗子一躍而下。

莉莉絲可以感受到風聲從耳邊掠過，同時也帶來守衛們發現她行蹤的驚聲喊叫。

「殿下！」

「殿下逃出來了！」

「快攔住殿下！」

「陛下有令，不能讓殿下離開啊！」

大叫聲此起彼落地響起，莉莉絲甚至瞥見多人從各個角落訓練有素地跑出來，爲的就是阻止她的行動。

但是她絲毫不將這些放在眼裡，當黑靴一踩地，雙翼微攏，她立即從懷中取出一支小巧的銀色哨笛，吹出常人無法聽見的音響。

縱使侍衛們沒聽見任何聲音，可他們臉色皆因目睹莉莉絲的動作而大變。

宮裡大多數人都知道，莉莉絲身上的那支哨笛，功用就是呼喚她的專屬坐騎。

果不其然，一聲高亢的唳嘯在下一秒猛地拔起，幾乎撼動整座宮殿。

「攔住殿下，不能讓她到前殿中庭！」

「快阻止殿下！」

侍衛們掩不住慌張地喊道。

莉莉絲一點也不在意即將圍上的侍衛，她微笑地輕喃「好孩子」，眼中閃過凌厲的光。

下一剎那，黑色羽翼再動，迅雷不及掩耳地衝向前方去路。

莉莉絲動作太快，漆黑的地獄火不時地扔砸而出，拖住侍衛的速度，讓她暢行無阻。

不久後，莉莉絲就將那票追出來的侍衛遠遠甩到後方。她很快突破層層防護，來到前殿中庭。

「蘇里曼，好孩子，快載我離開這裡！」當碧眸內映入躁動的金爪紅龍身影，莉莉絲大喜，手指飛快再揮動，數根漆黑羽毛射出，斬斷了縛住紅龍的腳鐐。

莉莉絲迅速地坐上紅龍背脊，右手一拍龍頸，「我們走！」

「我不記得我有答應讓妳離開了，莉絲。」

在紅龍欲拍翅飛起之前，一道低沉華美的男聲響起。

巨大無比的威壓猛地籠罩整個中庭，追上的侍衛們立即單膝跪地，伏下頭顱。就連性情高傲的紅龍，也眼露懼色，不敢再有所動作。

「混帳！」莉莉絲憤怒地咒罵，碧眸飛快掃向中庭某處，手指無意識地收緊韁繩。

瞬間，黑影平空湧現，眨眼就拉成修長的人形。黑髮黑眸、一眼燃著灰白火焰、氣勢逼人的俊美男子佇立於中庭。

掌管地獄的君主正式現身，即使是莉莉絲也感到壓迫。可她依舊不馴地挺直背，怒瞪著不斷阻撓自己的父親。

「我不懂……」莉莉絲咬牙說，「那個黑暗元素的結晶上到底有誰的力量？即使是薩麥爾，但他早就死透了不是嗎？他殘留的力量又做得了什麼？」

莉莉絲不在意自己當眾說出了那個在地獄中鮮少被提起的名字，她知道父親出現的時候一定會施些手段，讓父女間的對話不被他人聽見。

「他當初的確是死透了，我不會允許試圖傷害我妻子的人能夠安然無事。」路西法低滑的嗓音就像黑暗拂過周圍。

「歷史記載，在米迦勒和其他大公的見證下，我殺了薩麥爾，將他的身軀連同元神分爲數塊，封印在不同的地方。事實上，他的元神是被分解了，卻沒有隨著身軀封印，我等決議讓那些靈魂碎片四散，進入輪迴。」

「什麼？」莉莉絲茫然，無法理解路西法爲何忽然說出這些話。可下一秒，她又拔高聲音，暴怒說道：「所以你是要告訴我，黑暗元素結晶的事跟薩麥爾的靈魂碎片有關嗎？那又如何？由我出面解決不是更好嗎？你到底爲什麼非礙著我不可，老頭！」

「我不須要跟任何人解釋我的理由。」面對莉莉絲的盛怒，路西法不帶情緒地說。

但或許連路西法也沒想到，他話聲一落，居然又有另一道聲音響起了。

「那麼，即使是跟我呢？也不須要嗎？」

與路西法宛如來自深淵的嗓音不同，這道聲音溫柔如流水、如微風，瞬間化解了充斥全場的壓迫感，就連路西法設下的屏障也一併消解。

在場的侍衛們發現自己又能聽見聲音了。

伴隨著這道優美嗓音出現的，是一名高雅貴氣的女子。她有著碧綠如寶石的眼眸，粉紅色的華麗長髮，五官肖似莉莉絲……不，應該說莉莉絲肖似那名成熟的女子。

不過和莉莉絲的高傲相反，女子的氣質格外溫柔婉約。

「伊莉絲……親愛的，妳怎麼……怎麼會……」高高在上的路西法表情鬆動，流瀉出一絲錯愕。

「親愛的，你說忽然有要事離開。可是，你怎麼會以爲我沒聽見蘇里曼的叫聲？」伊莉絲柔聲地說，然而碧眸內似乎隱隱燃動一簇焰火。

路西法豈會不知道，那是他溫柔可人的妻子動怒的跡象。

「莉絲不是不懂事的孩童了，你硬關著她只會換來更大的反彈。」伊莉絲神情嚴肅地說，「你總要讓她自己決定該怎麼做。」

路西法不發一語，可莉莉絲發現身下的飛龍不再僵著身子，她心裡大喜，不放過這絕佳的機會。

「母后，謝謝妳了！」莉莉絲高喊一聲，當下策動韁繩，騎著飛龍直衝天際，身影轉眼就化成一個小點。

「還不快帶著圖譜跟著殿下去？」路西法忽然皺眉低喝道。

瞬時間，一抹人形黑影自地面鑽出，先是對著路西法和伊莉絲彎身行禮，接著像箭矢般掠出。

路西法不再望向天空，而是對周遭揮揮手。那簡單的一個手勢，頓時讓中庭內所有人領命退下。

「我明白你在擔心什麼，親愛的……」伊莉絲挽著路西法的手臂，偎著他輕聲說，「但事情還未發生，我相信不會發生的。」

「倘若眞發生，我絕不會坐視不管。」路西法瞳中灰焰燃動著、搖曳著，他慢慢地說。

「莉絲應該會去找薩麥爾繼承人的兩名侍從……親愛的，我們曾預想到總有一天，薩麥爾的靈魂碎片之一將在轉世中甦醒，並試圖奪回軀體，吸收其他四散的靈魂。但我們不擔心，因爲其中兩枚碎片已經徹底與他人融合，並一直在我們的看護之下。而擁有碎片的兩人，更是對彼此相互厭斥，不會主動接近……我們本不須擔心。」

路西法瞇起眼，他的身前倏地竄出一團闃黑火焰，火焰中逐漸顯現出某道身影。

「但是，總會有意料之外的事。」

「啊啊，是的……」伊莉絲露出苦笑，「恐怕就連米迦勒，也是要大吃一驚的……」

黑焰中，浮現出來的是一名姿態凜然莊重的黑髮小女孩，一身紅黑服飾，烏黑眼眸含著強烈意志，彷彿能看穿一切……

十八 那個名字

經過整整一日的（被迫）休養，隔天梁炫、長照和拉格斐終於能離開病床，不再受制於光絲和黑色荊棘。

至於白蛇，早被薩拉丟到另一間病房，以免被其他人發現他待在主治療室，再掀無謂戰爭。

如果是平常，薩拉很樂意用令人難忘的手段醫治傷患。不過，不是在這種有許多要事得忙的時候。

現在，他更寧願他人別添麻煩。

只不過，薩拉雖然沒有走漏白蛇的事，但梁炫和長照仍由自己的同伴那得知了。他們不動聲色地記下這筆帳，此刻全副心力都放在眼前躺在黑色病床上的嬌小人影。

昨日還精神奕奕的艾草，今日卻犯了嗜睡的毛病，一沾上枕頭便陷入熟睡。雙眼緊閉，模樣安靜脆弱，讓人打從心底感到憐愛……及心疼。

若不是薩拉事先說明過，詛咒之誓會不定時地使艾草沉睡，恐怕六名將軍都坐不住了。

金枷、銀鎖依然像兩尊人偶般倚靠牆邊，梁炫、長照守在病床左右，而羅剎、阿防則被勒令待在離艾草最遠的地方。

面對梁炫——八將軍之首的命令，兩名高大青年心知這是懲罰他們之前嚴守不力，只能苦著臉，哀怨地望著病床，一心盼望艾草能趕緊甦醒，讓他們靠近。

只是還沒等到艾草睜開眼，治療室外就先響起敲門聲。

六道目光有志一同地望向房門，心知來人不是薩拉，也不會是黑荊棘，因為他們沒有敲門的必要。

是誰？

薩拉允許到此的只有那些人，白蛇還在靠睡眠補回氣力，沙羅、溫蒂妮、拉格斐、野薔薇今日有課，暫時無法前來，那麼……

心思百轉間，梁炫很快有了答案。她向羅剎使眼色，後者馬上意會，大步走向房門。

羅剎表面看似閒散，可暗地裡已做好隨時召出武器的準備，不怕一萬、只怕萬一。

羅剎一手藏於背後，一手打開房門。見到門外身影，他皺皺眉頭，不過背後手掌凝聚出的黑氣在剎那消逝無形。

敲門的是一身華貴衣飾的褐膚青年，那頭宛如火焰燃燒的紅金長髮是最鮮明的特徵。

「你好，珠夏大人。」梁炫站了起來，客氣又不失禮儀地向對方打招呼，「我家小姐正在熟睡，相信擇日再來更為適當。」

——如果那雙墨黑眼眸不是冷酷地直視來人，那麼梁炫的態度確實稱得上客氣。

「我會記得晚點再來看艾草。」珠夏平靜地回應，卻不客氣地順著梁炫的話，替自己找了晚些時候再出現的正當理由。

長照臉色瞬間轉為陰沉，眼看他又要按捺不住站起，梁炫給了他一記稍安勿躁的眼神。

梁炫不喜主人身邊圍繞那麼多害蟲，可她也不是讓脾氣凌駕一切的人，她馬上理解珠夏是為他事而來。假使並非來探望艾草，那麼唯一的可能就是……

「我需要向你們借人手，說明計畫。」珠夏說。

「我明白了。」梁炫點頭，「金枷、銀鎖，此次任務就交由你們處理。」

「炫姊，我們兄弟倆也能幫上忙，派我們一起去嘛！」一聽這次任務還是沒有他們，阿防立即極力爭取，一邊的羅刹忙不迭點頭。

「不行。」梁炫想也不想地拒絕，「別忘記你們還必須輪流冒充野薔薇大人他們，以防他們請假太頻繁引人懷疑。而我和長照，則是負責顧守小姐身邊。」

羅刹和阿防頓時就像失落的大型犬，垂頭喪氣地低下頭。

金枷和銀鎖沉默地走向珠夏。

艾草的命令是要他們盡一切協助珠夏，那麼他們就會竭力遵從。

珠夏領著金枷和銀鎖來到離主治療室不遠的房間，那是他向薩拉預借的。

同樣充滿大量黑色家具的房間裡，早已待著一抹人影。

金髮藍眼的修長青年雙臂環胸，眉宇籠罩著不耐的神色。

「太慢了，我一接到你的通知就即刻趕來。」拉格斐冷冰冰地說，「希望你是眞擬出了計畫，而不是浪費我們的時間，珠夏。」

拉格斐對待他人一向沒什麼好臉色，但今日情緒似乎更差。除了解除封印、回復原本姿態，在班級上惹來諸多注目外，拉格斐最主要還是氣惱自己必須乖乖上課，無法隨意留在治療室內——無法陪在艾草身邊。

黑荊棘曾嚴令他們不能缺課太頻繁，以免招來不必要的懷疑。偏偏他又不若野薔薇和白蛇有正當理由，可以讓羅刹、阿防冒充代爲上課。

——野薔薇能穩定艾草的情況。白蛇氣力使用過度，尙在沉睡中。

「稍安勿躁對你來說不會是壞事，拉格斐．帝。」珠夏不爲所動地回話，那雙緋紅瞳孔和他張揚的髮色不同，既沉穩又冷肅，「我相信我們的目標都是相同的。」

拉格斐哼了一聲，卻也沒有再多說。

金枷和銀鎖更是從頭到尾不發一語，他們只聽命行動。

「我已經從薩拉那獲得霧晶森林的路線圖。」珠夏自懷中取出一個卷軸，在漆黑桌面上攤展開來。

隨著卷軸越展越大，交錯的線條也跟著在上頭顯現。

緊接著，地圖上光華一閃，竟平空浮出立體的景象。

那是一片奇異的森林，多數樹木呈水晶般剔透，在這黑色房間裡閃耀著美麗的光輝。而其餘樹木雖然看似平常，但仔細一觀，便能發現它們正緩緩地吐出淡白霧氣。

拉格斐眼神一動，那是晶樹和霧樹。毋須言明，他已知曉眼前的景象是何處。

正是賽米絲學園禁地之一的霧晶森林。

「結界可以用薩拉給的鑰匙直接穿越，不會引起騷動。」珠夏的手指往立體地圖一點，發光的路徑迅速蜿蜒，直達霧晶森林內部，「照這條路線，就能最快找到月光草。」

「但是，最大的問題在於洛榭會不會在那。」拉格斐繃著聲音說。他也有修過洛榭的課，自然知道對方是位棘手人物，從對方身上，他能感受到一股強悍的力量，「今天一整天，洛榭都不曾在學園露面，我們連掌握他的行蹤也難以做到。」

「我向我們班導師問過了。」珠夏默認了拉格斐提出的問題，他關閉霧晶森林的立體圖，平靜地說，「用的是想詢問法陣方面的理由。至於得到的資訊是，洛榭老師如果無課，晚上七點前便一定會返家，也從不答應其他老師的任何一次聚會邀約，爲的是多陪伴他的女兒。」

「……也就是說，我們只要選在七點後行動，就有極高機率可以避開洛榭？」沒想到那個脾氣剛硬的教師居然已經有了孩子，拉格斐微露一絲詫異，隨即又將注意力轉回他關注的重點上。

珠夏正要點頭，房門忽地被外力撞了開來。

撞開門的並不是任何一抹人影，而是一道淡綠色旋風。

拉格斐和珠夏毫不意外地見到旋風眨眼化成人形。

氣質甜美、柔弱的綠髮女孩下一秒站在他們面前。

確認過僅有溫蒂妮一人後，拉格斐挑起眉，「只有妳？」

他問這話倒也不是真的想知道答案，只是平常溫蒂妮出現，就能見到沙羅的蹤影。

「沙羅……我是瞞著她過來的。」溫蒂妮關上房門，挺直背脊走了進來，不因四雙眼睛注視就面露緊張。不，其實她還是緊張的，從她無意識抓著衣角的手指就能觀察出來，她只是隱藏得很好。

溫蒂妮吸口氣，抬起頭，目光逐一環視在場眾人——外表冷徹、脾氣暴烈的金髮天使，「原罪・憤怒」的繼承人，還有彷彿不具備任何情緒、像人偶般的艾草的兩名部下。

「不是七點後就可以。」溫蒂妮聽見自己的聲音平穩地流瀉，「洛榭老師在八點半到十點之間，還會外出『工作』一趟，這是……亞瑟希兒老師幫我調查出來的。」

「亞瑟希兒？一B班導師？」沒料到會聽見這個名字，拉格斐難掩錯愕地問道。

「那名鍊金人偶老師？」珠夏也感到意外，緋紅的瞳孔閃過異光。

「是的，亞瑟希兒老師幫了我很大的忙。」如同要表現自己的慎重，溫蒂妮慢慢地說。

事實上，就連溫蒂妮也沒想到，隔一天，就能獲得如此有力的情報。

亞瑟希兒趁著下課空檔，將寫有情報的小紙片塞給她，也讓她得以避過沙羅的追問。

沙羅還不曉得她做了什麼，更不曉得她參與了月光草的任務……

亞瑟希兒給的紙片上，只簡短寫著洛榭這幾日的作息，看起來規律得不可思議。唯有晚間八點半到十點的行動令人心生懷疑。

紙片最下方，亞瑟希兒還用娟秀字跡書寫：老師也是很有小孩子緣的，洛榭老師的女兒很可愛喔。

就是這一句，讓溫蒂妮登時明白亞瑟希兒是用了什麼手段。想必她是直接找上洛榭女兒，從小孩口中旁敲側擊出洛榭這幾日的行程。

「亞瑟希兒幫妳？她為什麼會無緣無故地幫忙？」即使突然獲得了強力情報，拉格斐的眼神還是透著質疑。

「我用了戀愛煩惱當藉口，但這不是重點。」溫蒂妮簡短解釋，「我相信這是一個很有幫助的消息。我只有一個要求，不要讓沙羅知道我們的行動是何時進行，不要讓她加入。」

拉格斐對此沒有答覆，這次行動的策劃者不是他，他只在意行動會不會成功。

「可以。」珠夏淡然地說，「今晚十點四十分，霧晶森林外會合。倘若妳瞞不過沙羅．曼達，那便是妳自己的事了。」

「……我會瞞過她。」溫蒂妮的神情異常地堅定、固執。

而沒人知道，在他們商討細部計畫時，房間外其實有人。

穿著黑袍的人影雙手環胸，靠牆聆聽。一會兒後，那雙半掩的藍眸睜開，潔白清秀的臉龐看不出什麼情緒。

薩拉在沒有驚動任何人的情況下走開了。

他輕悄無聲地穿過走廊，左手一張啓，淡金光點飄升，接著在空中凝聚出飛鳥型態。

「去通知最後一人，他也該盡快歸來了。」薩拉平靜地下達指令，看著飛鳥盤旋一圈，迅速沒入天花板。

完成手上工作，薩拉單手揹後地走到一面牆前，他伸出手，掌心貼上牆壁，金色波紋圈圈泛出，然後牆上打開了入口。

薩拉踏了進去，前往他下一個目的地。

❀❀❀

黑荊棘在進行重要實驗時，向來不允許他人打擾。

封閉又不會有人輕易靠近的湖中塔，就是最佳的地點。

無視四周凌亂的器材和佔領地面的大量紙張，爲了觀察早就把貓咪頭套擱到一邊去的黑荊棘，如今繃緊身體，蒼白的臉上迸出錯愕，細長的眼眸瞬也不瞬地瞪著被她封在密閉容器內的結晶。

黑暗元素的結晶。

突然，宣告有人來訪的門鈴聲響徹整座塔。

黑荊棘沒有移動一步，她不希望有人打擾。而若是約定好的那人，對方自有辦法進來。

所以當那道平淡沉靜的嗓音落下時，黑荊棘沒有回頭，也沒有大吃一驚。

「妳告訴我，今天結果可能會出來，所以我來了。」薩拉往前站一步，目光落在黑荊棘注視的物件上頭。

很快地，黑袍校醫的臉上罕見地出現了波動。

在透明的密閉容器裡，本應毫無光澤、死氣沉沉的黑色結晶體，如今竟閃動著美麗的漆黑光澤，看起來充滿生氣。

「這是怎麼回事？它……」薩拉的問句才吐出一半，又發覺另一件事。容器裡，只有一個黑暗元素的結晶，而且它比先前任何一塊碎片都大。

薩拉瞳孔收縮，瞬間想明白，「黑荊棘，難道說……」

「它們自行合併爲一了。」黑荊棘的聲音仍是低啞，可卻比任一時候來得緊繃，「它們忽然活化，薩拉。這些曾寄生在某些人體內的結晶，它們不只純粹地扭曲人心智、使之狂化，它們還從中吸收了宿主的力量，否則也不可能出現這種現象。」

薩拉知道黑荊棘說出這番話的另一層含義。

這些黑暗元素的結晶，爲什麼要吸取別人力量？

缺乏力量，才要吸取力量。

黑暗元素的結晶從地獄君主和六大公爵身上產生，他們的軀體本身就是藉此凝聚而成。

而誰會是缺乏力量，需要力量的那人？

薩拉看著散發光芒的結晶體，忽然一個箭步上前，五指覆蓋其上，金絲從他手邊湧冒，很快相互連接，有如金色閃電。

薩拉眼神一冷，光電濃縮在一點，轟然灌入容器內。

活化過來的黑暗結晶元素再度碎成粉末，這次，黯淡得失去所有光澤。

黑荊棘沒有質問薩拉為何出手，她已經知道黑暗元素結晶寄生他人的原因，剩下的碎屑仍能等到莉莉絲歸來，再與她帶回的東西比對。

如果……真的還需要比對的話。

黑荊棘不發一語地與薩拉對視。

同為學園最初的兩人，在彼此眼中看見相同答案。

他們沒有把那個名字說出來，他們都知道那是誰。

十九 霧晶森林

在各方懷抱不同心思的情況下，很快，夜晚到來了……

爲了獲得月光草，珠夏定下的時間是十點四十分，集合的地點就在學園禁地，霧晶森林的外面。

誰也沒有特意提早到達，爲的就是避免與可能到霧晶森林巡守的洛榭碰個正著。

一年D班的班導師，洛榭．哈爾頓，同時也是霧晶森林的看守者。

這次獲取月光草的任務中，最大的困難也是他。

薩拉更是事先警告，絕對別和對方正面碰上，否則只會嘗到苦頭，吃大虧。

當十點四十分一到，五條人影紛紛準時出現——珠夏、拉格斐、溫蒂妮、金枷、銀鎖。

其中最引人注目的，莫過於金枷背後還揹著一個大箱子。

「那是要做什麼的？」拉格斐眉頭皺緊，不懂對方意圖。

但是高大的黑衣男人全然不回答，他和他的同伴就像戴了面具，面無表情，靜佇原地不動，宛如兩尊人偶。

拉格斐對此咂下舌，沒太大反應。這兩天與金枷、銀鎖的相處，讓他知道艾草兩名部下的個性。他們只聽從艾草的命令，對他人不聞不問，一律無視。

可奇怪的事忽然發生。

以爲不會給予任何解釋的金枷突地開口，「之後，必要用到。」

那低沉、無機質的嗓音，令人半晌後才醒悟過來是他在說話。

溫蒂妮訝異地眨眨碧眸，多看了無預警出聲的金枷幾眼。

這當中，珠夏的態度最爲沉著。他神色不變地取出薩拉交給他的鑰匙，那柄小巧銀鑰一往前碰觸到空氣，眾人耳中冷不防響起一道聲音。

喀噠！

聽起來就像是有鎖被打開了。

「走。三分鐘後，結界會再關上。」珠夏頷頭，舉步走入霧晶森林內。

其餘人也跟上。

就如薩拉所言，他的鑰匙能打開結界。眾人在途中也沒碰上什麼阻礙，更不曾發生有人被無故丟到森林外的意外。

「溫蒂妮．西芙，可以利用妳的風術偵查嗎？」珠夏沉聲問道。

溫蒂妮點點頭，接近氣聲地輕喊一聲，「風啊，成爲我的耳目。」

一直寂靜無聲的森林內，倏然傳出枝葉騷動的沙沙音響。看不見的氣流成形，穿過了樹與樹之間，往內部窺探情況。

珠夏已記下最快找到月光草的路線圖，但依舊謹愼地每走一段路就停下，確認溫蒂妮風術回報的資訊，才再往前。

霧晶森林從外觀看，就是座普通森林。不過越往深處走，一縷縷淡薄霧氣開始飄出。也可以瞧見有的樹木格外與眾不同，樹幹、樹枝、葉片都像水晶製成，在霧氣環繞下成為顯目的路標。

霧樹吐出白霧，晶樹靜靜地發光。

即使是容易沉不住氣的拉格斐也拿出了極大耐心。他知道這次任務不能冒進，絕對不能引來洛榭。

他們要做的就是快點找到月光草，帶回去給薩拉。

如此一來，就能開始建構基本的解咒法陣。

艾草……不知道現在還好嗎？他有再去治療室，可是卻被攔了下來。艾草在熟睡，她的部下們不允許有誰驚擾。

拉格斐告訴自己要忍耐，等取得月光草，就能回去。

溫蒂妮原本要接收風帶來的訊息，可一抬起頭，剛好望見的是拉格斐冷徹的藍眸裡閃現一瞬溫柔。

他是在想著艾草……對吧？

溫蒂妮直覺地猜想，對方的表情她很熟悉，她也常在鏡中看到，當自己想著沙羅時。

沙羅、沙羅……對方的確被隱瞞得很好，絲毫不知他們今晚的行動。

等獲得月光草，沙羅也就不會一直擔心艾草，將艾草看得比她……溫蒂妮倏然搖搖頭，彷彿想甩去一些不必要的思緒。她回頭望了身後的高大身影與纖細身影一眼，他們安靜得幾乎與夜色融為一體。

溫蒂妮對金枷揹的箱子有絲好奇，但她的風也偵查不到異樣，彷彿箱裡什麼都沒有。她收起了自己的好奇心，專心致志地操縱風，不時向珠夏回報前方或周遭的情況。事情進行得很順利。

珠夏知道他們只剩不到三分之一的路程，可就是太過順利了，反而令人心生不安。珠夏並不想庸人自擾，然而他腦海深處一直響著微弱的警告訊號，宛如在阻止他們不要再繼續走下去。

不，他不可能這樣就放棄。

珠夏的紅瞳浮現冷硬且勢在必得的光芒。

想見到艾草安然無事地在學園裡生活，就必須根除烙印在她身上的詛咒之誓。所以，無論如何都要得到月光草才行。

他希望能再看見艾草毫不忌諱地與他相處，坦率地問出她好奇或是不解的問題。

那名東方小女孩的黑髮黑眼，令他想到了故鄉養的黑貓。她說自己不是貓妖，可是……也許還有機會可能是？

上次探病禮物送的是木天蓼，不知道她是否喜歡？下一次送不同顏色的多支逗貓棒，也許是不錯的選擇？

發現自己的心思在不知不覺中飄遠了，珠夏不動聲色地再集中精神。

他聽見溫蒂妮輕聲向他報告前方依然空無一人；他看到前端出現異於晶樹的光芒，那不同於水晶的冷徹，而是檸檬黃的柔和月光。

他們終於到達栽種月光草的地方。

眼見那片發光的柔軟草葉就在前方，拉格斐心中一喜，毫不猶豫地大步上前，伸手就想先摘一片細看。

但說時遲、那時快，月光草底下的土地突地發出異響。

不給人任何心理準備，那片土地竟高高隆起，岩塊和泥土混合成一座堅固障壁，將月光草高舉至空中。

措手不及的發展令眾人內心一愣，沒想到同一時間，異變再生。

珠夏等人腳下的地面亦在震動，隨即裂開一個深深大口。要不是眾人反應及時，只怕就要跌入坑洞裡了。

「這是怎麼回事？」溫蒂妮靠著風術降落至另一邊，臉上藏不住吃驚和慌亂。

「怎麼回事？或許這句話，該由我反問你們。」霧晶森林內，驀地響起一道低冷剛硬的男聲。

那是珠夏、拉格斐、溫蒂妮都曾在課堂上聽過的。

「你們以爲你們闖入的是什麼地方？一年A班的拉格斐．帝、溫蒂妮．西芙；一年C班的珠夏，以及兩位非學園成員者。」那道男聲不近人情，甚至還帶著被冒犯的冰冷怒氣。

在珠夏等人眼前，地面飛竄出一塊塊硬土，它們先是堆疊，最末一口氣崩碎、炸裂，從中出現一名裹著暗色長袍的男人。

白金色髮絲、凌厲的碧綠眼瞳，臉部線條如岩石鑿刻，渾身散發著冷冰冰的強悍氣勢。

「我不記得有收到任何進入此地的學生申請，尤其當中還有一名討人厭的資質者。」洛榭．哈爾頓不帶抑揚頓挫地冷聲說，「現在，自己滾出去，或是被我扔出去。」

討人厭的資質者？洛榭指的是什麼？說的又是誰？

但比起這點，珠夏等人更重視洛榭的後半句話。

自己滾出去，或者被扔出去？不管哪個決定，都不在他們選項之內！

知道錯失這次機會，下次可能就再也無法進入霧晶森林，珠夏紅瞳轉暗，他猛地給出了「回答」。

金色狂焰霍然如浪席捲而出，全數衝向洛榭站立之處。

「風啊，聽我命令！」溫蒂妮操縱淡綠色氣流助燃火勢，並確保火焰不被洛榭反擊。

拉格斐動作同樣迅速，霧晶森林氣溫驟降，寒冰從他腳下飛快竄出，凍住了森林地面，也即將覆蓋洛榭的雙腳。

與珠夏三人不同，金枷和銀鎖快如鬼魅地從兩邊掠出，幾個踏步已逼近高空中的月光草。

洛榭表情不見變化，他只皺了下眉，沒人見到他是如何出手，他腳邊的土地瞬間翻掀，重重擠壓，不但化成高聳的保護牆，也連帶中斷珠夏三人的攻擊。

金焰、碧風，以及寒冰皆被擋下。

不僅如此，將月光草高舉至空中的土堆也驀然崩垮，月光草落下，金枷二人撲了一個空。

見錯失月光草，銀鎖毫不猶豫地再出手。數條銀白色鎖鍊破空飛出，速度奇快地緊追月光草而去。

眼見即將攔截成功，有什麼動作更快。

大量泥土像受到無形之力的操控，它們猛然彈起，像隻大掌一把覆蓋在月光草上。眨眼間，月光草沉入地底，竟徹底失去蹤影。

銀鎖抓住鎖鍊，扭身與金枷一同落足於地面。

從頭到尾，洛榭甚至沒有做過一個動作。他僅是站在原地，不耐地看著這一切發生。

那些高立的土石屏障很快又崩潰了，珠夏和拉格斐都震驚地瞪著眼前的白金髮色男子。

他們一人是「原罪．憤怒」的繼承人，一人是大天使長之徒，皆擁有強大力量。正因如此，他們也才能更深刻地感受到洛榭的強悍。

而溫蒂妮是風精靈與水精靈的混血，對大自然的力量格外敏感。她望著洛榭，輕抽一口氣。

「你是……洛榭老師，你是地之精靈……你身上流有地之精靈的血統!?」

「正確答案，溫蒂妮，不過這無法改變你們擅闖禁地的事實。」洛榭冷聲地說，「我不管你們想獲得月光草去做什麼，沒有經過申請，這地方誰也不許擅入!」

那聲厲喝當中灌注了驚人的力量。

珠夏等人只感覺腳下踩的地面倏然一軟，在他們要失去平衡的短短時間裡，霧晶森林的土地上冒出一隻又一隻的灰色大手，它們皆由泥土或石塊塑成。

大卻靈活的灰手指迅雷不及掩耳地抓住所有闖入者的衣領再往後拋，一隻手接著往下隻手扔，速度快得讓人反應不及。

洛榭面無表情地看著這一幕。

珠夏頓時想通當初菈菈為何說自己是被扔出來了，如果他不做些什麼，只怕他們也會步上菈菈的後塵。

一旦被扔出去，他們就再也別想進來，洛榭不可能讓他們再有機會進來!

熱力瞬間集中，珠夏身上猛地爆發出超乎想像的高溫，而這份高溫亦化成烈焰。

隨著烈焰一口氣將身後大手焚燒成焦黑，進而使之承受不住地分崩離析，珠夏踏穩地面，周身金火未見消失，預防他腳下土地再生異變。

正當他欲用相同手段阻止還在運作中的其他大手，霧晶森林內赫見異象。

不是大地再度聽從洛榭指示發動攻擊，而是無數詭異的青碧光芒剎那間充斥林間。

一盞、兩盞、三盞……難以計數的青色火焰如同幽冥鬼火，映入所有人眼中。

饒是洛榭也面露驚異，無法判斷這些火焰究竟源自誰。

就在這極短時間裡，青焰飛快分頭行動。它們彷彿擁有意志，一晃眼就衝掠過那些灰色大手的手腕處，使之紛紛與地面分離。

洛榭面色一沉，立即要再修補斷裂的大手，但是珠夏豈能讓他如願。

強壓下見到青焰乍然出現的震撼，珠夏不假思索地改變火焰形態。金黃烈焰頓時如多條長鞭，從四面八方封住洛榭的行動。

抓住這個空隙，拉格斐、溫蒂妮、金枷、銀鎖也各自擺脫箝制。

寒冰凍住了失去手腕的手掌；氣流化為風刃，削斷灰色手指；至於金枷與銀鎖，兩人身邊衝出數條鎖鍊，黑和銀在半空中接連成一面大網。

高大人影和纖細人影旋即穩穩地踩落在上。

青碧的幽冥鬼火依舊守護眾人似地環繞四周。

拉格斐不可能認不出這些火焰，他瞳孔收縮，無法抑制地脫口喊出早在心裡生根的稱呼。

「小不點!?」

宛如呼應拉格斐的喊聲，金枷背後所揹的巨大箱子登時碎裂，從中飛散出大量同樣青碧幽暗的光點。

光點轉眼在珠夏等人面前聚出人形。

嬌小身軀、紅黑服飾、長及曳地的袍袖，黑髮黑眸的小女孩站姿凜凜。可再仔細一觀，就能發現她身形呈現半透明，輪廓時現時滅，彷彿是不穩定的影像。

在場眾人中，或許只有金枷、銀鎖毫不意外她的出現。

「爲……爲什麼艾草會……」溫蒂妮愣住。從其他人的表情來看，對方的出現根本不在計畫之中。

「該死的……妳這小不點爲什麼會冒出來！」拉格斐顧不得洛榭可能再出手，一個箭步衝上前，想抓住艾草肩頭，狠狠地斥罵一頓，又或是將那具嬌小身軀大力抱進懷裡。他分不清楚此刻心思，唯一想做的是確確實實地碰觸到對方，好證明這不是幻覺一場，「還有妳的身體……難道說是因爲詛咒……」

但金枷和銀鎖動作更快，在判定出接近艾草之人是善意或惡意之前，這兩名將軍都不會讓任何人上前一步。

下一秒，拉格斐就見銀白鎖鍊飛快擋在自己與艾草中間，銀鎖面無表情地睇視著他。

而金枷，則以長槍攔阻另一方欲上前的珠夏。

「是你們讓她……讓艾草跟過來的嗎？」珠夏冷肅的語氣滲入凌厲，他的眼眸像是火焰，「既然是艾草的部下，居然愚蠢至此？」

「我等無法理解你說的『愚蠢』，我等只是服從大人的命令。」金枷無動於衷，回答更是缺乏抑揚頓挫。

珠夏想起薩拉曾提過關於「盲從者」的說法，他立即看向艾草，臉部線條繃緊。

這名總是給人嚴肅沉著印象的青年，此刻忍不住大動肝火。

「艾草。」珠夏的聲音異常低、異常沉，「妳爲什麼要來此？妳不相信我們能取得月光草？」

「非是如此！」艾草語速也罕見地加快了，她抬起小臉，黑眸隱約閃動波瀾，「但吾……吾心中就是有股不安，吾無法言喻此種感覺。可吾也知，吾不可擅離該待之地，故吾……」

艾草頓了一下，聲音又沉靜下來。

「吾將吾之身軀留下，吾此刻……」

那是個荒謬但似乎又能說明一切的答案，半透明的身影、時閃時滅的不穩定輪廓。

珠夏、拉格斐、溫蒂妮無意識地屏住氣，他們聽見艾草說：

「——是魂魄之姿。」

「是嗎？」冷酷吐出這兩字的人是洛榭。

他並不在意闖入者多了誰，對方又是因何理由闖入。對他來說，只有一件事再明白不過——凡是未經正規申請擅入霧晶森林者，一律逐出！

「我不在乎你們抱持什麼藉口，但是黑荊棘和雷文哈特勢必要爲他們學生做的蠢事給出交代。」洛榭面無表情，沉聲地說，「當然，還有薩拉那名光之精靈。想必他不會愚蠢到以爲我想不透怎麼有人能無聲無息地穿過結界，但恐怕他自己是沒想到，我既是地之精靈，我領域上的地面動靜又豈能瞞得過我？」

換句話說，無論洛榭人在不在霧晶森林，他都有辦法察覺。珠夏他們打從一開始，就不可能避開他的耳目。

無視學生們震驚又錯愕的表情，洛榭再說，「我的警告到此爲止，相信你們早有心理準備。那麼，就表現給我看，尤其是兩位資質者！」

話聲驟落，洛榭眼瞳猛地閃過厲光。

埋藏在土裡的石片飛出，片片像利箭疾射向前。

拉格斐眼明手快，背後白翼一張，無數潔白羽毛亦是飛出，當下與多數石片撞個正著。

「資質者是什麼？」一舉掃下穿過白羽的剩餘石片，拉格斐厲聲逼問，這已不是他們第一次從洛榭口中聽見這個名詞了。

「你們憑什麼認爲你們現在有資格問我？」洛榭腳下所踏之地再竄出石片，瞬間拼組成一柄利劍。五指握住劍柄，毫不猶豫地揮出，可他揮劍方向卻是地面。

未等珠夏等人反應過來，多雙透明的手無預警自四周竄出，冷不防抓住他們的手、肩、衣角。

「什麼!?」溫蒂妮發出尖銳的抽氣聲，映入大睜碧眸中的是多名同樣半透明的人影。

他們有男有女，模樣年輕稚氣，身上甚至泛著淡淡的光，就像水晶的光芒……水晶！

溫蒂妮想到了晶樹，她略微驚慌地掙開抓扯，轉頭一看，頓時更加震驚地發現周圍空地變大，真的有什麼消失了。

發現到此異狀的不只溫蒂妮，包括艾草他們。

晶樹消失了，這些半透明的少年、少女出現了。

這些為了月光草前來的學生們，下意識地聚在一起，他們被一個個半透明的年輕孩子包圍在中央。

嘻嘻……

呵呵……

身體泛出美麗光澤的少年、少女們輕笑，聽起來該是天真無邪，可在夜間森林中只教人毛骨悚然。

隨便闖入禁地是不可以的，樹靈會懲罰你們的。

哎哎，否則洛榭要生氣了。

不對，洛榭已經在生氣了。

「這些是什麼鬼東西？」拉格斐陰沉著臉，瞪著那些無端出現的詭異存在。

「半透明，似是靈體的一種，與現在的吾一般，可碰觸到實體，不知與人之魂是否有異曲同工之處。」艾草冷靜地說，彷彿那些自稱「樹靈」的少年、少女無法引起她的不安。

「也許是。」珠夏這句話是對艾草說的，接下來他語氣堅冷，快速對所有人下達指示，「我來對付洛榭，樹靈交由你們。艾草，可以請妳的部下設法取得月光草嗎？還有，保護好自己，無論如何。」

拉格斐沒有對此提出異議，他心知自己就算經過休養，耗損在巴別塔的氣力也不可能那麼快全數恢復。

「吾明白。」艾草先是點頭，隨後飛快再向金枷、銀鎖下令，「金枷、銀鎖，月光草交由爾等，毋須顧慮吾，務必保護吾之朋友。」

「什麼？該死的！要保護的是妳……」拉格斐不敢置信地怒喝，可在見到艾草已悍然出手，他恨恨地彈下舌頭，怒氣化作更冷冽的寒冰，不落人後地沿地面衝出。

拉格斐心裡明白，要改變艾草決定好的事難上加難。她個頭雖小，固執起來卻無人能比。既然如此，那就由他保護，同時他也會證明自己不須對方操心。

面對外表肖似少年、少女的樹靈，艾草俐落地一揮甩長袖，紅黑色袍袖有如灌注了生命力，「唰」的一聲延長，迅雷不及掩耳地纏繞向當中兩名半透明身影。

「請速速退去，吾不想傷人。」艾草嚴正說道。

嘻嘻，眞可愛的孩子。

她說不想傷害到我們？我們，是靈唷。

好了，快將她吊起來，然後、然後，丟出去外面！

被束縛行動的樹靈還是咯咯發笑，稚氣臉孔上是不以為然。

下一秒，細長的樹枝從捆綁著他們的布料下倏然冒出。不只是布料下，還有他們的雙腳、頭髮，全都變成了柔韌細長的樹枝，竟一併向艾草襲來。

由於艾草的兩隻袍袖還各縛著一名樹靈，一時被反制住行動，無法掙脫。

「小不點！」

「艾草！」

拉格斐與溫蒂妮見狀，不禁急著想上前救助，然而他們也有自己的敵人要面對。

不可以，想去哪裡呢？

乖乖和我們一起玩吧。

如果單憑話語內容，恐怕會以為樹靈們天真無害。可從他們同樣變化成樹枝的髮絲、手腳，便能說明事實並非如此。

一起玩，再被我們丟出去、趕出去。

霧晶森林不是你們能闖入的地方！

在高亢的大笑聲中，無數糾結的樹枝如鞭、如蛇地捲來，就是要封住金髮天使和風精靈的行動。

「滾到一邊去，少礙事！」拉格斐面覆冰霜，白翼霍然再張啟。

剎那間，以他所站之地為圓心，冰稜張牙舞爪地突刺出去，地面更是被冰蓋住，一路向前，凍住了發動攻擊的部分樹靈身軀。

「風啊，聽我的命令，依我的意志行動！」溫蒂妮舞動氣流，淡綠色旋風改變形態，成為一柄又一柄飛刃。

飛刃像是鳥羽般成排展開，「唰、唰」兩聲，就見到眾多樹枝紛紛斷裂，掉落在地。

溫蒂妮想也不想地乘勝追擊。

旋風又改變模樣，飛刃化為鎖鍊，打算將多名樹靈一網打盡，限制他們的自由。

但是，事情卻出乎意料有了變化。

乍看下是拉格斐和溫蒂妮佔了上風，誰想得到就在下一剎那，那些被斬斷的樹枝消失無蹤，取而代之的是樹靈們的髮絲、手腳——那些變成樹枝的部分——再度恢復原樣。

無視拉格斐與溫蒂妮的驚愕，樹靈們又發出了天真的笑聲。

被騙啦，我們是靈唷。

他們歡快地說著，身上光芒越熾，像是美麗的水晶。

靈怎麼可能因為一般的攻擊受到傷害？但是呢——

我們卻可以對你們造成傷害！

身上發光的樹靈瞬間掙脫寒冰，如同不曾遭受束縛。他們揮舞著重重樹枝，眼看就要反壓制住拉格斐和溫蒂妮。

說時遲、那時快，一金一銀，兩道異於水晶的光芒竄閃而來。

樹靈們睜大眼。

金色枷具放大，一口氣將他們全錮鎖在裡面；銀白鎖鍊層層交繞，射入樹靈的樹枝之間，攔截下攻擊。

下一瞬，銀鍊遍生尖刺，樹枝慘遭撕裂。

不不不！為什麼——

我們是靈啊！

樹靈不敢置信地想要掙脫金色枷具，卻發現自己的身形眞的動彈不得。他們的叫喊不成調，像鳥類悲鳴。

金枷、銀鎖同時落地，漆黑的眼眸不見情緒，亦無波瀾。

「混帳，誰讓你們過來？你們該保護的是小不點！」拉格斐回過神，第一時間想到的就是艾草。他立即轉過頭，可撞入眼中的景象令他怔然。

身影嬌小的黑髮小女孩不知何時已擺脫束縛，她單手揹後，袍袖曳地，環在周身的青碧鬼火將那張潔白小臉映照得越發凜然。

而在艾草兩側，先前欲攻擊她的兩名樹靈樹枝焦黑大半，身上光芒隨之黯淡。

「吾知爾等是靈，然吾、金枷、銀鎖，吾等之專職原本就司於此。尤其吾此刻是魂魄之姿，吾之火焰效果將更直接。」艾草平淡地說，「傷人非吾意，可若逼不得已，吾自是不會再留手。」

就像印證她所言不假，所有青碧火焰剎那間漲大了火勢。

不要……不要！

好可怕！

兩名樹靈拖著半焦的身子就跑，一晃眼便不見蹤影，也不知是逃進深處，或是回復原本晶樹的樣貌。

但是望見此景的艾草並沒有流露出一絲鬆懈之情，她轉過頭，對拉格斐和溫蒂妮說，「拉格斐、溫蒂妮，接下來可否繼續協助吾等？」

拉格斐二人點點頭，不約而同提高了警戒。

整座晶霧森林都在沙沙作響，觸目所及的晶樹都在變化。

越來越多的半透明少年、少女站上地面……

二十 靈魂碎片的祕密

另一方，將樹靈全交由拉格斐他們處理，自己則是專心對付洛榭的珠夏，並不知道身後發生什麼事，也無暇去在意。

早在他和拉格斐他們分頭行動，便用自己的火焰架起一道高牆，好讓洛榭難以分心去攻擊同伴們。

洛榭手中的武器是石劍，珠夏則以火焰凝成長鞭，每一次抽甩與揮舞皆濺出點點碎火。

「你不可能會贏過我的，珠夏。」這是洛榭注意到珠夏將他與其他人隔開後，唯一說過的話。

接下來的戰鬥過程中，洛榭不發一語，他用行動證明一切。

對每次揮鞭帶來的碎火視若無睹，洛榭目光銳利地捕捉珠夏不察的空隙。石劍猝不及防地揮動、劈砍，再毫不猶豫地以自己的武器爲餌，誘使炎鞭纏上。

下一瞬間，洛榭靴尖前的土地竄冒出灰色尖刺。

珠夏只差一步就要挨上那擊，他急忙再退，卻沒想到後方還有陰影兜下。

珠夏一抬頭，心中驟凜，那赫然是隻比他高大的石灰大手。

如果不是他反應夠快，只怕如今已被那隻巨掌一把抓住。

他敏捷閃身，飛快地扯下披風，將周身平空浮出的多枝火焰箭矢一捲，隨著霍然出手，所有箭矢都砸向了洛榭的方向。

洛榭神色未變，只是嘴角勾起冷笑。身前無預警飛出多枚石片，一枚接一枚組合起來。頓時間，火焰箭矢撞上一面堅固盾牌。

洛榭一揮手，抓住盾牌，隨後重重地撞向珠夏。

珠夏立刻再用火焰化作長鞭，鞭尾纏住石盾。他的另一隻手探向洛榭，指尖、皮膚燃起金燦烈焰，欲猛力抓住對方手臂。

只是洛榭似乎連此舉都料到了，他的手臂覆蓋上堅硬的石片，使烈火的高溫無法穿透。抓緊這一瞬間，洛榭抬腳，用最直接也最簡單的暴力，以膝撞方式重擊上珠夏。與此同時，被石塊包圍的拳頭不客氣地揮出。

然後地面湧動，土壤混著碎石堆疊而出，轉眼就成了一面附帶枷鎖的牆。

珠夏不假思索地向後伸出手臂，手掌一貼上牆，金黃焰火威力加壓，一口氣釋放而出。

「轟」的一聲，那座牆壁整面粉碎。

珠夏重新站直身子，臉上有著被重擊的瘀血，但是他表情沒有鬆動，依舊冷硬無比，一雙緋紅色的瞳孔深處似乎湧出點點金光。他左臂燃出的火焰還未消失，相反地，是更加肆虐地攀爬上他的上臂、肩頭……

火焰包覆下，珠夏的衣飾毫無損傷，只是就連他那頭紅中帶金的長髮彷彿也要一併燃燒起來。

不對，不是彷彿，他的髮絲末端眞的化作了火焰。

「『憤怒』的火焰嗎？」洛榭終於吐出第二句話，接著是第三句，「只要你有信心，月光草不會毀於你的火焰下，那麼就儘管使出。」

就是這句話讓珠夏一震，瞳孔裡的金光也消散些許。

不過洛榭的話卻還沒說完。

「而我有信心在你召出『憤怒』的火焰時，其餘火焰威力便會大大衰弱，只是中看不中用。」

最末一字剛落下，洛榭已屈膝跪地，單手重拍上地面。

「此乃我的領地，一切皆聽我令！」

隨著洛榭的大喝響起，火焰之牆周邊凝聚出更高大的土牆。它們越過火焰，將之覆蓋在底下，奇快無比地一口氣撲滅火焰，重歸地底。

兩方戰鬥間的隔閡登時消除。

換作平常，珠夏斷不會如此大意，然而洛榭的話語震懾了他，使他錯失反擊的良機。

「而我有信心在你召出『憤怒』的火焰時，其餘火焰威力便會大大衰弱，只是中看不中用。」

爲什麼洛榭會知曉這個弱點？洛榭·哈爾頓究竟是誰？

洛榭冷眼看著身前泥土飛起，化作砲彈的形狀，不留情地衝撞上反應不及的紅髮青年。

「珠夏！」艾草想也不想地飛身上前，紅黑袍袖再揮出，試圖接下珠夏的身體。只是那份衝力顯然太過猛烈，不是她嬌小身體負擔得住的。

「小不點，妳他媽的能別一直顧別人嗎？」拉格斐臉色大變，身後白羽翼伸至最開，他張開雙臂，一併接住艾草與珠夏，雙腳在地面上滑退出兩道深深痕跡。

要不是溫蒂妮用風幫忙減少衝力，只怕這三個人都要跌在一塊了。

「洛榭老師，對不起，請恕我失禮了。」溫蒂妮讓多道淡綠色氣流環繞在身邊，有的成爲她背後的雙翼，輔助她行動；有的化作成排飛刃，凌厲地朝洛榭相向。

而就在溫蒂妮身側，還有兩抹身影快若無聲鬼魅地跟著掠出。

高大的黑衣男人甩動長槍，纖細的白服少女舞動銀白鎖鍊。

等洛榭發現自己只攔下兩方攻擊，獨獨缺少了銀白鎖鍊之際，他頓時驚覺到他們的眞正意圖。

可是，已經來不及了。

銀鎖高躍空中，身形靈活扭轉。從她身邊射出多條銀白鎖鍊，無一不是鎖定月光草被埋住處。銀鍊縱橫交叉，沒入地底，緊接著再大力地一彈震出，重新歸於半空中。

在鎖鍊交叉所構成的位置間，一大塊泥土正置於其中，冒著檸檬黃光輝的月光草靜靜地栽立於中。

眼見聲東擊西的目的達成，溫蒂妮毫不猶豫地跟著金枷撤退。待銀鎖帶著月光草落地，他們也回到艾草身邊。

「我們走。」珠夏忍痛站起，當機立斷地給出指示，「馬上回治療室去，其他的交由薩拉想辦法。」

「我殿後，你們動作快，小不點走最前面！」拉格斐也知道這是緊要關頭，當即將責任攬於身上，「現在，跑！」

「在我答應之前，你們一個也跑不了。」

洛榭的聲音陰沉且徹底失去耐性，他迅速再出手，原先的石灰盾牌分裂成多枚石片。不只如此，平穩的地面生起震動，晶樹和霧樹發出令人不安的沙沙聲響。

整座霧晶森林正隨著洛榭的憤怒而震晃。

「我說站住你們就只能站住！」那是如此威嚴的一聲暴喝。

剎那間，由霧樹內部吐出來的白霧變濃、變密，甚至像鎖鍊般纏繞向艾草等人。地面的震晃使艾草他們分心，等眾人察覺到異狀，白霧已牢牢貼附，然後鎖銬！

「這……這是……」溫蒂妮驚惶地扯動，但是她的身體和四肢都被禁錮於霧樹上，怎樣也無法移動半分，她不死心，「風啊，我祈求！」

淡綠色的風破開夜晚，直闖林中，然而竟是撼動不了分毫。

那明明就是霧氣，卻不受風的影響，不見流動、不見分散。

無論是溫蒂妮的風，拉格斐的寒冰，珠夏的火焰，就連金枷、銀鎖的武器也都拿這詭異的白霧無可奈何。

所有人都被困住行動，受縛於霧樹上，除了艾草。

艾草的手能穿過那些霧氣，就好似那些霧無法眞正碰觸她。她立即轉過身，雙臂張開，宛如要保護所有人地直立前方，墨黑眼瞳瞬也不瞬地迎視洛榭，還有浮立於他身旁的石片。

「小不點，妳還傻在那裡做什麼？快帶月光草回去！」拉格斐焦躁地大吼。

「……不。」艾草沒有答應，瘦小的背脊繃得比任何人都還要筆直。

「因爲是魂魄之姿，所以霧樹的束縛才起不了作用嗎？」洛榭冷冰冰地望著艾草，他的視線像帶著壓迫感，可是承受那道目光的艾草依舊姿態凜冽，沒有流露絲毫退怯。

洛榭哼了一聲，一彈手指，一縷白霧迅速將月光草送回他身後，「既然如此，妳的懲戒我會留在改日。至於其他人，你們現在就得爲你們的莽撞，付出相對的代價。」

話聲剛歇，洛榭的灰袍鼓動，袍角飛掀，那些浮立在附近的石片也跟著疾速射出。

鎖定的目標就是拉格斐他們！

「不行！」艾草瞳孔收縮，足尖一點，毫不考慮地飛身上前。

紅黑色長袖大力一捲，先是帶走半數石片，接著另一隻袖子也迅速飛甩。雖然讓剩餘的石片角度偏離，紛紛扎向另一方樹木，艾草卻沒想到會有隻手迅疾探出，一把抓住她的手臂。

是洛榭抓住她了。

「艾草！」

「小不點！」

「大人！」

艾草的眼眸睜大，感覺到身體被拉向前。

瞬間。

「吼——」

一道獸類咆哮如滾滾雷暴砸下，驚動了整座森林。

與此同時，一抹黑影快若雷電地衝閃奔出，長尾像鞭子般甩向洛榭的手。三顆猙獰凶猛的腦袋咧開血盆大口，兩顆頭一致噴吐出赤紅的火球，當中那顆頭叼咬住艾草的衣領，以控制得當的輕巧力道，將人拋向高處。

待洛榭不得不用石片遮擋火球時，那抹巨獸黑影瞬間改變形體，修長的手臂穩穩地接住艾草嬌小的身子，再將她慎重放下。

黑髮金瞳的俊雅男人一手擋在艾草身前，確定對方安然無事後，才抬眼看向洛榭。

「洛榭老師，我可不喜歡有人對我的小姐動手動腳。」那人唇角勾著有禮的笑弧，可雙眼毫無笑意，只有一片森冷。

不是別人，竟然是應當在學園之外的貝洛切爾！

貝洛切爾的出現，任何人都沒想到。

這名表面上是賽米絲學園成進組菁英的男人，實際身分卻是看守地獄大門的地獄三頭犬。爲了尋找記憶，他和艾草締結契約不久後，便離開學園。

此刻，他卻在這個地點、這個時間，再度現身，

「貝洛切爾……？」饒是艾草素來缺乏表情的小臉，也浮現一抹吃驚，「爲何……你尋回自身記憶了？」

「可惜這答案是否定的，我的小姐。」貝洛切爾低下頭，溫和地說，「我收到校醫的通知，所以才趕回。小姐，妳……」

貝洛切爾原本有許多事想問——詛咒的事，遭受傷害的事，爲什麼都要瞞著他——但靠上前的人影令他警覺抬頭，另一手同時握住通體透黑的長劍，劍尖警戒地指向洛榭。

「貝洛切爾，成進組嗎？」洛榭瞥了貝洛切爾一眼。他是學園導師，自然聽過這名學生的盛名，更不可能認不出對方變爲人形前的姿態是什麼——地獄三頭犬。

不過洛榭的目光只在貝洛切爾臉上停留一秒，接著就無視黑劍，居高臨下地盯住艾草。

「我感覺到別股力量。」洛榭說，「妳的身上有什麼，艾草？」

這話一出，所有人皆是愕然。

「別告訴他，小不點！」拉格斐猛然回神，立刻厲聲喊道。幕後黑手就藏於三個年級的班導師中，誰知道會不會剛好就是洛榭？

「閉嘴，我是問她不是問你，米迦勒的徒弟。」洛榭不耐煩地一瞪，倏地對拉格斐等人的方向揮手。

頓時，所有白霧散開，靜悄悄地飄回半空，色澤和密度也減淡，彷彿不曾發生過異變。這太過突來的舉動，反倒令眾人怔住，一時意識不過來已重獲自由。

唯有金枷、銀鎖反應最快，眨眼就護立於艾草身側。

銀鎖那雙貓兒眼漠然地瞥視貝洛切爾，被白服包裹的身子則是強橫地卡進他與艾草間。對於陌生的兩人，貝洛切爾不動聲色，從那獨特的衣飾風格，他能判斷出他們應是艾草的部下。

面對警戒自己的金枷、銀鎖，洛榭面無表情，只是硬邦邦地又扔出句子。

「月光草、薩拉的指示，你們當眞以爲我不會想到嗎？月光草的珍貴之處，在於它可以運用在任何治療法陣上，不會出現排斥的效果。薩拉會要這個，就是打算以某種法陣來救人。我不管他是爲了什麼要救妳，艾草，我只要知道妳的身上到底有什麼，才會散發出薩麥爾的力量波動。」

洛榭的話語沒有特別起伏，就像他平日在課堂上冷硬地講著課，以至於所有人一開始都沒意會過來他說了誰的名字。

等那三字眞正進入腦海，彷彿一道驚雷轟下。

薩麥爾……「憤怒」薩麥爾!?

溫蒂妮煞白了臉，雙手捂住嘴，以防尖銳的抽氣聲逸出。

凡是賽米絲學園的人，無人不曉「薩麥爾」這個名字。不僅他曾貴為魔界大公，卻因不服路西法的統治起兵對抗，造成了如今被記載在史上的地獄戰爭，最後兵敗，元神與軀體遭分解，封印在各處。

更重要的是，薩麥爾的頭顱就被封在賽米絲學園的眞實之湖內！

但現在，卻從洛榭口中吐出這個應當只在歷史中出現的名字，甚至還說艾草身上有他的力量波動……

「不可能！」拉格斐想也不想地厲聲反駁，冰藍的眼滿懷敵意地怒視面前男人，「小不點身上怎麼可能會有那種東西？胡言亂語也要有個限度！」

「我希望你明白自己在說什麼，洛榭老師。」看似有禮的語句底下，卻是藏著湧動的熔岩。珠夏冷肅的聲音如昔，但任誰都能感受得到他的怒意，「我的先祖，那名男人早已不復存在，他早就被路西法陛下封印了。」

相較於拉格斐、珠夏和溫蒂妮的反應，艾草則最為冷靜，只是筆直地望著洛榭。

「洛榭老師。」艾草開口，「吾身上有詛咒之誓。然，為何你可以確定此乃薩麥爾之力量？」

「小不點！」拉格斐沒想到艾草先說出來了，銳利的目光瞬也不瞬地盯住洛榭。

「吾，不覺洛榭老師是操控鈴蘭與百合之人。」艾草沉靜地說。

聽聞此言，金枷和銀鎖同時收起冰冷的敵意，沉默地後退一步，像是兩尊守護人偶。

「操控鈴蘭與百合……」洛榭瞇細碧眸，「難不成，是年級會考那時候？我確實聽說有一組任務出了點問題，鈴蘭和百合這對夢魔誤被自己設下的陷阱所傷……哼，看來明顯不是那麼回事。消息被壓下來，不讓其他人知道對吧？如果連我們這些班導師都被瞞著，就表示那件事恐怕涉及到我們當中的人。」

注意到拉格斐等人驚愕又依舊帶著警戒的眼神，洛榭不屑地冷哼一聲。

「這點簡單的事以為我想不出來嗎？夠了，學學交換生，她這當事人都比你們還懂得判斷事情。假使我是黑手，我一開始就直接毀掉月光草，而不是讓你們還有辦法奪取，更不用說我會不知道艾草身上有詛咒了。這裡不是適合談話的地點，我們換個地方。」

拋下這句話，洛榭自顧自地轉身，袍袖一捲，大把月光草便從土裡拔出，飛向艾草懷中。

艾草下意識抱住。

見著明顯釋出善意的舉動，拉格斐眼中的防備下降不少。

正如洛榭所說，假使他當真是幕後黑手，見他們來霧晶森林、試圖取得月光草，甚至連艾草都出現了，他不可能沒想到月光草與艾草的詛咒有關。他大可以直接毀了月光草，而不是只驅逐他們。

況且艾草也說了，她不覺得會是洛榭。

那名黑髮小女孩在看人上，總有奇異的直覺。

但是，也有人抱持不同想法。

「在這之前，我還有事想先問。」珠夏不帶起伏的聲音響起，「洛榭老師，你究竟是誰？爲何知道艾草身上的詛咒之誓是薩麥爾力量造成？薩麥爾已被封印，這是眾所皆知之事。又爲何……你對『憤怒』的火焰如此了解？」

珠夏眼瞳深紅似火，卻令人感到一股森冷。

洛榭停住腳步，頭也不回地說，「薩麥爾的軀體連同元神被分解，被封印在這，確實是歷史上『眾所皆知』的事。但我在『法陣緒論』上有說過，全盤相信被記載下來的事，只會使自己更加愚蠢。」

他終於轉過身子，面無表情。

「薩麥爾的元神從來沒被封印，它是被分解成數塊沒錯，但是它們全四散了，進入輪迴裡與其他靈魂融合。我以爲這樣說已經夠讓你們明白了——你不可能贏過我的，珠夏，因爲我比你還了解『憤怒』的火焰。」

洛榭就像以往在上課時，用冰冷的聲音不耐煩地說：

「別傻了，身爲本體的靈魂碎片，有可能不了解繼承人的力量嗎？」

溫蒂妮沒有跟隨洛榭他們而去，她不想涉及這些事太深。

當事情演變成如此——艾草身上的詛咒之誓有著薩麥爾的力量，洛榭．哈爾頓是「憤怒」

的靈魂碎片之一——她就清楚知道那已不是她該插手的，她也沒有足夠強大的力量可以深入。

儘管參與了珠夏等人的行動，溫蒂妮仍明白，她和他們之間有一條涇渭分明的鴻溝。

溫蒂妮從沒想過要費心越過去，因爲她覺得不必要，並且在她心裡有比那更重要的事。

確定自己的任務完成，溫蒂妮毫不猶豫地向眾人告別，一心只想快些回白犀之塔，以免沙羅察覺不對勁，眞的隻身前來霧晶森林。

不行，她就是不想見到沙羅冒險，把自己置於危險之境還不自知。

洛榭似乎一眼就看穿她的心思，可也沒多說什麼，只是留下一句「我會暫時解開結界，妳利用這段時間出去吧」，便頭也不回地往森林另一端前行。

溫蒂妮朝著洛榭他們離去的方向一行禮，隨即匆匆往反方向奔去。

她的手腳、身軀化作旋風，淡綠色的氣流快速地穿過晶樹、霧樹。很快地，就可以看見一般的樹木混雜其中，這表示霧晶森林的外圍快到了。

可是，溫蒂妮忽又化回人形，硬生生地停住腳步，碧綠的眼眸不敢置信地瞪著闖入視野內的那抹人影。

風風火火，一頭紅髮隨意亂翹，有神的紫色眼睛此刻又驚又喜地睜大。

「小溫！」

照理說該待在白犀之塔的沙羅．曼達，居然闖進了霧晶森林裡。

「沙羅……」溫蒂妮愣住，茫然地看著額間滲出薄汗、像是費了一番力氣才到這的紅髮女孩，「爲什麼……」

爲什麼沙羅會在這？她發現了嗎？

「小溫……溫蒂妮，妳怎麼可以丟下我，自己來這？」乍見好友的驚喜消退，沙羅的臉蛋頓時湧冒出驚慌和擔憂，她一把抓住溫蒂妮的手。

「妳知道我發現妳不在房間裡時嚇了一大跳嗎？我立刻就想到妳可能來霧晶森林，爲什麼不告訴我行動的時間？我也可以一起來……啊，對了，爲什麼只有妳一個人？妳已經拿到月光草了嗎？要是還沒，我和妳一起找，這樣艾草的詛咒一定能……」

溫蒂妮沒有再仔細聽下去，她的心像被冷水淋下，失望和憤怒席捲而來，同時還有另一股更晦暗的……

艾草……所以沙羅妳會到這來，擔心的是我有沒有拿到月光草嗎？比起我來，艾草對妳來說更重要是不是？

溫蒂妮無法控制腦海不去浮現這些念頭，但她內心角落仍有道微弱的聲音。

不是的，沙羅會問起月光草，是怕自己有沒有因此受傷，她是擔心自己才追過來的……

然而這弱小的聲音，一下子就被更強大的負面情緒淹沒。

溫蒂妮不知道自己是怎麼回事，她的內心忽然生起這些情緒，就像是醜惡的黑色泡泡，越冒越多，再也無法壓抑。

——可是，爲什麼她要壓抑呢？

溫蒂妮想，她無預警地大力抽回被握住的手。

「溫蒂妮……？」沙羅第一次被好友這麼對待，臉上不禁露出無措的神色，「溫蒂妮，妳怎麼了嗎？要不要我現在就帶妳去找薩拉……」

「然後，妳就可以探視艾草了對不對？」溫蒂妮管不住那些已經湧到喉頭的話，沙羅呆住的表情讓她更加確定事實就是如此，她冷笑一聲，「我和妳認識那麼多年，但是在妳的心中，艾草比我來得更重要對不對？」

「什……等一下！溫蒂妮，爲什麼會忽然扯到艾草？我是擔心艾草沒錯，但……」沙羅不明白素來溫柔的好友怎麼了，她急著想把話說出來——如果知道會讓溫蒂妮誤會，她就不隱瞞了——但是那句「擔心艾草」，似乎大大地刺激到溫蒂妮。

「艾草、艾草……妳爲什麼就只知道擔心艾草？」溫蒂妮拔高的聲音打斷沙羅，她捏緊拳頭，肩膀一顫一顫的，所有的負面情緒一口氣破柙而出。

她攔不住，也不想攔住。

「自從知道她中了詛咒之誓，妳的注意力就全在她身上，甚至也不在乎自己的情況，只想著要幫艾草。難道她就眞的比我還重要？我把妳視爲最重要的朋友，但妳根本就不這麼認爲，沙羅．曼達！」

溫蒂妮哽咽著喊出最後一句話時，淚水已從眼眶中溢落。

沙羅呆住，她從來沒想到溫蒂妮會這麼認爲。

不對不對，不是這樣的！她擔心艾草，不僅因爲她將對方視爲朋友，更重要的是……她看見了莉莉絲、拉格斐他們的表情。如果自己最重要的朋友受到傷害，她一定也會變得像他們一樣的。

她想幫忙，是因爲她能理解那種心情！

沙羅急得紅了眼眶，可是溫蒂妮卻不願給她機會，聽她解釋。

溫蒂妮沒有伸手擦去臉上淚水，只是用那雙飽含霧氣的碧眸，直直地瞪著沙羅，隨後她的身形化爲淡綠色旋風。

「等等！溫蒂妮，聽我說……溫蒂妮——」沙羅的叫喊聽起來像是要哭出來。

溫蒂妮狠著心，不去聽那陣陣呼喊。她故意拐進森林內，接著突地改變方向，不讓沙羅發現自己其實衝出了森林。

溫蒂妮什麼也不想聽。

一等她重新化爲人形，站立於霧晶森林外，臉上早已滿是淚水。

溫蒂妮用雙手掩住臉，猛地蹲下來。她失聲地哭泣著，怨恨著沙羅爲什麼不是用同等的態度對待自己。

她想起那張素來樂天、傻氣，卻因自己的話語而流露出受傷神情的英氣臉蛋，心裡不禁浮上一陣快意。

可是緊接著，溫蒂妮霍然回神，意識到自己在想什麼。

她放開雙手，覺得背後竄上寒意。

她說了……她怎麼會用那種殘酷的話傷害沙羅？溫蒂妮抱著雙臂，渾身發冷，之前的快意就像曇花一現，此刻更巨大的後悔籠罩她。

「不是、不是……我並不是想對沙羅說這種話……」溫蒂妮驚慌地站起來，急著想再奔進霧晶森林。

然而溫蒂妮剛跑出幾步，有什麼阻止了她，那是連她的風也無從發覺的存在。有一道身影悄無聲息地從背後貼近了她，潔白柔軟的手覆住她的雙眼。

「我幫了妳，現在該妳幫我了，溫蒂妮。」那是親切悅耳的少女嗓音，帶著一絲天真，「對了，妳還喜歡我為妳泡的茶嗎？」

那是溫蒂妮失去意識前，聽見的最後一句話。

二二 措手不及的慘敗

艾草忽地停止聆聽洛榭的話語。

他們正待在霧晶森林深處的一幢林間小屋。

交換消息後，洛榭明白了詛咒之誓的由來，艾草等人也終於知道爲何洛榭會自知他是「憤怒」的靈魂碎片，卻又不受任何影響。

薩麥爾的靈魂被分解後，那些碎片有大有小，有的或許會再度甦醒，想起前世發生的一切，但那可能僅僅是「想起」，如同在腦海裡看了一部記錄片，不會因而改變整個人。

「我就是我，洛榭．哈爾頓。就算我的靈魂內嵌著薩麥爾的碎片又如何？不代表我會成爲薩麥爾。我滿意我現在的生活，不容許任何人來破壞。」

洛榭說出這番話時，語氣平淡堅硬，就像在敘述一條絕不會被推翻的眞理。

而接著，洛榭也談到眞實之湖與資質者的事。眾人才明白，原來他們當中竟有人是解開原罪頭顱封印的關鍵。

「爲什麼黑荊棘完全不曾告訴我們這些？」拉格斐繃著臉，不滿地說道，不敢相信那個貓控教師瞞著他們那麼多事。

「因爲她在保護你們這群小鬼。」洛榭抱著胸，冷笑一聲，「換我的做法，我會直接將所有討厭的資質者丟去用法陣測試，看誰才是鑰匙，然後將那人關著監視。我爲什麼不這麼做？只要眞實之湖的封印不解，我就可以確保我的生活不變，我可沒興趣被哪個神經病強行吸收。」

「強行吸收？這話又是什麼意思？」貝洛切爾警覺地問道。

但是洛榭並沒有再回答這個問題，而是注意到艾草的分心。

她正望著門口，彷彿被什麼引開了思緒。

很快，拉格斐也注意到了，「小不點，怎麼了？」

「不……吾好像，聽到沙羅的聲音。」艾草轉過視線，不是很確定地說。

「……恐怕不是妳的錯覺。」洛榭忽地皺起眉頭，站了起來。

下一秒，門扇敞開，晚風帶著其他東西一併灌入，是誰在大聲呼喊的聲音。

「溫蒂妮──小溫──」

「那小鬼太吵了。」洛榭臉色不耐地說。隨著他話聲一落，在外頭迴盪的叫喊突然變成了驚慌失措。

「嗚啊！這是什麼？你們是誰？別抓我！我在找人──」

不消一會兒，一名模樣狼狽的紅髮女孩就被晶樹樹靈丟了進來。

沙羅摔在地板上，一時仍暈頭轉向的，可當她視野內出現一雙再熟悉不過的繡花鞋時，她猛地抬起頭。

「艾草！」沙羅用最快速度爬起，一把握住蹲下身、想詢問她情況的艾草的手，「艾草，妳有沒有看到溫蒂妮？她有來這嗎？我……」

沙羅倏地閉上嘴，這時才意識過來自己抓的，眞是艾草的手。

可是，爲什麼艾草會出現在這裡？她不是應該在治療室休養嗎？

沙羅震驚地瞠大眼，再抬頭望望四周，發現在場的人還有拉格斐、珠夏、金枷、銀鎖、洛榭，甚至還有貝洛切爾。

沙羅有滿腹疑問，可她毫不猶豫地壓下那些，她此刻只想知道一件事。

「溫蒂妮……溫蒂妮沒到這裡來嗎？」沙羅的表情快哭出來了。

「她在之前就跟我們分開。」珠夏說。

沙羅張張嘴，頓時驟失力氣地跌坐在地。

「沙羅！」艾草眉眼間掩不住擔心。

「艾草，怎麼辦……我不自覺地傷害了小溫，我……」沙羅下意識緊握艾草的手，她心慌意亂地說，眼眶發紅。但下一剎那，她注意到，自己握住的手是半透明的。

「沙羅，吾現下是魂魄之姿，毋須擔心。」艾草立刻從沙羅的表情變化猜到她在想什麼。

「魂……魂魄？」沙羅乾巴巴地擠出聲音，「但是，艾草……難道說，這樣的現象也是正常的嗎？艾草，妳的手、妳的手……」

沙羅的聲音聽起來太過驚慌，使艾草一愣，忍不住低下頭。接著她慢慢地舉起雙手，瞳孔霍然一縮。

原本呈半透明的一雙小手，此刻卻連輪廓也沒有。

艾草的身體正在逐漸消失。

所有人都呆住了。

「吾之軀體……吾之軀體情況有異，吾必須……」艾草沒有說完這句話。

她在瞬間崩散爲光點，旋即消隱在空中。

艾草消失了。

「艾草！」

「小不點！」

「小姐！」

珠夏、拉格斐和貝洛切爾駭極，他們伸出的手什麼也來不及挽留，只抓住一把空氣。

沙羅摀著嘴巴，無法相信。

金枷、銀鎖不多說一句，身形即刻化爲黑氣就要衝出屋外。但屋內的門窗驀地大力關上，擺明要攔阻他們的去路。

「這樣太慢，我們要用最快速度趕到治療室去！」洛榭嚴厲地喝道，「不想浪費多餘時間就跟著我！」

身影。

黑氣轉瞬又恢復人形。

洛榭二話不說從堆在一旁的書中翻出一個卷軸，大力將卷軸砸上地面。

剎那間，一個泛著金光的法陣在所有人腳下展開，接著大熾的光芒吞沒了小屋內的全部

洛榭使用的卷軸是空間法陣，可在一定距離內瞬間將人傳送到設定好的目的地。

等到貝洛切爾等人發現包圍他們的金色光芒消失，他們已身處在一個陌生的地方。

貝洛切爾的金瞳閃過訝色，拉格斐他們卻是驚疑，這並不是他們已待習慣的治療室。

而排排高聳至天花板的書架，以及那難以計數的大量書籍，則令所有人心中浮現出一個字眼。

圖書館！

可眼前景象，又和他們常去的圖書館略有不同。

「這是哪裡？空間法陣他媽的出問題了嗎？」拉格斐鐵青著臉，咬牙切齒地擠出聲音。

「閉嘴，這裡是圖書館最底層，不准用火。誰燒了這裡，我就燒了誰。」洛榭毫不理會他人，大步朝著某個方向前行，「你們不知道這裡，就表示薩拉那傢伙特地替你們這群小鬼開了通道，方便你們進出。」

在圖書館充足光源照明下，可看見洛榭在一面空無一物的牆壁前停下。

他一手貼牆，轉過頭，臉部線條繃得死緊。

「薩拉的治療室就在圖書館下方。我們這些教師擁有的空間法陣卷軸，設定好的終點就是這裡。一般想進治療室，就得先利用通訊器通知。但那傢伙向來有隨處扔通訊器的差勁習慣，我們可沒時間等通訊器被人接通。現在，最好保佑薩拉設下的結界攔得住我們。」

「為什麼這樣說？」珠夏沉聲地問，「被攔住了，我們又該如何進去？」

「愚蠢的小鬼，你們沒想過為什麼薩拉是派你們去霧晶森林，而不是自己動手嗎？」洛榭暴躁地說，對於一再解釋似乎快失去僅存的耐心，「他沒辦法離開他的治療室和保健室太遠，因為這兩個地方無時無刻都受到他的力量保護。假使他的結界還在，就表示治療室裡不可能出什麼差錯，若我們順利闖進去……」

洛榭沒將這句話說完，拉格斐他們已理解話中含意。

結界一旦失效，就表示薩拉遭到傷害，才無力維持。

深吸一口氣，洛榭瞳中厲光一動，手掌貼著的牆壁登時碎裂。

說也奇怪，明明見到了大片牆壁一塊塊地剝落，可是這過程卻沒有發出半點聲響，彷彿在看著一部無聲的影片。

洛榭沒有對此說明什麼，他只是率先越過那些紛紛落下的石塊，像是毫不在意是否會受到砸擊。

見狀，拉格斐等人也跟進。他們無暇回頭，自然也不會看見後方牆壁就像出現倒帶現象，那些已經落下或正在落下的石塊，登時又回到原來位置。

以洛榭爲首，一行七人一穿過圖書館的石壁，眼前景象霍然改變。尋常的走廊在他們眼前展開，應在身後的石壁已然消失，取而代之的是通向他方的走廊。

這下子，洛榭的臉色變得鐵青，他豈會不知如今他們是身處哪裡。

這裡是薩拉的治療室區域。問題是，他們進來得太順利了，完全不曾感受到一絲外力阻擋……

換句話說，薩拉的結界失去效用了！

顯然其他人也驚覺此事，立刻向主治療室狂奔而去。

雖說治療室區域相當廣大，走廊又複雜得像座迷宮，但他們剛好幸運地站在一條曾被野薔薇做記號的走廊上。

隨著記號東彎西拐，眾人剛繞出轉角，登時就見一抹人影倚著牆，像是失去意識般躺坐在地。

那人一頭栗子色鬈髮，手上是安靜得不可思議的南瓜手偶。

赫然是野薔薇！

「天啊，野薔薇！」沙羅刷白臉，箭步衝近同班同學身邊。

和她不同，拉格斐、珠夏、金枷、銀鎖，和貝洛切爾皆沒有因此停下。

如果連這名水妖都倒在這裡，那艾草……

「她昏倒了。」洛榭也停下腳步，他動作俐落地扶起野薔薇，「快點找到其他人！」

「啊，是！」沙羅繃直身子，連忙領著洛榭繼續趕往主治療室。

「除了白蛇，大家應該都在艾草的房間那……要去找白蛇嗎？」

「不用。既然野薔薇昏迷，那小鬼只怕也失去了意識，就隨便他倒在什麼地方吧。」

「呃，是！那這時間會待在這的人，就只剩下薩拉、艾草、艾草的四名部下……到底發生什麼事了？大家不可能這麼沒有……」沙羅停了下來，她站在大敞的主治療室門口，呆然地望著房內，最後兩字就像無意識地喃喃滑出。

「防備……」

主治療室內，先一步趕至的拉格斐等人僵著不動，誰也沒有說話，氣氛死寂得令人不安。

沙羅不自覺地往前踏出一步，她沒有問發生什麼事，根本不須要問。

漆黑的主治療室並未受到任何明顯的破壞。

薩拉就坐在他慣常辦公的位置前，像是累壞地趴下休息；梁炫和長照待在病床兩側，他們支著頭，閉眼宛如打盹；羅剎和阿防這對孿生兄弟擠在沙發上，看起來也像是陷入沉睡。

可是，黑色病床上卻不見艾草身影。

那名嬌小的黑髮小女孩就像平空消失了。

拉格斐、珠夏和貝洛切爾無法思考，他們怔怔地看著空無一人的病床，身體某處像被刨挖了一個大洞。

即使是金枷和銀鎖，他們也一時不知該如何反應。

或者說，誰也無法接受這個殘酷的現實。

——艾草失蹤了。

沙羅雙腿一軟，險些跪下。緊接著，卻在另一處角落發現還有人倒在那。

由於被黑色拉簾遮擋，第一時間才沒被發覺，而那碧綠髮絲馬上彰顯了對方身分。

「溫蒂妮？溫蒂妮！」沙羅跌跌撞撞地跑上前，一把拉開拉簾。

正是溫蒂妮．西芙！

「還傻在那做什麼？還不快把人都弄醒，否則你們要憑什麼找出艾草！」洛樹是最快掌握情況的人，他一聲厲喝驚醒了眾人。

洛樹將野薔薇放下，大步逼近薩拉。他粗暴地搖晃對方，見對方仍無反應，毫不遲疑地搧出重重一掌。

一身黑袍的橘髮少年終於張開了眼，沒辦法立即凝聚意識，搖搖晃晃地推開洛樹，又跌坐回椅上。他按著額，像是在花費極大力氣擺脫昏沉，跟弄清臉上的疼痛是爲何而來。

同時間，最先回復意識的人還有溫蒂妮。

「小溫！」沙羅幾乎是喜極而泣地看著好友顫動眼睫。

溫蒂妮呻吟一聲。

而就是這一聲，使薩拉瞳孔一縮，如同被觸動腦海某處的記憶，顧不得頭腦還在發昏，他霍然撐著桌子站起，暴喝一聲。

「沙羅，離開她！」

「咦？什麼……」沙羅茫然地轉過頭，以至於錯過了溫蒂妮完全張眼的瞬間，那雙眼眸不再碧綠如昔，而是一片闃黑。

但是洛榭和薩拉沒有錯過。

洛榭心裡一駭，一腳旋即重重踩上地。

瞬間，黑色地板鑽冒出一隻大手，大手拎住沙羅衣領，往著反方向一拋。

沙羅甚至還來不及反應發生了什麼事。

「珠夏、拉格斐，攔住沙羅！貝洛切爾、艾草的部下，壓制住溫蒂妮！」薩拉厲聲命令，五指中生成金色光絲。

不同以往，光絲的出現帶動空氣震動，主治療室內彷彿正環繞著嗡嗡鳴響。

當沙羅發現自己正被珠夏與拉格斐猛力抓住臂膀，她同時也望見金枷、銀鎖竟對好友拋出鎖鍊。黑白鎖鍊飛快交叉，轉眼就綁縛住溫蒂妮纖細的身子。

貝洛切爾則是手腕一抖，黑劍浮出，剎那間改變形態，宛若黑色的長條布料，同樣加入困縛溫蒂妮的行列。

沙羅睜大眼，眼裡映出溫蒂妮全然闃黑的眸子。

溫蒂妮就像被激怒地仰高脖子，發出尖銳嘯聲，無數漆黑紋路沿著脖子爬上她的臉，使得那張甜美臉蛋變得異常恐怖。

房裡的嗡鳴聲變大，彷彿兩道聲音正劇烈抗衡。所有體積小一點的家具、擺飾都在嗡嗡震響，有的甚至浮了起來，然後再「磅」地砸碎。

可是在這種情況下，梁炫等人仍是閉著眼。

沙羅這時已經不在意他們為什麼還沒醒來了，她滿心滿眼只能見到薩拉逼近了溫蒂妮，那纏附光絲的手掌覆上對方的臉。

溫蒂妮的叫喊滲入痛苦。

「別傷害她！」沙羅激動地吶喊。

薩拉充耳不聞，他只是又說，「撤開束縛！」

隨著黑白鎖鍊及黑布快速消退，薩拉神情一狠，猛力將溫蒂妮壓按在地。

瞬間，地板上再度生起土石，它們一眨眼覆上溫蒂妮的四肢，將她牢牢縛住。

「此爲神之光，此爲淨之光，不該留之物立刻離開她的身體。」薩拉高舉起手，掌心間光絲擴大，交互連接，頓時形成有如金色閃電的存在。

金色閃電下一瞬又緊密地壓縮。

沙羅看見房裡出現數不清的光點，這些光點就像感應到吸力，全部靠攏向薩拉的掌心。

溫蒂妮瞪大眼，驚恐的神情扭曲了她的臉。

「不要、不要！沙羅救我！救救我！」溫蒂妮淒厲地嘶喊。

「小溫！放開我……快放開我！」沙羅猙獰地咆哮著，淚水溢出眼眶。她拚命地掙動著，身上也湧冒烈焰，想逼拉格斐和珠夏放手。

但是拉格斐與珠夏完全沒有放鬆一絲力道，他們一人以寒冰，一人以更熾烈的金焰擋住沙羅的攻擊。

「現在，離開溫蒂妮．西芙的身體！」薩拉突地重重對溫蒂妮的肚腹按下。光電打入了溫蒂妮體內，金色的閃電頓時在溫蒂妮全身遊走。

溫蒂妮張大嘴，聲音卻發不出來，接著身子大大彈震一下，像是壓抑不了，她一陣劇烈的咳嗽，然後嘔出一灘液體。

黑暗從溫蒂妮眼中迅速褪去，最末，那雙回復碧色的眸子合上……

薩拉綳緊的身子驟然放鬆，他跪坐下來，一縷怵目血絲從他唇邊淌下。下一秒，他捂住嘴，咳出了片片血漬。

但他似乎一點也不在意地隨手往黑袍一抹，也不管自己的臉色蒼白得像會隨時昏倒，他馬上從那灘由溫蒂妮嘔出的琥珀色液體中，撿起某個細小之物。

珠夏、拉格斐和貝洛切爾看著那東西，一股寒意從腳底爬上。

那是細碎的黑色結晶體，暗沉得連半點光澤也反射不出來。

這已經不是他們第一次見到那東西了，尤其貝洛切爾更是親身遭遇過。

——黑暗元素的結晶。

爲什麼溫蒂妮體內會有黑暗元素的結晶？

「咳……」溫蒂妮忽然發出微弱呻吟，她張開眼眸。

「溫蒂妮！」沙羅立刻跪在對方身邊，想握住對方的手。

但是溫蒂妮的動作比沙羅快，她大力抓著沙羅的手，指尖緊緊扣著，有如要嵌進對方皮膚裡。

她像是沒看見其他人，目光盯住沙羅，費力擠出哭泣般的沙啞聲音。

「對不起，沙羅……對不起，我……是她，一定要小心……」

溫蒂妮不記得自己有沒有將話完整說出，她向上天祈求，她希望她有。

小心那個人。

小心亞瑟希兒。

尾聲

說話聲。

「人沒有祕密便無價值，不管是誰都有祕密。」

像是自言自語的說話聲，男性、年輕，聲音溫和沉穩。

「黑荊棘和薩拉保留了黑暗元素結晶的祕密，洛榭保留了自己是薩麥爾靈魂碎片之一的祕密。假使他們沒有隱瞞，或許能更早拼湊出完整的真相，也不會讓我將計畫順利進行至此。」

艾草對這聲音感到陌生，又有一絲似曾相識。

「那麼妳呢？來自異國的神祇，東方的交換生，妳也有什麼祕密嗎？例如妳應該徹底失去意識，像妳的部下一樣，但妳卻沒有。」

艾草感受到一道目光筆直地落在自己身上，她知道醒著的事被人看穿了。她不再掩飾，她明白這對對方無用。

她睜開眼睛，但準備要坐起身子時，那道男聲又說：

「動作請別太大，我相信妳會明白我的意思，艾草。」

艾草頓了一下，依言慢慢坐起。縱使看見自己周身縱橫交錯著數道詭異的黑色花紋，底下更是展開一個如同法陣的圖案，那張潔白小臉仍不見起伏，冷靜異常。

唯獨望向聲音主人時，艾草的瞳孔不明顯地一縮，一個人名幾乎要隨之吐出。

珠夏……

不，那不是珠夏。

那名站在前方的男子有著一頭赤紅長髮，末端呈現金黃，乍看下有如火焰燃燒躍動。五官與珠夏有絲相似，一雙灰色眼瞳飽含溫和笑意，可艾草卻從中感受不到任何溫暖，反而帶來令人不適的濕冷。

緊接著，一名赤裸雙足的纖細少女從門口緩緩走進。她穿著潔白衣裙，手腕和腳踝間都可見到精緻銀鍊，在那張巴掌大的臉蛋上，有一雙靈動的琥珀色大眼。

艾草不曾見過對方，但那些特徵馬上令她想到一個名字——亞瑟希兒，一年B班的班導師。

爲什麼亞瑟希兒老師會在這裡？她和那名男人是什麼關係？

那名令人想到森林妖精的少女走近紅髮男子，柔軟的雙臂親暱地環抱住他的頸項。

亞瑟希兒的深藍長髮全數撥至肩前，毫無遮掩地露出她潔白的後頸。那上頭正烙印著赤紅的圖紋，一朵栩栩如生的盛綻薔薇正被荊棘包圍住。

艾草睜大眼，手指下意識地按上心口，她認得那個圖案，與她心口上的詛咒之誓圖紋是相同的。唯一的差異，在於對方的薔薇已然綻開，顏色也非漆黑……

「妳好啊，艾草。」亞瑟希兒轉過頭，對艾草露出親切又天眞的笑容。然而她的琥珀色眼睛已變異成鮮紅色的結晶體，「光之精靈的結界的確強悍，但那裡有水妖，反倒有利於我。水妖的『水』是爲了穩定妳的情況，卻沒人想到，如果有一滴『黑水』滴入大片水中……會被發覺嗎？答案很明顯了。不會的，對嗎？」

艾草緊緊繃住身體，不安的感覺在心中越擴越大。有誰同樣能利用「水」，混入野薔薇的力量中……水精靈……

「溫蒂妮……你們對溫蒂妮做了什麼？」艾草猛然握緊手指，意欲催動青碧幽火。但是火焰沒有隨著她的意念浮現出來，像是被某股無形力量抵銷了。

「沒用的，艾草。妳認爲我會什麼也不做，就將一名異國神祇帶來這嗎？」紅髮男人饒富興致地看著艾草的舉動。

「你的頭髮……你和珠夏是否有關係？」就算力量失效，艾草還是不屈地直挺著背，瞬也不瞬地注視對方。

「只怕連珠夏自己也不知道，他有一名遠親就在賽米絲學園裡任教。」紅髮男人輕描淡寫地說，「雖然比起他，我身上的血統更爲淡薄，否則如今的繼承人便會是我，而非他。但是，那又如何？畢竟能夠發現學園裡竟存有我的一枚碎片，這更令人欣喜。」

「現在，時機已至，眞正的資質者已歸來。他會爲了妳，主動踏入陷阱，眞實之湖的封印可眞是太讓人厭惡了。」

紅髮男人從亞瑟希兒的臂彎中離開，一步步走向艾草，居高臨下地俯視那雙墨黑眼瞳。

「妳不這樣覺得嗎，艾草？啊，對了，我的學生們會跟A班的人相處得好，倒是令我意外。」他微笑，「我還是喜歡狗勝過貓，但是，我更喜歡以火焰焚燒所有阻擋在我面前的一切。」

「而我，也會爲了我的主人、我心愛的人，破壞擋在他身前之物。」亞瑟希兒咯咯地笑著，她的嗓音悅耳如同歌唱。

主人……艾草想起野薔薇曾告訴自己的事。

據傳，亞瑟希兒是相當久遠前，由一名魔法師製造出來的鍊金人偶……

那名魔法師已逝去……但，如果他轉世呢？

艾草收住手指，只覺背後如冷水澆淋，竄湧上前所未有的戰慄。

那是多麼明顯的提示，一切的眞相全拼湊出來了。

誰需要眞正的資質者作爲鑰匙，解開眞實之湖的封印？誰能夠以「原罪．憤怒」的力量對她施下詛咒之誓？

洛樹說過的話在腦中再次響起。

「薩麥爾的元神從來沒被封印，它是被分解成數塊沒錯，但是它們全四散了，進入輪迴裡……」

艾草想起來了，她終於發現她爲什麼會對對方抱持著一絲似曾相識之感，她曾在課堂上聽過那道聲音。

啊啊，他亦是薩麥爾的靈魂碎片……

他是……雷文哈特老師！

《城隍・賽米絲物語 3》完

緋之冒險

「艾草！艾草！」

熱鬧的教室裡，沙羅拉著溫蒂妮擠過來，興高采烈地朝一起修這門課的黑髮小女孩揮手。

聽到叫喚的艾草回過頭，瞧見是熟悉的同班同學，也舉起手，認真地與她們打招呼。

「艾草，快看這個！」沙羅興沖沖地亮出自己的手機螢幕，上頭是多隻可愛的大小貓咪，「妳看這些貓貓，超可愛的對不對！是紅心女王貓咖的貓呢！」

「紅心女王……貓咖？」陌生的字詞讓艾草忍不住地微歪一下頭，墨黑眼睛又圓又大，裡面盛載著滿滿好奇心。

「是最近新開幕的一間貓咪咖啡店。」溫蒂妮笑吟吟地解釋，「在學生之間很受歡迎喔，不管是男生還是女生，都喜歡去那邊看貓、被貓玩。」

艾草一愣，懷疑自己聽錯了。

被貓玩？誰被貓玩？

艾草是一旦有疑問，就會提出來的性格，「貓咖是被貓玩的地方？」

「哈哈哈，一般貓咖是跟小貓咪玩，但紅心女王貓咖不一樣，客人去那邊都是要被貓咪玩弄的。」沙羅笑出一口白牙，「雖然會被貓用肉球踩來踩去，還有的大貓咪會把客人當球踢來踢去，可是很舒壓喔。」

艾草默默地想：吾，眞的不太了解西方呢。

「下午有沒有空？我們一起去紅心女王貓咖玩呀。」沙羅提出邀約，準備趁沒有莉莉絲幾人在場時，誘拐這名可愛的東方交換生。

溫蒂妮嘆口氣，拍拍沙羅的手，就知道對方又忘記了，「下午不行，妳忘記我們有實習，要約人得先考慮好時間點哪。」

「啊，對耶！」沙羅撓撓頭髮，她性格有點丟三落四，老是須溫蒂妮提醒，「那明天……明天艾草妳有空嗎？」

換艾草遺憾地搖搖頭，「明天，吾先跟白蛇約好了。要去……吾記得是要去格列格街。」

沙羅與溫蒂妮面面相覷，那是有名的冰店街，從街頭到街尾通通都是冰店。

白蛇這是要拉著艾草吃一條街啊。

「後天……唔呃，換我不行。」沙羅扳著指頭算，「那大後天……」

「大後天我有事。」溫蒂妮惆悵地說，「看樣子我們得再討論看看哪天大家都有空了。」

「吾明白。」艾草鄭重點頭，「吾一定會想辦法找出適合的時間，讓妳們、莉莉絲、拉格斐、白蛇、野薔薇都能去紅心女王貓咖……」

頓了頓，艾草一本正經地再補上幾個字。

「一起被貓玩。」

「呃，如果妳眞的喬到大家都有空的時間，我只有一個小小的要求……」沙羅雙手合十，用盡全身力氣拜託，「拜託千萬別說我是主揪！」

她一點也不想被那票可怕的同學ABC追殺！

目送那道嬌小身影離開教室，沙羅虛脫地坐在桌子上，「我其實……只是想找艾草跟我們一起啊。」

「換個方向想……」溫蒂妮拍拍好友的肩膀，給出安慰，「起碼艾草只說了我們一A的人，沒連一C的都算進去。」

想想那位原罪繼承人，要是連他都被找來……

「太可怕了，不敢想！」沙羅打了個哆嗦，「莉莉絲他們打起來的機率太高了，幸好艾草沒想過要找……她應該不會找的對吧。」

「我覺得應該……」溫蒂妮說到後來也帶有幾分不確定了。

應該，不會找……吧。

艾草是沒想過要找一C的人去紅心女王貓咖玩，但她也沒想過會在貓咖前碰到一C的人。

自從沙羅提起貓咖，接下來艾草陸續聽見不少人都在討論這間新開幕的貓咪咖啡店，她不禁被挑起好奇心。

吾去看看，沒錯，吾只是先去場勘聚會地點，不是偷跑。

自我說服一番，艾草發了訊息給部下，報備自己要去街上逛逛，會在六點半前準時回去。

面對聊天視窗裡鋪天蓋地的呼喊，例如「小姐太可愛，一人會被拐走的！」、「我們現在立刻過去，嚴防所有危險人物！」之類的，艾草認眞地打出一個個字，回覆了對幾人來說猶如晴天霹靂的消息。

「誰偷偷跟來，以後就沒有摸摸頭了。」

手機另一端頓時偃旗息鼓。

艾草上網查了下地圖，依照路線指示，順利找到紅心女王貓咖。

即便是平日，貓咖門外依舊排著一小段隊伍，不論男女臉上都帶著興奮的神采，對於即將被貓咪左擁右抱感到無比期待。

艾草來到隊伍尾端，乖巧地等待前進。

沒過多久，她空著的身後就站了人，大片陰影罩在她頭上，完全遮擋了夕陽霞光。

艾草懵懂地抬頭，墨色眸子在看清來人時忍不住睜大。

與此同時，隊伍的熱鬧氛圍也化爲詭異的死寂。

緊接著，自認爲壓得很輕的的竊竊私語如碎浪一波波拍來。

「他怎麼也會來？」

「是眞人嗎？」

「靠，我還是第一次見到本尊……」

「呀！好帥！」

「清醒一點，那位可是『那個』的繼承人。」

排在艾草左邊的褐膚青年高大挺拔，與艾草站一塊就像大樹與小草。他華貴的衣飾和打扮輕鬆隨意的學生們格格不入，宛如參加上流宴會的名貴人士誤入青少年聚會。

但真正引起人群騷動的並不是這人的打扮。

這裡畢竟是聚集各種族就讀的賽米絲學園，再浮誇怪誕的服裝都不至於引起軒然大波。讓人側目的，是他的髮色。

一頭長髮從赤艷再過渡爲燦金，宛若烈火肆意燃燒，注視太久都像能被灼痛雙眼。

那是原罪．憤怒的繼承人才會擁有的髮色。

和一群人一起在貓咖外排隊的，居然是珠夏。

對那些窺探的目光視若無睹，珠夏過來排隊時就瞧見艾草了。他在艾草旁邊站定，對上那雙迷茫又驚訝的黑眸，輕輕地點下頭作爲招呼。

「妳好，妳也來看妳的同伴嗎？」

「吾的同伴？」艾草困惑地轉轉腦袋，沒在周圍發現任何疑似下屬們的身影。

有那句強大有力的命令在，她也相信羅刹他們不會貿然抗命跑來。

「吾是自己來。」艾草澄清道。

「我是指在貓咖裡的那些貓。」珠夏解釋道，「雖然不是妖族，但牠們也是妳的同伴對吧。」

「吾不是貓，也不是妖族。」艾草憂愁地嘆氣，不知該怎麼糾正珠夏奇妙的一根筋。

這人還是堅定不疑地認為她是貓妖，明明她沒有貓耳貓尾，也不會喵喵叫。

啊，學喵叫倒是做得到。

也有人發現與珠夏說話的那人，是來自東方的嬌小交換生。

不管哪個種族，似乎都帶有八卦的天性，他們恨不得把耳朵豎到最高，好聽清兩人的對話內容。

但兩人周圍像圍著一層風，呼呼聲把他們的聲音都蓋住了。

珠夏早習慣成為注目焦點，但他覺得艾草可能不喜歡，於是他布下一個小結界，讓人聽不見他們在說什麼。

大約等候十幾分鐘，艾草和珠夏終於排到貓咖門前，成為下一組即將入店的客人。

一名戴著貓耳髮箍的店員出來接待，「兩位客人是一起的嗎？現在兩人同行有八折優惠，還會加贈小禮物喔。」

幾乎一瞬間，對上目光的艾草和珠夏就做了決定。

「對！」兩人異口同聲地回答，「一起的！」

紅心女王貓咖裡大約有十幾隻貓咪，每一隻的毛皮都被養得柔順滑亮；品種眾多，有挪威森林貓、俄羅斯藍貓、緬因貓、豹貓、波斯貓、布偶貓、暹羅貓等等。

貓咪並不怕人，有的悠悠哉哉地四處巡視牠們的領土；有的跳上桌子，不客氣地給客人來頓貓貓拳，被打的人則面露陶醉笑容；也有的蹲踞在高處，居高臨下地俯視渺小的兩腳生物。

艾草才剛踏進店內，立即引來眾多貓貓轉頭，一雙雙亮得驚人的貓眼緊盯她不放。

等到她坐下，多隻貓貓瞬間如旋風捲出，機靈地圍繞在她身邊，爭先恐後地跳上她的大腿。搶不到大腿的，就緊巴著她的小腿不放，用最甜的嗓音喵喵叫。

不過片刻，艾草就被貓貓包圍。

反觀珠夏，沒半隻貓接近他，周邊空曠得彷彿被布下結界。

其他客人不禁投來羨慕嫉妒的眼神，就連店員也嚇了一跳，從未見過自家貓貓如此熱情。

「同族相吸，果然沒錯。」只有珠夏認為這幕合情合理。

「啊，原來客人是貓妖？」店員恍然大悟，「我們店的貓貓其實也有一點貓妖血統。」

「吾不是……」艾草試圖為自己正名，但擠在腿上兩隻貓的喵喵叫吸引她的注意力，腿邊貓咪也蹭著她的腳。

紅心女王貓咖的餐點選擇多樣，店員笑咪咪地為他們介紹。

「我們家的東西都很好吃，但第一次來的客人，我們都會推薦這道『冒險心動旅程』，吃了就會感受到心動跟冒險的滋味喔，這是我們店的超級王牌呢！」

兩人聽了店員的推薦，都點了「冒險心動旅程」。

餐點很快送來，潔白的雪花冰撒滿剔透的藍色晶球，好似露珠點綴其上，邊緣還擠了一圈淡綠色的奶油擠花，彷如從藍與白之間萌芽的清爽綠葉。

當珠夏與艾草不約而同地將冰送入嘴裡，咬破藍色晶球。

「啪」的一聲。

兩人腳下的地板忽地如鏡片碎裂，失重感霎時傳來。

「什……」艾草才剛反應過來他們在往下掉，再一眨眼，人就落在鋪滿柔軟草葉的綠地上，仰頭是湛藍明淨的天空，一顆大大的紅色氣球飄浮在高處。

「……麼。」艾草把方才沒來得及說完的字補上。

她驚訝又疑惑地張望四周，除了綠草、藍天、紅氣球外，前方更盛綻著大片花海。每一朵花都紅中帶金，在明亮的天色下顯得燦爛極了，如同一片恣意燃燒的絢爛火焰。

珠夏就坐在艾草旁邊，即便突然換了個地方，神情也依然平靜穩重。但只要細察，就會發現那份穩重裡其實帶著一絲茫然。

畢竟誰都難以理解前一秒還在貓咖吃冰，下一秒怎麼就無預警換地方了。

還不待艾草或珠夏任一人開口打破靜默，這片奇異空間先落下一道暴躁稚氣的喊聲。

「啊啊！要遲到了！要遲到了！」

似曾相識的台詞讓艾草反射性站起來尋找聲音的主人，可放眼望去，仍舊只有花海、綠地，跟藍天。

沒有第三人的身影。

珠夏也站起身尋找，藉由身高優勢，他一眼就望見花海裡出現古怪的晃動，像有東西在花間快速穿梭遊走。

下一秒，花海裡一陣騷動，一團白色影子從赤金的花田中躍起。

「可惡，該死的！眞的要遲到了！」那團白影在空中靈巧地轉了個圈。

艾草的動態視力極佳，一眼就捕捉到白影的全貌。

優美的體型、尖尖的三角耳朵、滑順的長尾巴。

「貓咪！」艾草脫口喊道，緊接著她的語氣變得極爲不確定，「拉格斐？」

闖進艾草他們視野內的白貓比普通貓咪大一圈，論體型說是豹子也不爲過。奇異的是牠頭頂一撮耀眼金毛，斜戴著藍色貝雷帽，身上裹著一件衣服，走的還是藍白設計風格。

扣除掉那是隻大貓外，各項特徵都相當地……拉格斐。

所以艾草說的也沒錯。

確實是貓，但是拉格斐版。

一看清是拉格斐版本的貓咪，珠夏剛生起的興奮瞬間枯萎。他平靜地脫下外套，鋪在草地上，「我們還是來說『愛麗絲夢遊仙境』的故事吧，上次在試煉裡沒機會說完，它由英國人撰寫，總共十二章……」

「喂，你們還傻在這裡幹嘛？」拉格斐貓氣呼呼地拍著地面，藍眸裡盡是指責，「還不快點，要是不趕緊去貓貓王國的話，女王會砍了你們的腦袋！」

「我們馬上過去。」珠夏二話不說地收起外套，拉起艾草的手，跟在拉格斐貓身後。主要是擔心艾草的安危。

貓貓王國絕對只是其次原因。

「知道了就快點！」拉格斐貓用小男生的聲音嚴厲催促，隨後一扭身，邁開四隻腳，像道矯健的白虹穿越炫麗的金紅花海。

珠夏和艾草追在大貓後面，從他們的角度能看見牠的頸間有東西跟隨牠的動作擺晃。是一個纏著金鍊的圓形大懷錶。

懷錶從左晃到右，再從右晃到左。

每晃一下，滴答聲跟著響亮發出。

滴答、滴答、滴答、滴答。

在拉格斐貓引路下，艾草他們穿過了灼灼如火的大片花海，一條寬闊大河在面前如畫卷展開。

河水湍急，有幾處甚至形成了漩渦，「嘩啦」響動譜成一首磅礡的樂章。

洶湧猛烈的大河裡，屹立不搖地豎立著多根石柱，從這一岸延伸到另一岸。

石柱表面夠一人踏足，只是彼此相隔遙遠，目側有一點五公尺。

拉格斐貓高高一躍，在空中劃出一道優美弧線，再輕巧地踩在石柱上，接著又是一躍。只見牠接二連三地踩踏過石柱，輕輕鬆鬆地渡過凶猛大河，落在對岸上時回頭望了艾草他們一眼，然後像失去等待的耐心，風風火火地跑走了。

「拉格斐……貓！」艾草吃了一驚，連忙往前追。

她來到河岸邊，瞧見對面有棵大樹，想也不想地甩動紅黑袍袖試圖纏住樹枝，再以最快速度把自己拉到對岸去。

然而往常能隨心所欲操控的袖子此刻卻不聽指揮，只隨著慣性甩出一道弧度，又軟軟地垂了下去。

「咦？」艾草詫異，換了另一邊袖子甩動，可結果還是一樣。

既然袍袖甩不出去，艾草迅速恢復冷靜。她吸了口氣，後退幾步，再像枝利箭「颼」地往前衝，但還沒衝出河岸，就被一隻手臂猛地攬腰撈起。

冷不防拔高讓艾草愣住，她轉過頭，與珠夏的金眸對上。

「這裡無法動用任何力量，我剛測試過了，只能像普通人類一樣行動。所以，冒犯了。」珠夏話聲方落，人就抱著艾草往河面一跳。

石柱之間的距離對艾草來說如同天塹，但對身高腿長的珠夏而言，只要加把勁就能跳過去了。

珠夏敏捷地在河面上起起落落，幾個眨眼就成功渡過大河。

但拉格斐貓已不見蹤影。

「珠夏，放吾下來。」艾草拍拍珠夏的手臂，等她像小魚滑落，準備脫下鞋子來次占卜時，一道懶洋洋的無力男聲從艾草先前看中的那棵樹上傳來。

「如果要找像無頭蒼蠅亂竄的沒腦貓，牠往右邊去了。」

話聲飄落沒多久，原先空無一物的粗大樹枝上，平空冒出一個蒼白輪廓。

那是一隻比拉格斐貓更白的貓，全身彷彿冬雪堆積而成，唯有一雙眼睛如剔透的紅寶石。

貓咪的紅眼睛半掩著，貓臉上籠著一股濃濃睡意，就連姿勢也相當慵懶。比起趴，更像全身無骨地掛在樹枝上，似乎隨時都可能閉眼睡著，然後從樹上摔下來。

縱使先前已經看過集拉格斐特徵於一身的大貓咪了，可眼下看見這隻大白貓，艾草還是難掩震驚。

「白……白蛇貓！」

樹上的白蛇貓沒有給出回應，牠閉上眼：ＺＺＺ。

呼嚕呼嚕的打呼聲成了背景音。

「節省時間，由我直接帶妳過去貓貓王國好嗎？」珠夏微彎下身，禮貌地向艾草詢問道。

艾草低頭看看自己的腿，再看看珠夏的腿。

沒有對比，沒有傷害。

但艾草是很能接受現實的人，她點點頭，再次被珠夏一把抱起，坐在他的臂彎上。

雖說無法動用力量，但珠夏的體能仍舊遠勝常人。

高大青年腳下一發勁，風馳電掣地朝白蛇貓指的方向狂奔出去。

他們跑過了樹林，跑過了草地，跑過了花海，來到一堵高聳的玫瑰花牆前。

嬌艷的紅白玫瑰在綠葉間盛綻，中間鑲著木頭拱門，門旁立著一個醒目的木牌，上面龍飛鳳舞地寫著四個大字。

貓貓王國

珠夏神情平靜，可加速的步伐洩露了他的幾分激動。他與艾草伸出手，合力推動大門。

兩片木門往內退開，通往貓貓王國的入口正式對著兩人開啓。

然後——

艾草他們就看到了一大片的……

「南瓜貓？」艾草驚奇地低呼一聲，又微蹙眉宇，糾正字詞的順序，「貓南瓜？」

珠夏表情空白，腳跟微抬，一副隨時想離開貓貓王國的姿態。

不只長有貓耳的南瓜令人錯愕，在南瓜田盡頭，還立著一張華麗的金黃王座，王座上趴著一隻大貓咪。

只不過那隻貓是粉紅色的，毛髮奢華鬈曲，周邊浮繞著幾簇暗黑火焰，一雙晶碧眸子正犀利地盯緊擅入王國的兩名外地客。

「啊，莉莉絲貓！」艾草這次的喊聲多了驚喜。

經歷三次衝擊，一向寡言沉穩的珠夏終於被逼出了心裡話。

「貓咪……不該如此邪魔歪道。」

假如伊梵和菈菈在場，就能聽出他們殿下的發言充滿了多麼沉痛的意味。

莉莉絲貓從王座直起身子，傲慢地一揮爪子，原本還在大門前的艾草兩人轉瞬被移至她面前。

碧眸居高臨下地睨視兩人，蓬鬆的大尾巴不耐地甩動一下。

「太慢了、太慢了！你們竟敢讓女王等候？本女王要砍掉……你的腦袋！沒錯，就是那個皮膚太黑、個子太高、頭髮太花俏的傢伙！」

「砍掉腦袋！砍掉腦袋！」有著貓耳的南瓜們齊聲高喊。

「不行！」艾草急忙高喝，張手擋在珠夏身前。

「爲什麼不行？」莉莉絲貓優雅地舔舔爪子，再一揮，所有貓耳南瓜噤聲，「只有我的子民能夠向王求情。但看看妳，妳有貓耳朵嗎？妳有貓尾巴嗎？妳會喵喵叫嗎？妳有哪裡像貓？」

艾草一時間似乎被這難題難，她摸摸自己頭頂，再扭頭看向身後。她的確沒有貓耳、貓尾，但是她可以……

彷彿下定決心，黑髮小女孩舉起雙手，屈起手指，擺成虛虛的握拳狀。

她說：

「喵。」

就在這瞬間，天空中的紅氣球炸裂，無數愛心碎片飛滿天，世界陡然一黑。

等艾草再一張眼，周圍是貓咪此起彼落的喵喵叫及其餘客人的談笑說話聲。

他們還在紅心女王貓咖裡，面前擺著融了一小半的雪花冰。

艾草無比迷茫地東張西望，視線轉了一圈再回到珠夏臉上。

「吾……吾作夢了嗎？」

夢到跟珠夏掉進貓版愛麗絲夢遊仙境。

但她怎麼會突然睡著？她明明早睡早起，作息很規律的。

凌晨睡，嗯，很早。

早上七點起來，嗯，也很早。

比起艾草一臉茫然和困惑，珠夏顯得鎮定多了。

他慢慢收緊擱在桌面上的手指，耳邊好似還縈繞著那聲輕輕的喵叫聲。

在這一刻，他能清晰地感受到心臟猛烈跳動的感覺。

以及……

珠夏舔舔嘴唇，冷靜地做出分析。

嗯，還有迷幻藥的味道。

最後，由沙羅提出的邀約不了了之。

因爲有人去檢舉貓咖食物摻入了特殊致幻藥物。

初期不會對人產生副作用，但對體質敏感的人效果強烈，會共感幻境。最重要的是，長期使用會使人上癮。

由於行爲惡劣，紅心女王貓咖直接被勒令停業。

不過貓貓們都有送到那位好心的檢舉人士家裡，從此過著幸福快樂的生活。

〈緋之冒險〉完

後記

終於來到城隍第三集了，首先一定要讚歎夜風大，封面的下午茶聚會眞的是太棒了！

有貓有蘿莉，珠夏少爺感覺要圓滿了，而這樣的夢幻組合也讓我的心臟遭到暴擊。

貓貓萬歲！是否該來找一天去吸吸貓了？

既然有了貓，那可愛的狗狗當然也不能落下，誰教我是貓狗派。

封底就有兩隻大型犬喔，還有摸頭殺待遇，感覺羅刹阿防會被炫姊等人私下加強教育XD

因爲欣賞到了這麼棒的圖，所以在修完了城隍的稿子後，我就安心地準備出國了。難得可以度假一下，沒想到要出國時卻遇到颱風步步進逼，都已經做好停飛的心理準備了，幸好當天是大藍天！沒有什麼風，眞的是感謝各路神明保佑啊。

原定的名古屋之行是跟朋友們盡情地吃吃喝喝，快樂地耍廢，結果爲什麼會變成一天走一萬七千步的行程啊XDDDD

雖然不小心變成了走走走之旅，但日間賀島眞的好棒啊。海景很美，章魚燒無敵好吃，不愧是章魚之島。

推薦之後要去名古屋的大家一定要去那裡享受美景跟美食，章魚餅乾也非常美味。

回到名古屋市區後，又去了親友介紹的和牛燒肉店，是可以享受五種部位的飛驒牛套餐。牛舌好厚啊，是我這餐記憶中最美味的料理。

然後……我就敗給和牛的油脂了，我的胃居然無法負荷這一餐，果然是個平民胃啊（拭淚雖然發生了和牛意外，但這次放假還是讓人心滿意足，還想到了第四集番外要寫什麼，保證是非常澎湃的番外大禮包喔。

至於最後和艾草登上封面的究竟是——相信大家都知道答案了，我們最後一集見！

蒼葵

城隍 賽米絲物語 下集預告

潛伏多年的亞瑟希兒與雷文哈特雙雙出手，宿舍五塔遭污染，
學生心智被黑暗元素結晶控制，賽米絲學園全面警戒！

為了阻止「原罪・憤怒」復活，艾草解除封印，現出真身，
然而拯救學園的代價是負荷過度，必須回地府休養。
艾草的離去讓某些相思病患者按捺不住，決定規劃東方之行──
地府新騷亂即將展開！

「不是吧，薩拉，你說期末太忙沒空開啟空間通道？
　那我們怎麼去看小米粒？」
「搭飛機，然後叫人接你們啊，一群蠢蛋！」

精彩完結篇．2025國際書展敬請期待！

國家圖書館出版品預行編目資料

城隍．賽米絲物語／ 蒼葵 著.—— 初版.——台北市：魔豆文化有限公司出版：蓋亞文化有限公司發行，2024.11
冊； 公分.——（Fresh；FS232）
ISBN 978-626-7542-10-1（第三冊：平裝）

863.57 113016603

fresh FS232

城隍 賽米絲物語 3

作　　者　蒼葵
插　　畫　夜風
封面設計　莊謹銘
責任編輯　林珮緹
總 編 輯　黃致雲
發 行 人　陳常智
出 版 社　魔豆文化有限公司
發　　行　蓋亞文化有限公司
地址：台北市103承德路二段75巷35號1樓
電話：02-2558-5438　傳真：02-2558-5439
電子信箱：gaea@gaeabooks.com.tw
投稿信箱：editor@gaeabooks.com.tw
郵撥帳號 19769541　戶名：蓋亞文化有限公司
法律顧問　宇達經貿法律事務所
總 經 銷　聯合發行股份有限公司
地址：新北市新店區寶橋路二三五巷六弄六號二樓
電話：02-2917-8022　傳真：02-2915-6275
港澳地區　一代匯集
地址：九龍旺角塘尾道64號龍駒企業大廈10樓B&D室
電話：+852-2783-8102　傳真：+852-2396-0050
初版一刷　2024年11月
定　　價　新台幣 350 元
Published and printed in Taiwan

ISBN 978-626-7542-10-1

FS232

城隍 賽米絲物語 3

魔豆文化 讀者迴響

感謝您在茫茫書海中選擇了魔豆，您的支持是我們最大的動力。
不要缺席喔，讓我們一起乘著夢想的羽翼，穿越時空遨遊天地！

姓名： 性別：□男□女 出生日期： 年 月 日	
聯絡電話： 手機：	
學歷：□小學□國中□高中□大學□研究所 職業：	
E-mail： （請正確填寫）	
通訊地址：□□□	
本書購自： 縣市 書店	
何處得知本書消息：□逛書店□親友推薦□DM廣告□網路□雜誌報導	
是否購買過魔豆其他書籍：□是，書名： □否，首次購買	
購買本書的動機是：□封面很吸引人□書名取得很讚□喜歡作者□價格便宜□其他	
是否參加過魔豆所舉辦的活動： □有，參加過 場 □無，因為	
喜歡出版社製作什麼樣的贈品： □書卡□文具用品□衣服□作者簽名□海報□無所謂□其他：	
您對本書的意見： ◎內容／□滿意□尚可□待改進 ◎編輯／□滿意□尚可□待改進 ◎封面設計／□滿意□尚可□待改進 ◎定價／□滿意□尚可□待改進	
推薦好友，讓他們一起分享出版訊息，享有購書優惠 1.姓名： e-mail： 2.姓名： e-mail：	
其他建議：	

廣告回信 郵資免付
台北郵局登記證
台北廣字第00675號

TO：魔豆文化有限公司　收
103 台北市承德路二段75巷35號1樓

魔豆

魔豆